西村頼男　著

草が生い茂り、川が流れる限り

――アメリカ先住民文学の先駆者たち

阪南大学叢書84

開文社出版

目次

草が生い茂り、川が流れる限り

――アメリカ先住民文学の先駆者たち

第一部

第一章　チャールズ・A・イーストマン

イーストマンは本書で取り上げる先住民の中で特異な存在である。彼は白人の文明化政策を受け入れたばかりか、その政策の実施に深く関与したからである。その前に彼は医師であった。さらに、妻の協力を得てであるが、一世紀後の今日も読まれている著書・作品を何冊も出版した。彼はこれらの点で普通の文学者の枠を大きく越えた存在といえる。(1)

第一節　スー族と白人

スー族の先祖の地はブラック・ヒルズである。伝承によると、彼らはブラック・ヒルズに戻れなかったので、彼らが故郷の大地の下に置いてきた指導者が彼らの運命を予知して、バファローの姿を借りて地上に現れたという。したがって、ブラック・ヒルズはスー族にとって死守すべき聖地であり、あらゆるものの中心である。

彼らが最初に出会ったヨーロッパ人はスペイン人であり、彼らはスペイン人から馬を入手した。彼らは馬を「聖なる犬」と呼んで、馬を活用した文化的変容を積極的に行った。

彼らが第二に出会ったヨーロッパ人はフランス人である。フランス人はミシシッピ川とミズーリ川が合流する地域で罠を仕掛ける猟師であったり、交易商人であった。両者の交流は友交的で、フランス人の交易商人とスー族女性の結婚は特異なことではなかった。また、スー族社会に銃が導入され、家庭で使う道具も導入された。交易商人はバンドとバンドの間を自由に往来して、スー族の言語を学び、商人の子孫は通訳として活躍した。

スー族とアメリカ人の交易は一八二五年から三五年の期間に最盛期を迎えた。この期間にアメリカ人は交易を独占するために、その手段として酒と銃を持ち込んだが、このやり方はスー族社会の価値観を根本的に崩壊させることになった。

連邦政府がスー族から土地を獲得するために採った方法は条約締結であった。一八三五年のフォート・ララミ条約は不充分で、条約の対象となった諸部族が対立したままだったから、所期の目的——北部の諸部族間の和平——を達成できなかった。そのためにスー族は白人に協力する側と、協力しない側に分裂することになった。

二番目に重要な条約は一八六八年のフォート・ララミ条約であった。その条項でスー族の領土は縮少され、今日のサウスダコタ州の西側半分となった。その地にはスー族の聖地ブラック・ヒルズが含まれていたが、条約締結後の一八七一年に金鉱が発見された。そこで連邦政府は怪しい署名を集めてスー族の合意を得たとして、ブラック・ヒルズをスー族から奪った。その後、政府は一八六八年の条約を履行するために、七六年一月三一日までに保留地に入ることを諸バンドに命じた。命令に素直に従ったバンドもあるが、クレージー・ホースとシティング・ブルが率いる両バンドは抵抗した。しかしながら、カスターが亡くなり、スー族が勝利したリトル・ビッグ・ホーンの戦いの後、全員が保留地に入り定住生活を始めることになった。

ここでスー族の部族名称と場所について簡単に説明しておく。

スー族は七つの部族に分かれている。ムデワカントン族、ワーペトン族、ワーペクテ族、シセトン族の四部族は「サンティー・スー族」と総称される。サンティー・スー族は本書においてしばしば登場する名称である。サンティー・スー族は大平原に移住せずにミネソタ地方に残り、チペワ族（オジヴェ族）と戦った。サンティー・スー族の西側、ミズーリ川流域に定住した部族は「ヤンクトン・スー族」と称し、これにはヤンクトン族とヤンクトナイ族が属する。そして、ミズーリ川を越えて西へ向ったスー族は「テトン・スー族」と称する。これにはテトン族だけが属するが、七つの支部族に分かれる。

第二節　イーストマンの生涯

チャールズ・アレグザンダー・イーストマン＝オヒエサはミネソタのレッドウッド・フォールズ近くのサンティー・スー族の保留地で生れた。ミネソタは一八四九年に準州となり、イーストマンの生まれた五八年の五月一一日に州に昇格した。

イーストマンは生後間もなく母親が亡くなったために、父方の祖母（ウンチィーダー）によって育てられた。したがって、彼は先住民インディアンとしての伝統的な生き方を祖母によって教え込まれた。祖母の教えは「三児の魂、百まで」という通り、彼の魂にまで深く浸透していたと思われる。父親が白人の文明化政策を受容した一方で、祖母は受容に強く反対した。しかしながら結局、彼は父親の説得で文明化政策を受容して学校に通い、文明化の道を最後まで「戦士《ウォーリャー》」らしく突き進んだ。彼の第二の自叙伝『深い森から文明へ――或るインディアンの自叙伝』(2)（以下、『深い森から文明へ』と略記する）は彼がいかに白人の文明を受容したかを語っているが、彼の晩年は語っていない。すなわち、彼は晩年になると、文明から距離をおいて森の中で生活したが、そのことは一九一六年に出版されたこの自叙伝では語られていないのである。彼はこの自叙伝の続編を出版しないまま生涯を閉じたので、彼の晩年の心境は明確でないが、ある程度は憶測できる。

イーストマンの家系

イーストマンの家系は早くから白人の文明化政策に反応を示していた。彼の曾祖父であるマーピヤ・ウィチャスタ＝クラウド・マン（雲男）は一七八〇年頃に生れたが、彼が文明化政策を受容することになったのは或る恐ろしい経験による。彼は一八二〇年から翌年にかけて行われた冬のバファロー狩りの期間中に、荒れ狂う猛吹雪のために瀕死状態に陥った。そのために彼は九死に一生を得て救出されると、狩猟生活を放棄して農業に従事すると決心した。彼が文明化政策を受容すると、彼に従っていた者で、彼と行動をともにする者も現れた。

彼の決心を歓迎したのはインディアン担当官のロレンス・タリアフェロ少佐（一八二〇―三九、フォート・スネリングの責任者）であった。ウィチャスタはタリアフェロの支持を得て、フォート・スネリングから六マイル離れたカルフーン湖の近くでイートンヴィルという村を興した。彼の文明化政策の受容は白人たちによってサンティー・スー族の中における最初の成果として称賛され、インディアン担当官および布教師たちはさらなる成果を期待した。彼はその期待に応えるかのように一八六三年に亡くなるまで、白人の文明が優れていると信じて政府と布教師たちの計画を支持し続けた。しかしながら、彼は当時としてはきわめて例外的な存在であったといえる。

イーストマンの父であるイテ・ワカンディ・オタ＝メニー・ライトニングズ（数多《あまた》の稲妻）は純血先住民であったが、彼の結婚には挿話《エピソード》がある。イーストマンの母、すなわち、メニー・ライトニングズの妻となるメアリー・ナンシーは混血であった。彼女の母方はスー族の中で有力な家系であり、マーピャ・ウィチャスタは彼女の曾祖父であった。美人の彼女には求婚者が多かった。しかしながら、彼女がいちばん心引かれていた求婚者には彼女の両親に支払えるだけの資産がなかった。そこで二人は駈落ちという手段を取ることにしたが、メニー・ライトニングズもメアリーに心引かれていた。偶然にメニー・ライトニングズは二人の駈落ちの計画を耳に挟み、求婚者が送る合図も知った。そこで彼はケットで身を包んで、二人が決めていた時刻よりも早く落ち合いの場所に着き、彼女を連れ去った。メアリーは駈落ちをした相手が求婚者でないと知った時、グレート・スピリットが両親の言い付けに背いた自分に罰を下したのだと思った。歳月とともにメニー・ライトニングズに対する彼女の愛情は深まったという。二人の間には四人の息子とひとりの娘が生れたが、彼女は喉頭部の感染症と末子（オヒエサ）

の産後の後遺症で二八歳で亡くなった。

ミネソタ・スー族の蜂起

サンティー・スー族（ミネソタ・スー族）は一八五一年のフォート・ララミ条約に従って約一〇〇万エーカーの土地を譲渡して保留地に入ったが、そこは狭く、狩猟場もなかった。南北戦争（一八六一―六五）が勃発すると、彼らへの食料品も年金も支給が遅れた。そのために、食べる物がなくなったスー族は馬を食べたが、その馬も痩せ衰えていた。

一八六二年七月に飢えたスー族は七万二千ドルの年金を受け取るために、ミネソタ州イエロー・メディシン川担当官事務所に集まった。しかしながら、予想通り八月一日に年金が届かなかったので、連邦政府は南北戦争で資金を使い尽したのだという噂が流れた。南の方のレッドウッドにある別の事務所の担当官が政府の倉庫にある食料をスー族に提供するのを拒否すると、スー族の怒りが爆発した。八月一七日に若い四人のスーがミネソタ州アクトン近くで五名の入植者を殺害した（アクトン虐殺）。それが契機となって翌一八日早朝に、当時六〇歳くらいだったリトル・クロウ（後出）が蜂起を指揮してレッドウッドの事務所を襲撃して二〇名の白人を殺害した。

蜂起を知ったリンカーン大統領はいかなる手段を取っても蜂起を鎮圧するように命令した。第三ミネソタ志願兵連隊の一四〇〇名を指揮したヘンリー・ヘイスティングズ・シブリー大佐（一八一一―九一）は、「彼らの所有物を総て破壊して、彼らを草原に追い出せ……彼らを狂人として、あるいは、野獣として扱うこと」と部下に命じた。

スー族は七〇〇名以上の入植者と一〇〇名の兵士を殺害した。蜂起に参加しなかったスーはミネソタ州に残って中立を守ろうとし、また、キリスト教徒になったスーは白人を守るために自らの生命を危険に晒した。しかしながら、入植者の怒りは彼らの上にも降りかかった。

事件が決着するとミネソタ州の白人たちは復讐を求め、特別法廷が設置された。しかしながら、証拠として提出されたものは情況証拠も多く、冤罪で処刑された者もいた。総計三〇三名のスーが絞首刑と決まったが、大統領の裁量で四〇名となった。最終的には三八名がミネアポリスの南西に位置するマンケイトウで六二年一二月二六日に集団処刑された。

軍はミネソタ州を逃げてサウスダコタのバッドランドに向ったスー族を追跡した。シブリー軍は六四年八月四日にそこで五〇〇名以上のスー族戦士を殺害した。この時生き延びたスーはさらに西へ逃げてシャイアン族に合流した。

事件処理後、サンティー・スー族はほぼ全員がミネソタ州からダコタ準州に移住させられた。

また、議会は六三年二月一六日にサンティー・スー族と連邦との間でそれまでに締結された条約は総て廃棄する、さらに、年金の支払いは停止すると決定した。後年、政府にこの年金剝奪を撤回させるのに大いに奮闘したのがイーストマンである。

イーストマンの父メニー・ライトニングズは大統領の裁量で絞首刑を免れたが、アイオワ州ダベンポートにある連邦刑務所で三年間服役することになった。そして、この三年間にイーストマンの生涯を左右することが起きた。すなわち、メニー・ライトニングズは服役中にキリスト教に改宗して、名前をジェイコブと改めた。家族名として選んだのは亡妻の家族名であるイーストマンであった。長男も改宗して、ジョン・イーストマンと名乗った。

イーストマンの教育

イーストマンの母親は彼の誕生後数カ月で亡くなったために、彼の名前は「ハダカ（哀れな末子）」と名付けられた。その後、彼が四歳の時、近隣の村と競ったラクロスの試合で彼の村が勝利を収めたのを記念して、彼の名前は「オヒエサ（勝利者）」と変えられた。

彼は父方の祖母に育てられたが、祖母は一八六二年の蜂起に際して彼を連れて最初はダコタ準州へ、その後、カナダへと逃亡した。彼はそこで父の弟である叔父ミスティリアス・メディシンによって狩人と勇敢な戦士になるべく訓練を受けた。

　彼の父は一八六六年に釈放された。そして、六二年に成立した自営農地法(3)に基いて一六〇エーカーの土地を所有することになった。やがて父はカナダ南東部マニトバのフォート・エリス近くでイーストマンを見つけ出すと、アメリカに連れ帰った。

　イーストマンは文明化政策を受容した父親の意向にそって、農地から二マイル離れたところにある学校へ通い始めた。その後、七四年秋には小さな先住民居住地であるフランドローを後にして、一五〇マイル離れたサンティー（ネブラスカ州）へ向った。サンティー・ノーマル・トレーニング・スクールに入学するためであった。

　この学校はアルフレッド・L・リグズとその息子のスティーヴン・R・リグズという父子二代がスー族の教育のために開設・維持したものであり、イーストマンの長兄ジョンはこの学校で助教として働いていた。息子のスティーヴン・R・リグズは一八三〇年後半にこの地方を旅行した時、学校開設の構想を得たが、その時は資金がなかった。学校開設を可能にしたのは六二年のミネソタ・スー族の蜂起であった。事件の決着後、先住民が同様の事件を再び起さないために文明化政策を推進すべきだという考えが国内に広まった。その結果、学校開設経費としてキリスト教界のアメリカ海外布教委員会から二万八〇〇〇ドルがリグズ父子に提供された。

この金額は先住民のための連邦予算を考慮に入れる時、相当な金額であった。

この学校は一八七〇年に開校し、一九〇一年以前では海外布教委員会が資金援助をした学校の中で在籍者数がいちばん多い学校であった。したがって、この学校が全スー族の中心的な教育機関と見なされたのも当然であった。

父のアルフレッド・L・リグズは長老派教会の布教師で、この学校の監督者でもあった。彼の教育方針は生徒にスー族の言語を使って読み書きを教えることであったが、この方針に対する白人側からの反対は根強かった。イーストマンはこの方針の恩恵に浴して英語の学習が順調に進み、スー族の言葉を英語に翻訳できるようになった。さらに、彼は英語の他に代数と幾何の基礎も学び始めた。リグズは彼の成績が優秀であったので、彼のためにウィスコンシン州ベロイト（イリノイ州との州境に近い地）にある学校への入学許可を得た。イーストマンが入学したのは州政府が支援しているベロイト・カレッジの予科であった。さらに、リグズは彼のために最高で年間一〇〇ドルの奨学資金を政府から得た。

一八七六年九月、イーストマンはベロイトへ向けて旅立つ直前に父親の死を知った。彼に文明化の道を歩めと命じた父親の死が彼に与えた衝撃は大きかったが、彼は故郷フランドローに戻ることなく、勇敢な戦士らしく次の段階へと突き進んだ。彼は七九年までベロイト・カレッジに在学中、猛勉強して文法と簿記の授業ではクラスで最優秀の成績を収めた。と同時に、彼の知識は広がって地理、歴史、数学にも及んだ。また、彼は身体の鍛錬は毎日怠ることなく、以後学生である間は続けた。こうして、彼はベロイト・カレッジに在籍した間に文明化の道をさらに進んだと思われる。

彼はベロイト・カレッジでの勉学を終えるとサウスダコタへ戻った。するとリグズが再度、政府の資金を用意してくれており、イリノイ州にあるノクス・カレッジで勉学を続けられることになった。これはリグズの母校であった。

彼はノクス・カレッジに八一年春まで在学して、その後、サウスダコタへ戻った。フランドローにある義兄弟の商店で短期間働いた後、兄ジョンの計らいで一学期間だけ教鞭を取った。彼は翌八二年一月にボストンに向けて故郷を後にした。ボストンで彼を迎えたのはフランク・ウッドという人物であった。ウッドは彼が先住民として為し遂げた学業に多いに感銘しており、彼に服装のことや立ち居振舞を教え、東部の改革主義者たちに彼を紹介する労も取った。ウッドは以後、彼のためにいろいろと尽力した。

ウッドおよびウェレズリー大学(一八七〇年設立の名門女子大学)の理事たちが彼を経済的に支援するために計画したのは講演会の開催だった。彼は「フレンチ・アンド・インディアン戦争およびポンティアックの反乱」と題する講演を行って謝礼を受け取った。以後、彼にとって講演は重要な収入源のひとつとなった。

彼の進学に関しては選択の余地があった。彼がダートマス大学の代わりにハーヴァード大学を志願するならば多額の奨学資金を提供するという申し出があった。しかしながら、彼はウッドと相談してダートマス大学と決めた。彼がダートマス大学に拘泥した理由は同校の設立理念と深く関わると思われる。すなわち、ダートマス大学にはアメリカ独立以前の一七六九年にイギリス国王の勅許状が出たが、その設立趣意書には、イギリスの若者と同様に先住民の若者を教育することが目的であると明記されていた。

彼はキンボール・ユニオン・アカデミィで予備教育を受けた後、八三年秋にダートマス大学に入学し、フットボールの主将になった。在学中に、イギリスの詩人・文芸評論家のマシュー・アーノルド（一八二二―八八）やアメリカの歴史家フランシス・パークマン（一八二三―九三）と面織を得た。

彼はダートマス大学を卒業後、スー族の元に戻る予定であったが、ウッドおよびその他の人々からボストン大学医学部に進学することを勧められた。この時も、大学およびその他から資金援助があった。彼の在学中の学業に関する資料はきわめて少ないが、最後の二年間はボストンのサウス・エンド地区の貧民の治療に当たった。また、彼は当時議論されていた「ドーズ単独土地所有法」案に関して意見を求められて、賛成した。彼は九〇年六月四日に約六〇名の卒業生がいる中で優秀な成績を収めて、三二歳で医学部を卒業した。卒業生代表として、「治療方法の比較史」と題する講演を行った。

エレン・グッデル

イーストマンの結婚相手となるエレン・グッデルは一八六三年一〇月九日にマサチューセッツ州西部のバークシャで生れ、一九五三年に東部で亡くなった。彼女はイーストマンの五歳年下であった。

彼女の両親は一七世紀初期にまで家系を遡りうる生粋の北部人《ヤンキー》だった。彼女の母親（ドラ・ヒル・リード）は文学好きなために、最初に生れた子供をイギリスの詩人アルフレッド・テニソン（一八〇九―九二）の詩に登場する人物にちなんでエレンと命令した。エレンは母親に教えられて三歳で容易に本が読めるようになった。彼女は妹ドラと一緒に詩作を試み、七八年には第一詩集(4)を二人で出版するほどの文学女少だった。この詩集は好評で一万部以上が売れた。正式な教育が必要だという理由で二人はニューヨーク市にある小さな全寮制の学校に入学した。

ところが家庭の経済的事情が急変して、二人が名門の女子大学に進学することは不可能となった。

二〇歳になっても彼女はなお母親の強い影響下にあって、「生活は質素でも、思いは高く生きる」ことを教え込まれていた。エレンがヴァージニア州にあるハンプトン校で働くと決まった時、母娘ともにそれが他人のために役立つ仕事であることに意義を見い出したといわれる。

ハンプトン校はサミュエル・チャップマン・アームストロング（一八三九―九三）によって一八六八年に設立された学校である。アームストロングは南北戦争中は黒人部隊の指揮官であったが、戦後は解放黒人局《フリード・メンズ・ビュロー》で働いた。解放黒人局は一八六五年に設置された陸軍省の一局で、解放された奴隷の救済、土地所有、就職、教育などの面で援助することを目的としていた。後に、同校で先住民も受け入れることになった時、アームストロングが思い出したのはグッデル家で会った早熟なエレンであった。彼女の採用の経緯は不明だが、エレンは八三年秋に裁縫の指導者として同校に着任して、間もなくそれ以外の授業も担当するようになった。さらに、彼女が担当した英語入門の授業では多くの生徒が彼女よりも年長であった。さらに、ハンプトン校における彼女の活躍は教室外にも及んだ。彼女は学校の広報の仕事に従事すると、その豊かな文才を生かしてハンプトン校の存在を広く知らせた。その一方で、彼女はアームストロングの仲介で、先住民の教育に関心を抱く改革主義者たちと知り合うようになり、カーライル・インディアン校のリチャード・プラット[5]とも会った。彼女はプラットの激励もあって、この頃、自分の生涯を先住民教育に捧げると決意したと思われる。

彼女はハンプトン校での一年間が終わると、自らが先住人の住んでいる地を実際に訪問すべきだと思った。アームストロングは彼女の決意を知ると、ハンプトン校でボランティア活動しているひとりの女性を付けて、彼女がスー族の保留地を訪問できるように取り計らった。そしてウィスコンシン州マディソンでは、インディアン権利擁護協会を設立したばかりのハーバート・ウェルシュが二人に合流した。また、エレンはミネソタ州およびダコタ準州で布教活動する監督派のウィリアム・H・ヘア主教[6]とも面識を得た。さらに彼女はヘアが設立に関与した、スー族のためのモデル校も直接に見た。

彼女は西部旅行を敢行してから一年後の八五年にはホワイト川の川口で、ミズーリ川の西側の地に（すなわち、今日のサウスダコタ州ウィナーの北東に）学校を開設した。しかしながら、学校が軌道に乗ると、彼女の願望はいちだんと荒っぽいスー族の中に入ってゆくことに変った。そして八九年の夏にそのような地を旅して、彼女は通学学校《ディ・スクール》を組織化する必要性を強く感じて同年秋に、彼女は東部で有力者たちに働きかけるつもりで西部を後にした。彼女の主張に耳を傾けてくれたのは、ハリソン大統領から新しくインディアン対策局長に任命されたばかりのトマス・ジェファソン・モーガンであった。(7) モーガンは先住民のために一貫した学校制度が必要であり、それは将来、公立学校制度に組み込まれるべきだと考えていた。彼女はモーガンに認められて、九〇年三月に南北ダコタ州とネブラスカ州の教育監督官に任命された。彼女は同年秋にパイン・リッジ担当官事務所を訪れ、初めてイーストマンと会い、互いに一目惚れで、彼女はすぐに結婚を約束した。

ゴースト・ダンス教

エレン・グッデルは東部に戻る前の八九年夏に、新しく開設されたローズバッド保留地の南方へ向う狩猟隊に同行した。その一隊は途中で独り旅するチェーシング・クレーンという先住民と会ったが、彼は南の方に位置するローズバッド保留地から戻ってきたばかりであった。彼は一隊に新しい救済者《メシア》のことを伝えたから、エレンはこの時、ゴースト・ダンス教が燎原の火のように広がっているのに気付いたと思われる。

ここで簡単にゴースト・ダンス教について説明しておく。

ゴースト・ダンス教は二度興ったが、いずれもパイユート族にその起源を辿りうる。最初のものはウォジウォブ[8]が一八六九年に始めたものであり、オレゴン州とカリフォルニア州北部に広まったが、間もなく収まった。第二の運動はウォーヴォーカ[9]が一八八九年に始めたものである。その教えは、なくなった土地が戻り、亡くなった先祖が戻り、消滅しつつある食糧源が再び戻り、先住民社会が甦るというものであった。ゴースト・ダンス教はシャイアン、アラパホー、スー、カイオワ、カドーおよびパイユートの各部族の間に広まった。したがって、ゴースト・ダンス教は西部の全部族に広がったといえるが、ウォーヴォーカの教えはきわめて平和的なものであった。

しかしながら、新聞は先住民の蜂起の可能性を取り上げた。白人の脳裡に最初に浮んだのは一八六二年のミネソタ・スー族の蜂起であり、カスターが率いた第七騎兵隊の全滅（一八七六年）も忘れられなかった。政府は秩序を維持するという口実の元にダコタに軍隊を派遣した。

なお、ゴースト・ダンス教を詳しく調査した文化人類学者ジェームズ・ムーニー（一八六一―一九二一）によれば、保留地の外に住んでいた先住民約一四万六〇〇〇名のうち約六万名がこの宗教に参加した[10]。

ウンデッド・ニーの虐殺

スー族は一八六八年四月二九日調印のフォート・ララミ条約で一一〇〇万エーカーという広大な土地を譲渡した。その後、八八年の伝染病でスー族の家畜は大量に死に、翌八九年に、農作物は不作であった。また、流行性感冒、麻疹、百日ぜきなどがキャンプを荒廃させた。

ドーズ単独土地所有法が八七年に成立すると、議会は八八年四月にスー族に関する特別法案通過へ向けて動き出した。法案の内容は、ドーズ法に基いて土地の割り当てが終了した後に、政府は残る余剰の土地をどのように処理するかをスー族と交渉できるというものであった。他方、土地の譲渡に関しては六八年のフォート・ララミ条約の第一二条で、成人男子の四分の三以上の賛成が必要と規定されていた。

内務長官はカーライル校のプラットが率いる交渉団をスー族の元へ派遣した。しかしながら、プラットが持参した特別立法の内容は旧態依然とした、未だ履行されていない条項の繰り返しにすぎなかった。そのために、プラットは必要な数の署名を集めることが不可能なままワシントンに引き返した。

次に任命されたジョージ・クルック将軍が率いる委員会は八五年五月にシカゴを出発すると、最初にローズバッド担当官事務所を訪問した。委員会は保守派の反対にもかかわらず、ここで相当数の署名を集めた。委員会は担当官事務所ごとに署名者の名前を一覧にしたが、インディアン対策局は保留地の先住民を母数とした。その結果、五六七八名中、四四八二名が賛成したということで特別立法は成立した。

こうしてスー族がさらに土地の譲渡を強いられる条件が整った。また、人口調査の結果として、それまでの支給品の半分以上も減らされた。天候もスー族の味方をせず、希望に満ちた九〇年の春は、後に旱魃がやってきた。凶作の程度は前年を上回るものだった。

ゴースト・ダンス教は三月上旬にパイン・リッジ保留地で広まり、他のスー族保留地にも広まった。九月にはローズバッド・スー族保留地に広まり、一〇月の第二週目には、この教えを信じるスーがスタンディング・ロック保留地にいるシティング・ブル配下のスーたちに伝えた。インディアン担当官のジェームズ・マクローリン(11)はシティング・ブルに対して、自分が担当する保留地においてはゴースト・ダンス教を一切認めないと警告した。一〇月から一二月下旬まで、スー族の四つの保留地（パイン・リッジ、ローズバッド、シャイアン・リバー、スタンディング・ロック）において緊張は高まった。

大統領は秩序維持のために必要な手段を講じるようにと軍に命令を出した。その結果、一一月二〇日には多数の兵士が派遣された。パイン・リッジ保留地にだけでも歩兵中隊が五隊、騎兵中隊が三隊も到着した。多勢の兵士に驚いたスーは保守派も進歩派も同様に保留地の北西の地バッドランドに逃げた。そこにはゴースト・ダンス教を信奉するショート・ブル[12]のバンドがいた。そのために、白人の居住者は東の方へ避難した。

一二月一五日にスタンディング・ロック保留地のインディアン警察がシティング・ブルをグランド・リバーの彼の自宅で逮捕しようとしたために、彼の配下の者と警官の間で小競り合いが起きた。彼は武装していなかったために警官によって射殺された。

シャイアン・リバー保留地のビッグ・フット[13]もスー族の有力な指導者であって、インディアン担当官たちから恐れられていた。その理由は、彼がゴースト・ダンス教を支持しているためだった。確かに彼は一〇月から一一月頃にかけてはこの宗教を支持していたが、一二月には幻滅を覚えるようになっていた。彼は一度は自分のキャンプに戻ると軍に約束したが、一二月二三日に配下の者の願いを押え切れずにパイン・リッジ保留地に向かった。しかしながら、彼は再度、軍隊に阻止されて一二月二八日にはウンデッド・ニー・クリークのキャンプに向かうように命じられた。このキャンプを守備するために派遣されていたのはかつてジョージ・A・カスターが指揮していた第七騎兵隊であった。この第七騎兵隊は一八七六年のリトル・ビッグ・ホーンの戦いでカスターおよび部下二二五名全員が死んだ。

一二月二九日に起きたウンデッド・ニーの虐殺事件の発端はビッグ・フット配下の者が最初に発砲したためとされる。しかしながら、事件が「虐殺」となったのは、エレン・グッデルの言葉によれば、スー族に対する第七騎兵隊の「復讐」であったことになる。[14] 正確な数字は判明していないが、先住民側には一五三名の死者と四四名の負傷者があり、白人側には二五名の死者と三九名の負傷者があったとされる。先住民側の死者の数には多数の女性と子供が含まれる。

パイン・リッジの医師

イーストマンはフランク・ウッドの強力な支援でパイン・リッジ担当官事務所に派遣されると決まると、スー族のために貢献できると大いに喜んだ。彼が着任したのは九〇年一一月だったが、スー族をめぐる情況は上に記したように緊迫していた。それでも彼とエレンは婚約を発表し、緊迫した雰囲気を緩和するためにクリスマス時期に合わせて行事を計画した。しかしながら、一二月二九日に虐殺事件が起きた。翌年三月にエレンは退職して東部に戻り、結婚式の準備を始めた。二人は九一年六月一八日にニューヨーク市の教会で結婚式を挙げると、ニューヨーク、マサチューセッツ、コネチカットの三州にいる親戚や友人を訪れた後、西部に戻った。ウンデッド・ニーの虐殺事件の処理は九一年一月下旬には完了していた。先住民の飢餓や困窮を救済するために一二〇万ドルの予算が組まれた。また、「敵対的でない」先住人が被った損失を補償するために一〇万ドルが計上された。

イーストマンは対策局長のモーガンに対して、ジェームズ・A・クーパー特別担当官が補償金を被害者に手渡すことを提案した。その理由は、クーパーが補償金の受け取り人の多くを個人的に知っていたからである。すると、クーパーの方がイーストマンにも同席者のひとりとして加わるように求めた。イーストマンは多忙なために辞退したが、結局、同席することになり、彼の人生はここから新たな苦難が始まった。

クーパーが補償金の支払いを始めると、受け取り人たちがイーストマンに対して正当な金額を受け取っていないと訴え始めた。彼らは、クーパーが事務所の白人、特にインディアン交易商人のジェームズ・A・フィンレイおよび、主席事務官のジョージ・P・コーマーと結託して不正を働いていると仄めかした。

この事件をめぐってイーストマンとジョージ・リロイ・ブラウン担当官の関係は悪化した。両者の緊張した関係は九一年一二月にブラウンが着任した時から始まり、九二年九月にはブラウンがモーガンに対してイーストマンの転勤を求めるまでになった。その後、イーストマンはモーガンから具体的に転勤先を示されたが、提案を受け入れなかった。

この間にイーストマンとブラウンはそれぞれ支持者を見つけていた。イーストマンの側にはモーガン、ドーズ上院議員[15]、フランク・ウッドが付き、ブラウン側にはハーバート・ウェルシュとセオドア・ルーズヴェルト[16]が付いた。

エレンはハンプトン校での経験を生かしてイーストマンを弁護する記事を全国的な新聞や雑誌に発表した。両陣営の記事合戦は激しさを増して、イーストマンはついにワシントンに召喚された。そして、内務長官は九三年一月二五日に彼に対して辞任するか、転勤するかの二者択一を求めた。結局、イーストマンは辞任した。パイン・リッジの医師としての活躍期間は長くなかったが、彼は一九〇三年に再びスー族のために尽力し始める。

彼はパイン・リッジ事務所の時代にジョージ・スウォード[17]、アメリカン・ホース（後出）など多くのスー族指導者を夕食に紹待した。そして、おそらくスー族の大指導者であるレッド・クラウド（後出）なども紹待されたと思われる。これは後年、彼が『インディアンの英雄と偉大なる族長たち[18]』を執筆するのに大いに役立ったと思われる。

YMCA事務局長

政府の医師でなくなったイーストマンと家族はミネソタ州のセントポールに居を構えたが家

計は豊かでなかった。彼は三日間にわたる、州の医師試験に合格して医療活動に従事したが、長くは続かなかった。

彼は九四年六月一日付でYMCA国際委員会の事務局長の仕事を始めた。年収は二〇〇〇ドルであり、医師のときの一二〇〇ドルと比較すると、相当の収入増加であった。彼の役割は保留地に住む先住民諸部族の間に組織を拡大することであり、同時に、キリスト教を広めることであった。彼は就任すると、九月にサウスダコタ州で開催される会議に備えて、南北ダコタ州とネブラスカ州を旅行した。会議後も長期間、視察旅行をした。その結果、彼が辞任する時には四〇以上の先住民組織が結成された。しかしながら、モンタナ州のクロウ族やアイオワ州のサック＝フォックス同盟のように彼の活動が実を結ばなかった部族もある。その原因は、この運動が自分たちを絶滅に追い込もうとする白人の新たな罠だと感じる先住民がいたためであった。彼はこの仕事に満足していたと思われるが、その一方で、いたる所で貧困に喘ぐ先住民の生活を直接目にしたことで、白人の文明とキリスト教への疑問を深めたと思われる。

年金支給交渉

一八六二年のミネソタ・スー族の蜂起は先住民に主たる原因があるとされた。そのために、議会は六三年二月一六日に諸条約を破棄したうえに、年金の支給を停止すると決定した。

サンティー・スー族のうち、ムデワカントン族とワーペクテ族は「ローアー・サンティー・スー族」と称されたが、彼らは八四年一二月にネブラスカ州のサンティーで会議を開いて、議会に対して年金支給の請願運動を起こすと決定した。しかしながら、彼らが請求裁判所に提訴する前に議会に対してロビー活動する必要があった。イーストマンはＹＭＣＡ事務局長であった頃からすでにこの運動に関与していた。

ローアー・サンティー・スー族は代表を誰にするかで意見が分裂したが、結局九六年一一月二七日に、八五年から九〇年までサンティー・スー族保留地のインディアン担当官を務めたチャールズ・ヒル（後にサウスダコタ州スプリング・フィールドの銀行家となる）とイーストマンの二人を代表とする契約を締結した。契約期間は一〇年間であり、その契約は九七年六月にインディアン対策局長から、また、同年七月に内務長官から正式に承認された。イーストマンはローアー・サンティー・スー族以外の部族に対しても自分を代表にするようにと働きかけたが、成功しなかった。彼はロビー活動に専念するために家族をワシントンに移したが、事態は進展しなかった。また、ローアー・サンティー・スー族の中に彼に反対するジェームズ・ガーヴィという元教師がいた。ガーヴィはイーストマン＝ヒル契約の仲間に加えられなかったことを恨んでいて、ワシントンに訴えた。そのために、スタンディング・ロック事務所のインディアン担当官だったジェームズ・マクローリンが調査のために派遣された。その報告によると、部族の四分の三はイーストマン＝ヒル契約に賛成しており、問題はないということであった。ただし、人々は年金の支給が二、三年の中に再開されると期待していたから、未だ支給されていない現状には不満であった。すなわち、六年が経過していたが、成果がないことによる不満であった。

イーストマンは議会の委員会などで請願したが、すぐに、成功報酬を求める政治家たちの不誠実さに気付いて請願活動を止めた。彼は安定した収入が必要なために、九九年にワシントンを去りカーライル校へ移った。この時の彼の経済情態は劣悪で、家主に五〇〇ドルの借金があった。この借金を返済し終えたのは一九〇六年になってからであった。

イーストマン＝ヒル契約の一〇年という契約期間は終了したが、イーストマンの兄ジョンはローアー・サンティー・スー族のためにロビー活動を継続した。イーストマンも協力して一六年八月一五日に下院インディアン問題小委員会に出席して、事件の経過を説明して、ローアー・サンティー・スー族が被った損害を第一次大戦でドイツ兵が与えた被害と比較した。

議会はようやく一七年三月四日になって弁護料に関する決論を下した。すなわち、請求裁判所に対して、ローアー・サンティー・スー族の一件に裁定を下すことを認める法案を通過させた。その結果、ローアー・サンティー・スー族は三八万六五九七ドル八九セントを受けとることになったが、この金額は一九〇七年に決定したシセトン・スー族とワーペトン・スー族に対して支払われた金額の半分以下であった。

他方、ローアー・サンティー・スー族の代理人は誰であるかという問題は未解決のままであった。請求裁判所は二二年六月五日に、イーストマンに反対していたガーヴィと関係のあるマリオン・バトラーとJ・M・ベイルをローアー・サンティー・スー族の代理人と認定した。結局、イーストマンは二〇年以上この件に関与したが、バトラーとベイルから五〇〇ドルを受け取っただけだと思われる。

クロウ・クリーク事務所の医師

イーストマンは九九年一一月九日にカーライル校の屋外活動係《アウティング》(19)となることで、年収八〇〇ドルを支給されることになった。

カーライル校は一八七九年に設立された。しばしば誤解されるが、これはカレッジではなく、実際は小学校であり、職業訓練を重視していた。創設者のプラットは熱心な同化主義論者であった。彼は先住民と白人が交流することを願い、先住民の子供を白人キリスト教徒の家庭に送り込んで、家族の一員として扱われることを願った。イーストマンの役割はその方針にそって、先住民の子供と白人家庭の間に立って調整することであった。さらに、彼は保留地を訪問して生徒を選び、カーライル校に連れてくる役割も果たした。

その一方で、彼は一九〇〇年六月にジョーンズ・インディアン対策局長に宛てて、保留地外にある学校の学校医としての地位を求める書簡を認めた。そして三ヵ月後の九月五日に、彼はサウスダコタ州のクロウ・クリーク担当官事務所の医師としての地位を提供されると、直ちに快諾した。年収はパイン・リッジの時と同額の年収一二〇〇ドルであった。その地位が彼に提供された背景には政治的理由があった。アイオワ州選出のウィリアム・B・アリソンとジョン・H・ギアの二人の上院議員はイーストマンを有力な共和党員と見なしたからであった。

イーストマン一家は九月一九日にクロウ・クリーク事務所に到着して、彼は一〇月一日に医療活動を開始したが、パイン・リッジの時と同様に彼を待っていたのは激務であった。彼は先住民と白人双方の患者を診察し、かつ、保留地内の三校の学校医でもあった。

彼が苦心したことのひとつに、天然痘に対する予防接種があった。先住民たちがワクチン注射には副作用があると恐れたために、彼は説得に奔走しなければならなかったからである。幸いなことに、予防接種は効果を挙げた。

彼はクロウ・クリーク事務所に約二年半勤務したが、その期間に、医療体制は改善され、出生数が死亡数を上回るようになった。天然痘の予防接種が原因で亡くなる者もなかった。二四時間いつでも患者に待応するという彼の奮闘がこれらに大いに貢献したと思われる。

しかしながら、やがてパイン・リッジの時と同様にインディアン担当官と彼の関係が悪化した。彼が着任した時の担当官はジェームズ・スティーヴンズであった。土地の指導的先住民のホワイト・ゴーストや布教師たちが、スティーヴンズは先住民と不正な取り引きを行っていると抗議した。それにもかかわらず、スティーヴンズはイーストマン着任後も半年間、担当官であった。次にハリー・D・チェンバレンが担当官として着任したが、チェンバレンはイーストマンが先住人を煽動しているから、彼を転勤させるようにと対策局長に求めた。

イーストマンの転勤を求める声はさらに強まった。アルフレッド・B・キトリッジとロバート・J・ギャンブルの二人の上院議員はある選挙に際して、イーストマンが共和党員候補に反対したことを問題にしたからである。

J・E・エドワーズ・インディアン問題査察官がイーストマンとチェンバレンの関係を調査するために派遣された。その結果、エドワーズはチェンバレンの無能ぶりを批判したが、同時に対策局長に対してイーストマンの転勤を進言した。

スー族の命名官

先住民はしばしば生涯を通じて複数の名前を戴いた。名前の起源は多種多様である。例えば、動物の名前、先祖の名前、本人の功績を表す名前、本人の特性を表す名前などを戴いた。ドーズ単独土地所有法に基く土地の割り当てに際して、また、以後の相続に際して名前の確定は不可欠となった。しかしながら、命名作業は一九〇〇年に入っても余り進展していなかった。

この作業を推進するうえで明確な役割を果たしたのは、地方色のある文学作品の創造を主張した作家ハムリン・ガーランド（一八六〇—一九四〇）である。ガーランドは一九〇〇年四月にインディアン・テリトリーに住んでいるシャイアン族とアラパホー族を訪問した時、この作業に関心を抱き始めた。彼は以後二年半にわたって、ルーズベルト大統領、ジョーンズ・インディアン対策局長、ヒッチコック内務長官などから、この作業の推進責任者に任命された。

ガーランドは一九〇二年一二月に再命名の基準を発表した。その基準は、名前は発音しやすいこと、不快な名前は避けること、可能な限り元の意味を残すことなどであった。彼はまず最初にダーリントン事務所（インディアン・テリトリー）のシャイアン族とアラパホー族、および、クロウ・クリーク事務所のスー族を選んだ。この再命名の作業は他では成功しなかったが、スー族の場合はきわめて首尾よくいった。その理由は、ガーランドがイーストマンを指名したことにある。

ガーランドは一九〇二年にイーストマンがまだクロウ・クリーク事務所にいた時、再命名に関する彼の意見を求める書簡を送った。幸いなことに、イーストマンが作成した再命名の見本が関係者を満足させた。こうして、イーストマンはガーランドの助力もあって、一九〇三年三月にインディアン対策局の職員として再び採用されることになった。月給は一〇〇ドルであった。家族はミネソタ州のセントポール郊外のホワイト・ベアに転居した。

イーストマンは再命名の作業に従事している間に白人文明の実態をさらに見ることになった。すなわち、スー族の者が狡猾な弁護士や土地投機業者に騙されているのを知ったのである。彼はそれを対策局長に知らせたこともあるが、局長の返事を吟味して事件に関与しないように努めた。過去の苦い経験のためであったかと思われる。

彼は一九〇三年秋に対策局長の許可を得ないでマサチューセッツ州アマーストに転居した。これは当時、彼が著述家として、また、講演者として有名になりつつあったことを考慮に入れた転居であったと思われる。同時に、妻エレンの東部に戻りたいという願望を満たすためでもあった。一家は一九一九年までアマストに住んだ。

対策局長はイーストマンが無断で転居したことを咎めたが、ガーランドが助け舟を出した。ガーランドは局長への書簡で、イーストマンが東部に住むことによってニューヨークに住む自分とは近くなり、便利だと記した。また、イーストマンは私用のために再命名の仕事を等閑にする人間ではないとも弁護した。結局、彼はこの仕事に一九〇三年から九年まで従事して、約二万五〇〇〇名のスーに名前を付けた。彼はこの頃に、リトル・ビッグ・ホーンの戦いで活躍したレイン・イン・ザ・フェイス（後出）と会った。

著述と講演

イーストマンは一八九三年にミネソタ州セントポールに転居してから、少年時代の思い出などを記録し始めた。そして、彼はエレンの勧めでそれを『セント・ニコラス――若人のための挿絵付き雑誌』[20]の編集者に送った。すると直ちにそれが掲載されると決まり、六回連載で発表された。これらは後に一九〇二年に出版された『インディアンの少年期』[21]に組み込まれた。これ以外に次のような彼の著作がある。『赤い狩人と動物人間《アニマル・ピープル》』[22]（一九〇四）、『古きインディアンの時代』[23]（一九〇七）、『ウィグワムの夕べ――スー族の民話（再話）』[24]（以下、『ウィグワムの夕べ』と略記する）（一九〇九）、『インディアンの魂――或る解釈』[25]（一九一一）、『インディアンの子供の生活』[26]（一九一三）、『インディアン・スカウトの話――ボーイスカウトとキャンプファイア・ガールズの手引き』[27]（一九一四）、『今日のインディアン――最初のアメリカ人の過去と将来』[28]（一九一五）、『深い森から文明へ』（一九一六）、『インディアンの英雄と偉大なる族長たち』（一九一八）などである。

彼の著述の中で『インディアンの少年期』と『深い森から文明へ』は彼を理解するうえで重要な著述であるが、後者が出版されて以後の彼の内面を垣間見る著述はない。三冊目の自叙伝を執筆・出版する予定はあったようであるが、実現しなかった。

彼の著述は一〇冊以上に及ぶ。一冊は例外として、妻エレンの名前は並記されていないが、彼女の援助なしには彼の著述活動は成り立たなかった。具体的に述べれば、彼女は彼が書いたものに改訂・省略・書き直しなどの作業を施した。[29]したがって、『インディアンの英雄と偉大なる族長たち』が一八年に出版されて以後、イーストマンの著述活動が停止したのは両者の関係を暗示している。

彼は旺盛な著述活動の結果、多くの講演依頼を受けたが、その報酬は家計に大いに貢献したと思われる。彼は大学生の頃から講演することに慣れており、また、モーホンク湖畔会議では著名人たちの前で話した経験もあった。一九〇二年に『インディアンの少年期』が出版された後、彼はニューヨーク市ブルックリンにおいて、二〇世紀クラブで講演をしたが、以後、講演を繰り返した。演題は先住民に関するもので、広範囲にわたっていた。例えば、カスター将軍が率いた第七騎兵隊が全滅したリトル・ビッグ・ホーンの戦いであったり、先住民の音楽や詩に関するものであった。彼はまた講演の他に、次のようなこともした。彼はしばしばスー族の正装に身を包んで、トマホークやピース・パイプを手にして壇上に現われることもあったが、これが聴衆の耳目を引いただろうことは想像に難くない。

アメリカ・インディアン協会と市民権獲得運動

第一回世界人種会議が一九一一年七月二六日から二九日までロンドンで開催された。当時、国際的な緊張が高まっていたために、人種間の融和を進める必要があった。会議には五三ヵ国の代表が出席した。これはイーストマンにとって最初の海外旅行であった。彼は七月二八日に主催者であるロンドン大学で、北アメリカ先住民の代表として意見を述べ、先住民をアメリカ社会の主流《メーン・ストリーム》に組み込む必要性を説いた。同時に、彼はインディアン対策局の温情主義《パターナリズム》は先住民の依存心を恒久化するものだと批判した。W・E・B・デュボイ[30]はアフリカ系アメリカ人を代表して述べた。会議においてキリスト教徒と非キリス教徒はキリスト教という用語をめぐって対立したが、イーストマンが兄弟愛《ブラザーフッド》という用語を使うことを提案して、会場の賛同を得た。

イーストマンは世界人種会議が開催される前に、ある運動に関与していた。オハイオ州立大学のフェイエット・A・マケンジーは経済学と社会学の教授であったが、専門職に就いている先住民が団結すべきだと考えていた。そこで、イーストマンおよび他の五名の著名な先住民が一一年四月にマケンジーの招きでオワイオ州コロンバスに集まり、会合を開いた。彼らは暫定的に、「アメリカ・インディアン協会《アソシエーション》」という組織を結成したが、その規約の前文には次のような箇所がある。「アメリカ・インディアンがより一段と団結して、アメリカの他の市民と一緒に諸々の進歩と改革のために、特にインディアンの福祉と、一般的に人類のために貢献すべき時が到来した(31)」。

同年一〇月一二日に、同地で全国的な会合が開催されて、組織の名称は「アメリカ・インディアン協会《ソサエティ》」（SAI）と改称された。しかしながら、この組織は例えばペヨーテの使用をめぐって意見の相違が表面化して、強力な組織とはならなかった。改革派は政府の先住民政策を改革することに力点をおいたが、イーストマンの考えは異なった。彼は先住民の間における社会的および道徳的改革を強調すべきだと考えた。そのために彼はSAIの会長とは疎遠になり、役員にならなかった。

彼は数年間、SAIに積極的に関与しなかったが、一八年九月にサウスダコタ州ピアーで開催された大会で会長を引き受け、積極的に関与し始めた。そして、カーロス・モンテスマ[32]とともに大会の決議に満足した。その決議というのはインディアン対策局の即時廃止と先住民をアメリカ兵とするというものであった。

SAIはイーストマンたちの努力によって一九年三月までに約三〇〇名の先住民と一〇〇名の白人会員を集めた。しかしながら、協会の財政事情は苦境にあった。

第一次大戦の終結はイーストマンに次の運動を推進させることになった。すなわち、先住民の市民権獲得運動である。第一次大戦には約一万六〇〇〇名の先住民が従軍したが[33]、彼の息子もその一員であった。この戦争における先住民の貢献を考慮し、また、自決権を認めるウィルソン大統領の方針に従えば、先住民の市民権付与は当然の帰結のはずであった。イーストマン、モンテスマ、フィリップ・B・ゴードン神父（チペワ族の一員で、協会の副会長）の三名は一九年春に、インディアン対策局の廃止と市民権を求める講演旅行を三ヵ月間にわたって行った。

SAIは一九年一〇月にミネソタ州ミネアポリスで開催した年次大会でペヨーテ使用を容認す

る人物を会長に選んだ。そのために、イーストマンは以後ＳＡＩとの関係を拒否し、ＳＡＩはその後、次第に衰退していった。

離婚

一八九四年にイーストマンがＹＭＣＡの仕事に従事していた頃すでに、彼とエレンの関係が正常でないという噂があった。世間の注目を浴びた結婚をして数年しか経っていなかった頃である。

関係者は二人の離婚に関しては固く口を閉ざしているということである。しかしながら、エレンが強固な同化主義者《アシミレーション》であったことは両者の溝を深めたと思われる。一九二一年八月以前に両者は離婚した。イーストマンは以後、冬期にはデトロイトで息子（オヒエサ二世）と住み、夏期は独りで自然と親んで生きた。

査察官

イーストマンは二三年八月にジェームズ・マクローリン査察官（元担当官）の死去にともない、その後任に任命された。これは彼にとって五度目の対策局の仕事で、年収は二五〇〇ドルであった。仕事の内容は保留地を査察して、先住民および対策局職員に対する苦情を調査することなどであった。

査察官の仕事ではないが、二三年一〇月にアメリカを訪問したイギリスの首相ディビッド・ロイド・ジョージを持て成すという役割があった。イーストマンはシャイアン・リバー・スー族の者と協力して、先住民を見たいという首相にウォー・ボネット、ピース・パイプ、タバコ・パウチなどを贈呈する儀式に加わった。この儀式はカルヴィン・ジョン・クーリッジ大統領[34]を大いに満足させた。その後、彼はミネソタ州とウィスコンシン州の保留地を何ヵ所か査察して、百人委員会の会合に出席するために一二月にワシントンに戻った。

ドーズ単独土地所有法は結局、先住民の土地を奪うことになったために、ワーク内務長官は先住民問題を抜本的に再検討する必要に迫られて、百人委員会の設置を命じた。委員会の構成員には先住民も白人も含まれており、後年重要な役割をはたす多文化主義者のジョン・コリアーも含まれていた。会合は一二月一二日と一三日の両日にわたって開催されて、諸問題が討議された。まず、総合的な教育計画や健康と衛生の改善が必要であることで意見が一致した。また、危険でない限り、伝統的な踊りと儀式も認められることになった。しかしながら、市民権付与は時期尚早であるという結論に達した。

イーストマンは一二月二四日に再び西部の査察旅行に出発した。オレゴン州のクラマス保留地やワシントン州のチュラリップ保留地などを査察してから、二四年二月にスー族の保留地に向った。そこでは種々の農業政策が実を結びつつあるが、ドーズ単独土地所有法による割り当て地を売却したり、土地を貸すことで生計を立てているスーが多いと対策局長に報告した。彼はその後、ワイオミングのショーショーニ族保留地、ミネソタ州のチペワ統合保留地、ミシガン州のマキノー保留地などを訪問した。

彼は二四年八月にワシントンに戻り、年間報告書を作成した。その中で彼は健康を増進する計画が必要であると指摘した。また、教育を受けた先住民の子供たちが出身地に帰ると、元の生活に戻ってしまうと一般的にいわれているのは間違いだと指摘した。彼らは出身地で大いに貢献している、と彼は記した。

彼は休暇の後、九月になると、当時「石油インディアン」として注目を集めていたオーセイジ族（オクラホマ州）の元へ派遣された。彼はそこに四ヵ月間滞在して、一三〇家族について財産などを調査した。（石油インディアンについてはリンダ・ホーガンが『卑しい魂』[35]（一九九〇）で描いた。）

次に彼が従事したのはサカジャウェアの墓地探しであった。サカジャウェアはルイス＝クラーク探検隊の道案内をした先住民女性として有名である。一九世紀後半の、女性の権利を求める運動、および、一九二〇年に成立した憲法修正第一九条（女性の投票権）は一般人のサカジャウェアへの関心を高めた。さらに、一九二〇年に入る頃には彼女がいつ、どこで亡くなったかが問題になっていた。また、名前の綴り方も一定していなかった。一派は、彼女はビッグ・ホーン川（モンタナ州）の川口にあったフォート・マニュエルで一八一二年に亡くなったと主張していた。名前の綴り方はヒダーツァ族語に依拠した。もう一派は、彼女はワイオミング州のフォート・ワシャキで一八八四年に亡くなったと主張して、名前の綴り方はショーショーニ語に依拠した。二派が対立することになった契機は、ワイオミング大学の経済学の教授であるグレース・レイモンド・ヘバードがサカジャウェアの死を記念する碑を建てる運動を始めたことにある。ヘバードは憲法修正第一九条の推進派であった。

イーストマンは、サカジャウェアが一八一二年に亡くなったとする証拠が曖昧で、ヘバードの主張の方が正しいと判断した。彼は結論として、サカジャウェアは百歳近くまで生きて、一八八四年四月九日にフォート・ワシャキで亡くなったと報告した。しかしながら、新しい証拠がその後発見されて、議論は続いた(36)。

これがイーストマンの査察官としての最後の仕事であった。彼は健康上の理由もあって二五年三月に辞任した。

晩年

イーストマンは半年後の二五年一〇月に健康を回復すると、講演を再開して、ニューヨーク、ワシントン、シカゴへと旅行した。二八年一月にはアメリカとイギリスの友交のために設立されたブルックス＝ブライス財団の理事として講演するために、二度目の大西洋を渡った。二ヵ月間に及ぶ旅行で彼はオックスフォード大学やイートン校などでも講演した。また、ロイド・ジョージ元首相と二度目に会い、その他の著名人とも同席する機会があった。

彼は二八年に帰国すると、ヒューロン湖の北岸に土地を購入してバンガローを建てた。屋内には水道設備がなかったが、彼はバンガローがもたらす孤独を楽しんだ。医療行為も手伝った。

彼は三〇年代に入ってもなお活動していた。すなわち、彼は講演を引き受け、ポンティアックに関する小説を準備し、スー族の歴史と伝説・神話に関する原稿を練っていた。三三年九月にはシカゴ万国博覧会の会場でインディアン・カウンシル・ファイアーからメダルを授与された。彼は五〇名以上の候補者の中で最高の先住民と選ばれたが、選考の理由は、彼が白人と先住民の双方に貢献したためであった。

三三年以後の彼に関する資料はさわめて少ない。彼は三三年の冬に風邪にかかったが、スー族の創世物語に関する原稿をほぼ完成した。彼は三八年になっても東部を旅行して、講演も行った。晩年の彼は魚釣り、狩猟、水泳などに興じたが、屋外派でない息子は彼の魚釣りなどには同行しなかったといわれる。

彼は三九年一月七日に住まいの火災で煙を吸って肺炎を起して、デトロイトの病院に運ばれた。そして、翌八日に亡くなった。教会での告別式の後、彼はデトロイトのエバグリーン墓地に埋葬されたが、墓地には墓石がない。原稿を含む彼の遺品はエレンの元へ渡った。彼女は五三年一二月二二日に九〇歳でなくなり、マサチューセッツ州ノーサンプトン墓地に埋葬された。

ここに紹介したようにイーストマンはさまざまな分野で活躍した先住民である。しかしながら残念なことに、彼に関する単独の研究書はない。彼の生涯を紹介するために使用した伝記は二〇年ぶりに再版されたものである。後に取り上げる幾人かの先住民の伝記や研究書が近年出版されていることを考慮に入れると、まことに残念なことである。したがって以下においては、今日入手できるものを中心にイーストマンの著述を紹介する。

第三節　著述

1　『インディアンの少年期』

この書物は一九〇二年に出版された。すでに紹介したように、この書物が刊行された契機はイーストマンが幼少年期の思い出として記したものが『セント・ニコラス――若人のための挿絵付き雑誌』に掲載されたことにある。雑誌掲載は一八九三年一二月号から九四年五月号にかけてであった。掲載分量は一回につき三―四ページであったが、今日出版されているドーヴァー出版社の版（一九七一年刊）は二四七ページに及ぶ。したがって、雑誌に掲載された分量を考慮に入れると、相当な分量がその後執筆されたことになる。彼が雑誌掲載の原稿を執筆した時点を起点とするならば、この書物の出版まで約一〇年が経過したことになる。

彼が幼少年期の思い出を記し始めたのは三〇歳前後と思われる。彼の生誕時からそれまでの三〇年間はスー族にとって激変の時代であった。歴史家ロバート・M・アトリーによれば、一八九〇年一二月のウンデッド・ニー虐殺事件は先住民と白人の長い戦いの終結点である。イーストマンがこの書物の中で断言するように、先住民の絆は文明人の絆よりも強い。しかしながら、アトリーによれば、ウンデッド・ニー以後、部族の絆は弱体化して、各人が保留地に入って行くようになった。すなわち、先住民はそれ以前よりも個人主義的な生活に入っていったといえる。(37)

イーストマンが思い出を記し始めたのはパイン・リッジ事務所の医師を辞任して、ミネソタ州セントポールに居を構えてからであると思われる。彼は医師として多忙な毎日を過ごしたが、白人たちが補償金を横領していることを知り、そのうえ、自らが事件に巻き込まれた。彼は自分を支持してくれる東部の白人たちの善意を疑うことはなかったが、パイン・リッジで初めて西部の保留地の実態を知った。彼はセントポールで自由な時間を持って初めて、自分が白人の文明を受容した時の情況をゆっくりと思い出したと思われる。彼の父は、これからの時代の先住民にとって大切な「弓矢」は言葉（英語）と書物であると教えた（『深い森から文明へ』一五ページ）。イーストマンはセントポール居住の時期にこの書物の一部を執筆することによって、やがて有名な先住民著述家となり、講演者となる道を切り拓いたことになる。

彼は第二の自伝叙において白人（キリスト教）文明への疑問と批判を明確に提示した。では、この第一の自叙伝は幼少年期への単なる懐古であろうか。あるいは、白人の少年たちの好奇心を満たすための書物であろうか。たしかに、この自叙伝は若い読者が語り手（イーストマン）を身近に感じるように書かれている。しかしながら、この自叙伝の執筆は著者にそれ以上の意味を持っていた。

この書物を以下において取り上げる数冊の著述の中に位置付けて読む時、少なくとも次の二点は明白である。第一に、彼の全人生において祖母の影響が強いこと、また、祖母に寄せる彼の敬愛の念が強いこと。第二に、彼は幼少年期に「自然」の中で生きることを徹底的に教え込まれたこと。そして重要なことは、ふたつのことが相即不離の関係にあることである。「三つ児の魂百まで」というのは彼にあっては決して言葉の文《あや》ではなかった。彼は一度は深い森から出たが、最後は森に戻っていった。彼は一六歳で父親によってカナダの自然から引き離されて白人の文明を受容したが、やがてその文明の根幹を批判する文章を記すようになった。

戦士

幼時に母親を亡くした彼にとって祖母は母親代わりであった。彼の母親であるメアリー・ナンシーは死に際して、彼を自分自身の母親に託さずに夫の母親に託した。したがって、彼はこの祖母の薫陶を受けてスー族の「戦士《ウォーリヤー》」として生きたといえる。彼はクー棒を手にして、スー族の長年の敵であるチペワ族（オジヴェ族）に対して征途に登ったことは一度もない。それにもかかわらず、彼は白人の文明社会にあって骨の髄まで戦士であった。

彼はこの書物の前書で、先住民は卓越した体形《フィジーク》と優れた精神の持ち主であったと述べている。彼の祖母もこれに近い女性といえた。祖母は彼の世話を始めた時優に六〇歳を越えており、八五歳になって二五マイルの道程を歩いた。その記憶力は抜群で、女性たちの中にあって指導者とされた。また、敵であるチペワ族の戦士を撃退するほどに勇敢でもあった（二〇―二一ページ）。生活の知恵にも長けており、薬草探しにも精通していた。勇敢なスー族の戦士を支える女性を体現した存在であったといえる。このような祖母がイーストマンの人生に決定的ともいえる影響を与えたのは当然である。

祖母は息子（イーストマンの父）が一八六二年にミネソタ・スー族の蜂起で白人に殺害されたと思った。したがって、祖母はイーストマンに、白人に復讐するために勇敢な戦士になれと激励し続けた。「お前はお父さんやおじいさんと肩を並べられるように努めなければならない」（八九ページ）。彼は祖母の期待に応えて、白人の子供が偉大な弁護士・法律家や、さらには、大統領になりたいと願うのと同じように、自分も勇敢な人間になりたいと願った、と述べている（四八ページ）。

彼は一六歳でアメリカに引き戻されるまで戦士として、また、猟師としての生き方を祖母や叔父によって教え込まれたが、その教えこそが文明を受容した後の彼に繋るものである。それは「戦士道」とでも呼べるかもしれない。戦士であることは自分自身の勇敢さを示すことであって、決して敵の領土を奪うこと自体が目的ではない。戦士は自分の中に潜む恐怖心と戦いながら、敵に接近してクー棒で敵の肉体に触れて初めて勇敢な戦士といえる。鉄砲を使って相手を殺害するのは単なる殺人行為である。

戦士であるためには強靱な肉体の持ち主でなければならない。例えば、食料や水がなくても二、三日は我慢ができ、一昼夜走り続けることができなければならない（四七ページ）。

その一方で、彼は「公僕《パブリック・サーヴァント》」であることを教え込まれた。[38] 先住民社会において戦士であり猟師であることは決して私欲を満たすことではない。猟師が自分の獲物を狩猟に出かけられない弱者に分け与えるのはごく自然のことである、と彼は著述の中で繰り返し語っている。

また、祖母の教えによれば、所有欲は女性の特性であって、戦士が備えるべきものではない（九一ページ）。そこで、祖母はある時、未だ少年の彼に厳しい試練を課した。その試練とは彼の愛犬を生け贄にすることであった。祖母の論法では彼の愛犬は勇敢だから、死を恐れない。故に、彼もその勇敢さにあやかって、勇敢になれるということである。祖母の言葉は彼にとっては絶対的であったから、彼はそれに従った。その際、彼は愛犬に向って、「僕がオジヴェ［チペワ］の国で初めて戦うとき、お前のことを思い出すであろう」と話しかけたが、これによって、彼の戦士としての心構えは一段と強まったはずである（九二―三ページ）。

猟師

イーストマンには祖母の他にもうひとり大切な指導者がいた。それは彼の幼少年期に父親の代わりを務めた叔父（父親の弟）である。叔父（ミステリィアス・メディシン）は猟師として優れており、先住民として自然の中で生きる知恵を手取り足取り彼に教えた。その教えの基本は「見るもの総てをもう一度見よ」ということであった。イーストマンの表現によれば、この叔父はもし教育を受けておれば第二のチャールズ・ダーウィン（一八〇九―八二　進化論の提唱者）、あるいは、第二のエマニュエル・アガシ（一八三五―一九一〇　海生動物学者）になれたほどに自然をよく観察していたという（一三四ページ）。

自然は先住民の存在そのものと深く関わるが、ここではイーストマンの幼少年期の体験を簡単に紹介する。まず、彼は叔父から、樹木にも人間と同様に個性があることを教えられる（二六ページ）。また、彼は揺り籠に入れられていた頃のことを次のように語っている。何ということばによるかは不明だが、自分は鳥たちやアメリカアカリスたちと話を交わすことができた、と（七ページ）。これは鳥にも説教したというイタリアの聖人アッシージのフランチェスコを思わせる挿話である。イーストマンはこの伝説的な聖人を読者に連想させることで、同時代のアメリカ人が行っている自然破壊に気付かせようとしたと想像しても、全くの的外れではないであろう。また、彼が子供の頃、ハイイログマの仔を飼っていたという話などは若い白人読者の興味をそそったことであろう（六二ページ）。しかしながら、彼は先住民と動物は親密な関係にあったと述べるばかりでなく、子供の頃、鳥に対して残酷であったことを反省もしている（七六ページ）。

この書物の中ほどに叔父が語る狩猟の話がある。これは、子供であるイーストマンが叔父に昔話を求めるという形式を採っている。叔父は体験談の結び部分で、ある時、野営中にさまざまな動物が徘徊する様を目撃した。叔父はその様子をありありと彼に語り終えてから、次のように述べる。「こういう生活は急速に消えつつあり、世界は変わりつつある」（一四一ページ）。先に紹介した、彼が鳥たちと話したという挿話も、この叔父の言葉も、猛烈な勢いで自然を破壊している「文明化した」アメリカ人に対するイーストマンの批判と読むことは可能であろう。

物語の発見

イーストマンはほぼ一〇年をかけてこの書物を完成するうちに、以後の著述活動に繋がる道を発見したと思われる。すなわち、彼の先祖が幾世代にもわたって伝えてきた昔話の宝庫の存在に気付いた。

この書物にはイーストマン個人の幼少年期の思い出とともにスー族の生活や習慣も記述されている。これは、後に取り上げる作家たちの場合と同様に、スー族にあっても個人と部族社会は相即不離の関係にあることを示した書物といえる。ここで注目すべきは、イーストマンがこの書物の執筆によって『古きインディアンの時代』や『ウィグワムの夕べ』に続く道を発見したことである。

本書の第五章は「家族の伝統」と、そして、第九章は「伝承の続き」と章題が記されている。まず第五章では、著者がスモーキィ・ディという古老から聞いた昔話を読者に伝える形式を採っている。

話は、昔スー族がミシシッピ川の東岸（今日のミネソタ州セントポール周辺）に住んでいた頃のことである。スー族と同盟関係にあるサック＝フォックス同盟は一緒にチペワ族と戦うことになる。スー族の戦士ジングリング・サンダーにとっては初陣である。彼は祖母以外はチペワ族に殺害されているので戦意は強い。彼が敵の有名な族長を倒したために、敵は総て撤退する。このジングリング・サンダーは聞き手（イーストマン）の父が所属していたバンドの先祖である。

聞き手の先祖にまつわる話がもうひとつ続く。

スー族のメディシン・マンがヴィジョンを得て、戦士たちの一団がチペワ族の国に向う。スー族は七回の戦闘で勝利を収めるが、帰還する途中で事件が起きる。聞き手の先祖にあたる三兄弟がその一団に加わっている。悪いことが起きそうだという予感のために、誰も川を下る船団の指揮を取らない。そこで、三兄弟の中でいちばん年下のモーニング・スターが指揮することになる。船団は予感通りに、途中でチペワ族に襲われて苦戦を強いられ、モーニング・スターは敵の矢に当り、行方不明となる。船団の帰還後、彼の恋人ウィノナは彼を探して川を遡る。そこで彼女は空に飛ぶ六羽のカナダヅルを見かけるが、それは蚊のように小さい。その時、どこからか声が聞こえてくる。「ツルは戦いで亡くなった戦士たちだ」。ウィノナがツルの行方を見つめていると、モーニング・スターの死体が川面に、彼女の作った矢筒と一緒に浮いているのが目に留る。彼女の魂はそこで飛び去ってしまう。

第五章第二節では「ストーン・ボーイ」という伝承が語られる。

第九章「伝承の続き」は第五章と同じく二節に分かれていて、第一節の話には「デヴィル湖の伝承」という題名が付いている。ここの語り部はウェユハと称し、第五部のスモキィ・ディの死後、偉大な語り部と見なされている。ウェユハは語り手の家《ロッジ》で夕食を取った後、次の話を語る。「昔々、赤人は人口も多く、極寒の地から常夏の地まで住んでいた。みんな、ひとつのことばを使い、みんな友達であった。その頃、動物は総て人間《ピープル》と見なされていた」（一六四ページ）。クマのバンドは少なく、尊敬されていた。また、オオカミもあの頃は尊敬されていた。しかしながら、バファロー、エルク、ムース、シカ、カモシカが世界を支配していた。

間もなく、これらの動物は思い上がり、誰も自分たちに抵抗できないと思うようになった。バファローは小さな部族（動物）に戦いをしかけて多くを殺した。そこで、グレート・ミステリィは動物人間の形とことばを変えるのがよいと思った。グレート・ミステリィは大きなテントを作り、一〇日の間世界を暗くしておき、動物人間をそこへ招き入れた。彼らがテントから出てきた時、その形は大いに変わり、ことばも通じなくなっていた。しかしながら、身振りことばだけは許された。メディシン・マンだけがそのことばを知っている。

デヴィル湖は白人が名前を変える前はミワカン（＝ミスティリアス・ウォーター）と呼ばれていた塩水湖である。

ここにチャタンカという偉大なメディシン・マンがいた。彼は人間に生れる前はハイイログマであった。ハイイログマのチャタンカは子供の頃、戸外で遊んでいると、二本足で歩き、曲がった棒とヤナギの矢を手にしている者を見かけた。その者はチャタンカにヤナギの矢を投げつけた。

チャタンカの父は狩りに出かけたまま戻らないので、父を探しにチャタンカは母と一緒に出かけた。すると、小馬に乗った二本足が大勢襲ってきて、その矢に当たった母は亡くなった。独りになったチャタンカはミネワカン・チャンティへ行き、そこに洞穴を掘った。冬眠が終わり、春になると雷鳴が轟いた。或る、ひとりの若者が洞穴の入口に立ってチャタンカに挑戦した。「競争だ。チャンティが出発点で、ゴールだ」。若者の後に老人（メディシン・タートル）がやってきてチャタンカに忠告してくれた、「あの若者は強い。ゴールの手前までずっとお前の後ろを走る。そして、ゴール直前で一瞬のうちにお前を追い抜くつもりだ。というのも、あの若者はジグザグ・ファイア（雷鳴）だからだ。お前が勝てるようにメディシンをやろう」。

世界中の動物がチャタンカを応援し、諸霊が若者を声援した。チャタンカはメディシン・タートルに教えられた通りに、ウサギの皮と樹皮を使って逃げ切って勝者になったから、長寿を全うするはずである。両者が競争したミネワカンは地球あるいは海と見なされている。そして、チャタンカが眠っている時に、女が現われて彼を白いティピに誘い入れた。チャタンカは逃げられなくなり、そこに滞まり、やがて人間となった。

二人の影響

先住民の社会におけるメディシン・マンの地位は高い。祖母はイーストマンにメディシン・マンになって欲しいと願ったが、彼はなぜかその道を追求しなかった。父親を白人に殺害されたと思い込んだ少年が勇敢な戦士になることだけを願ったのは当然ではあるが。

彼は祖母と叔父から幼少年期に強い影響を受けた。母親の代わりである祖母からは、家系の名誉を守るために勇敢な戦士になることを日夜教えられた。すでに紹介したように、彼の名前が「ハダカ（哀れな末子）」から「オヒエサ（勝者）」と変わった契機はラクロスの試合の結果である。この時以後、彼は人生の勝者になるためにはいかなる試練にも耐える覚悟を固めた。その結果、彼は一六歳で突然訪れた人生の大転機でも試練に耐えて、同時代の先住民として別格の成功を収めた。

この書物は、先住民の自叙伝を論じたH・デビット・ブランブル三世の『アメリカ・インディアンの自叙伝』（一九八八）で取り上げられている。ブランブルの主張によれば、イーストマンは当時の社会進化論の影響を受けてこの書物を執筆し、「適者生存」の理論を自分自身に当てはめた。すなわち、スー族は先住民として優れており、その中でも、イーストマンの家系は名家である。そして、イーストマン自身は卓越した人生の戦士であり、人種としては劣等とされる先住民の可能性を最大限に証明した見本である。ブランブルは戦士としてのイーストマンをこのように社会進化論の枠の中で論じている。(39)

他方、叔父はイーストマンの父親代わりであったが、この書物の中で描写されている限り、イーストマンを戦士として訓練する様子は詳述されていない。叔父は猟師であり、自然の観察者であり、自然の中で人間はいかに生きるべきかを彼に教えた。自然環境を考慮に入れなければならない今日の視点に立てば、この叔父の存在意義は大きい。イーストマンは晩年になると森の中へ戻っていったという事実を考えれば、そのことは明白である。

2　『深い森から文明へ――或るインディアンの自叙伝』

この書物は一九一六年に出版された。『インディアンの少年期』に続く第二の自叙伝であるが、その内容は自然の中で過ごした幼少年期の楽しい思い出を記した前書とは一変して、白人の文明と社会に対する厳しい批判に満ちている。

戦士イーストマン

本書第一章は父親が突然カナダに現れて、アメリカに連れ戻され、新しい時代の戦士の道に就くことを命じられた次第を語る。そして、白人の最高の教育を受けることで入手した新しい矢弓である筆、書物によって、「白人の魂」に疑問を投げかけることで、書物は終る。

彼が学校教育を受けるに際して、祖母と父親の間で激しい口論があった。祖母にすれば、白人の生活はまやかし《シャム》である（二八ページ）。他方、父親は白人文明の利点を認める。父親は、新しい時代の戦士にとって言葉と書物が弓矢であるから、イーストマンをどうしても学校に入れると決めていた。ここで注意すべきは、父親は白人の宗教（キリスト教）が優れているといって、文明の受容をイーストマンに勧めたのではないことである。また、父親は、先住民は教育によって白人と対等になりうると信じていた（四九ページ）。

ところが、イーストマンは学校教育を受け始めると不安に襲われた。ここで第二章「初期の学校生活」から引用する。

私は父の願いにそって規則正しく小さな通学学校に通ったが、私の心は闇の中にあった。本などという、この空論は一体、狩猟と、さらには、トウモロコシを植えるにしても、どんな関係があるのかと考えた。疑いもなく、この件に関する私の父の確固たる姿勢のために、この問題がますます私の気持を引いていたが、他方、祖母の考え方はこの新しい生活を奨励するものではなかった。

私はこの状況を真面目に受け止めて、私の部族の総ての者が光を求める時、みんなが行く所——深い森へと、この問題を抱えて入って行ったことを記憶している。

私が帰ってきた時、私の心は強くなっていた。私は最後までこの新しい道を歩もうと決心した（二五—六ページ）。

彼はこの時、同時に、スー族の教えを思い出し、スー族戦士たちの不屈の勇気と禁欲的諦念を模範とすることにした。彼の戦士としての決意はこうして学校生活を始めた直後に固まり、後はその道を最後まで辿ることであった。

父親は一八七四年秋に、一六歳にしては体の小さな彼がネブラスカ州サンティーに向って旅立つに際して次のように告げた。「覚えておけ。これはお前を最初の戦いに送り出すのと同じだ。お前が勝利するのを期待している」（三一―二ページ）。そして、彼は途中まで同行した男と別れる際に伝言を頼んだ。「僕は戦いを終えるまで帰らないと父に告げてくれ」（三四ページ）。したがって、彼にとって白人の教育を受けることはまさに戦いであった。彼は本書の開巻近い個所で戦いの性質が白人の出現によって激変してしまったことを次のように述べている。先住民は領土略奪と征服のために行う白人の戦いを知るまでは、部族を滅亡させたり、領土を取り上げたり、人々を奴隷状態におくことを考えなかった（二ページ）。しかしながら、白人の出現によって戦いの性質が激変してしまったからには、その戦いに備えるしか他に術はない。その備えは旧来の矢弓によってでは不可能である。こうして彼は戦士としていかにスー族に貢献できるかを熟慮するようになった。

彼は一八八三年秋にダートマス大学の学生になった時のことを次のように記して、スー族戦士としての闘志を持ち続けていたことを明言している。

ニューイングランドのインディアンたち――ダートマス大学は彼らのために設立されたのだが――はほぼ一世紀前に絶えてしまった。そして今、戦闘的なスーが、荒野のキツネのように、この輝かしい学問の府に入り込んだ（六七ページ）。

彼の表現によれば、ニューイングランドはアメリカにおける文化、芸術、道徳性、キリスト教の発祥地であるが、自分がその地についにやってきたという感慨は深かったことであろう。しかも、彼はここで初めて文学と歴史に深い興味を抱くようになった。後年、彼がスー族の伝承と歴史を文学作品にして残したいと願い、『古きインディアンの時代』や『ウィグワムの夕べ』などを出版する契機となったのはダートマス大学入学であったといえる。しかしながら彼は最終的には、現実的にスー族に貢献できる分野として医学の道を選んだ。

彼はスー族戦士として白人の教育を受け、勝利を収めたが、その後の人生は実に紆余曲折を経た。本書第一〇章では彼が首都ワシントンで経験した政治の世界について述べている。彼は連邦政府が締結した条約はほとんど履行されていないことを知り、政治の仕組を一所懸命に学んだ（一五三―五五ページ）。そして、第一〇章を結ぶに際して彼は次のように戦いのイメージを用いている。

われわれは狩猟や支給品に依存している、未だ野蛮人だと想像している人もおることであろう。しかしながら、実際には、われわれスー族は文明生活という戦いにおいて実用的な目的のために、充分身を守っているのである（一六五ページ）。

彼は新しい時代の戦士として戦い、教育に関する限り、父親の期待通りに勝利を収めた。しかしながら、彼がパイン・リッジ事務所に着任して以後知ったのは白人（キリスト教）文明の著しい腐敗であった。ウンデッド・ニー虐殺事件後の略奪に対する補償金支給に際して、彼は、支給は公正であったと証明する書類に署名しなかったという理由で辞任に追い込まれた。彼はスー族に直接に役立つ医療現場から離れるのは残念であったが、彼は先住民としての正義感を守った。この事件を述べた第八章に「政治家たちとの戦い」と章題が付いているのも彼の生き方と一致している。

白人（キリスト教）文明批判

彼は初めてキリスト教徒の生活を知ったとき、父親に質問した。「お父さん、では彼ら（白人）は［他の］六日間は神を忘れて好きなように振舞うのですか？」（七ページ）。イーストマンは本書を執筆した時すでに白人文明の実態を知り、辛酸をなめていた。彼が本書の開巻近くの個所でこの質問によっていわんとしたのは何であろうか。先住民の方が白人よりも信仰心は厚いといっているのかもしれない。あるいは、六日間悪事を働いても、日曜日に罪を懺悔すれば罪は許されるというキリスト教の教えに対する皮肉であるかもしれない。

サンティーの学校に入学した彼は新たな驚きを経験した。すなわち、教師が一日の授業に先立って生徒の居並ぶ教室で、学習の成果が得られるようにと、声に出して神に祈る光景を目にしたことであった。イーストマンはそれを聞いて冷や汗が出た、また、神にそのようなことを求めるのは求めすぎだと記している。絶対者《シュプリーム・ビーイング》はそんな世俗のことに関わらないと教えられてきた彼は、キリスト教は世俗的すぎるという印象を抱いた（四一ページ）。

ボストン大学医学部に在学中、彼はある夏期学校に通っていたが、ある時、その主催者と散歩した。すると、その主催者は道端のある記念碑を指さして、二世紀前に先住民に殺害された無垢のキリスト教徒を記念した碑だと説明した。イーストマンはその説明に対して次のように答えた。白人は先住民全部を殺害しておれば、その子孫の魂を救うために尺力する必要がなかったであろう、と（七四ページ）。先住民の側から考えれば、白人が無垢ではありえない。イーストマンはキリスト教徒だから無垢だという理屈は成立しないと主張したかったのであろう。同時に彼は先住民に対する布教活動にも皮肉を放っている。

すでに紹介したように、彼のボストン大学医学部時代のことはよく分からない。ただし、彼は貧民街で医療活動したことによって、白人文明に対する根本的疑問を深めたことは確実である。東部にやってきた彼が友人たちから、それまで白人文明の長所だけを見せられていたとすれば、貧民街の存在は衝撃であったに相違ない。そして、その疑問はパイン・リッジ事務所に着任することによって批判へと変っていった。

私は誰をも信用し、文明とキリスト教を文字通りに信じていた——しかしながら、後に知ったように、それは大きな誤解であった（一二五ページ）。

ウンデッド・ニー虐殺事件後、白人文明を受容していたスー族も被害を受けた。すなわち、白人はスーの住居に侵入し、物品を略奪し、多くの家畜を連れ去った（一一六ページ）。この略奪行為に対する補償金の支給をめぐる横領はすでに言及した通りである。補償金は有力者、教育のある者、混血に対しては全額が支払われたが、老人および無知な者の金額は横領された結果、一五—二〇パーセント少なかった、とイーストマンは記している（一三一ページ）。

第九章には「建て前の文明と実践されている文明」という章題が付いている。読者はここに至って、イーストマンが白人文明を真正面から問題にしていることを知る。彼はYMCAの組織づくりのために西部の諸部族を訪問した折、スー族の旧敵であるチペワやその他の部族の者たちと会った。その時の会話が紹介されているが、或る先住民は次のように語った。「私はこのイエスというのはインディアンであったという結論に達した。イエスは物質の取得と強い所有欲には反対していたのだから」（一四三ページ）。また、伝統を守る別の先住民は次のように述べた。「白人は自然に対しても神に対しても敬意を払わなかった」（一四九ページ）。イーストマンは本来、キリスト教を弁護する立場にあったが、「この国はキリスト教国ではない」ことを認めたと記している（一五〇ページ）。

最終章（第一二章）には「白人の魂」という章題が付いているが、ここで白人文明に対する彼の批判は頂点に達する。

公然と「キリスト教徒」と明言する個人によって構成されている国々が犯す邪悪をこんなに多く目にするのはどうしてだろうか？　歴史書は公認された殺害と弱者と未開の人々から奪った略奪品で溢れている。今日の世界は明らかにこの制度から脱却していない。われわれの文明の物質的および知的壮大さの背後には原始的な野蛮と残酷と欲望が支配している（一九四ページ）。

イーストマンはここで、白人が先住民に対して使う「野蛮」という言葉を白人に投げ返している。彼が本書を執筆していた時、ヨーロッパ大陸ではキリスト教を信じる者同士がかつてない規模で戦争をしていた。第一次大戦がいかに「野蛮」で、「残酷」であったかは作家たちが描いた通りである。また、イーストマンにすれば、キリスト教を信じる白人がいかに野蛮で残酷であるかはスー族の先祖、および、南北アメリカ大陸の先住民が数百年にわたって経験してきたことであった。

以上のように彼の白人（キリスト教）文明批判は厳しいが、彼は次のような段落で本書を締め括っている。

私はインディアンである。文明から多くのものを学んだ――そのことを私は感謝しているが――私は決してインディアンの正義感を見失ったことはない。私は商業、国家主義、あるいは、物質的効率性の進展および進歩よりも、社会的および精神的方向にそった発展および進歩に賛成する。それにもかかわらず、生きている限り、私はアメリカ人である（一九五ページ）。

イーストマンはここで「私はインディアンであったが、今はアメリカ人である」とは言っていない。彼は先住民であることと、アメリカ人であることが対立するとは考えていない。今日の用語を使えば、彼はアメリカが多文化主義に立った多民族国家として「正義」を実現する社会になることを願っている。白人は先住民が主流文化に同化することを求めたが、彼の主張は先住民が文化変容することである。そのためには、アメリカ・インディアン協会（SAI）の会合において主張したように、彼は先住民の間における社会的および道徳的改革が必要であると考えた。彼はニューイングランドにいた時、サムソン・オッカム（一七二二？―九二）のことを思った。ニューイングランドの諸部族がオッカムのように白人文明を受容していたならば、絶滅を免れたことであろうと考えた。そして、手遅れにならないうちに、スー族が文明を受容すべきだと述べているが、これは彼の心底からの願いであったと思われる（六五―六ページ）。

3　『古きインディアンの時代』

これは一九〇七年に出版されたが、幾編かはすでにそれ以前に雑誌に発表されたものである。第一部は「戦士」であり全七章から成り立ち、第二部は「女性」であり全八章から成り立っている。

『インディアンの少年期』にはいくつかの昔話が組み込まれているが、書物全体は自叙伝である。一方、本書と次の『ウィグワムの夕べ』には数多くの話が載っており、読者がスー族の歴史と伝承に興味を抱く契機となりうる。本書に収められている作品の多くは、スー族が森林地帯に住んでいた頃に設定されている。すなわち、チペワ族がフランス人から入手した武器で東側からスー族に圧力を加えたために、スー族が西側に移動した前である。

「アンテロープの恋」

これは第一部の冒頭におかれており、いちばん長い話である。

主人公アンテロープは戦士らしく部族の人々のために狩猟する、「公僕」の鑑といえる若者である。彼はほとんど「霊魂」といえると描写されている。

部族の習慣にしたがって「乙女の祭り」が開催されて、タルータ（＝スカーレット）がその美しさを若者たちに披露する。アンテロープは族長の家系ではないが、戦いで指導者になりたいと願っている。そして、彼は乙女の祭りの後でタルータに結婚を申し込む。

アンテロープはタルータが作ってくれたモカシンを履いて、西方のユーティ族を攻撃するために出かける。彼は勝利を収めて帰還するが、部族のキャンプはなくなっており、代りに墓地がある。彼が死者を見送る哀悼歌を歌ってからティピに入ると、タルータの霊魂が待っていて、「あなたは私の双子の霊魂を見ます」と告げる（三四ページ）。アンテロープは戦功としてウォー・ボネットを被ることを認められるが、次は五〇〇人の戦士を率いてリー族、マンダン族、グロウ・ヴァーントル族の連合軍と戦うことになる。

アンテロープの作戦は自分が敵（リー族）の村に紛れ込むことである。すると、族長の家には娘（スタス）がおり、その姿はタルータに生き写しである。スタスは夢の中で、タルータの霊魂がアンテロープを連れてくると告げられていた。アンテロープはタルータのことばを思い出してリー族の元に留り、二人は結婚する。アンテロープはスー族の元に戻れば、自分がリー族の乙女を恋したと、戦功のない若者たちに馬鹿にされるのに我慢できない。そこで、彼はスー族の元には戻らず、スー族と戦うことになるのも覚悟する。

アンテロープはスー族戦士の美徳を体現した人物である。すなわち、彼は自分のためにではなく、部族の人々のために狩猟する（三ページ）。また、寒さや飢えが彼の公僕としての名誉心を挫くことはない（六ページ）。彼の出自は族長の家系ではないから、彼は実力で自分の地位を築く。しかしながら、運命は彼の味方ではなく、凱戦した彼を待っているのはタルータの死である。ここで、ほとんど霊魂ともいえるアンテロープは部族という境界を越える。そして、彼はスー族と敵対しているリー族の乙女と結婚するという展開は本書に収められている他の諸編とは大いに異なる。イーストマンは自分の部族に戻らないスー族戦士の話を他にも書いているが、「アンテロープの恋」ほどには詳述されていない。また、この作品はスー族の歴史的事件と関係がないようである。ほぼ完全に創作であると思われる。したがって、作者の空想は自由にはばたくことができた。その結果、スタスは夢の中で、亡くなったタルータがアンテロープを自分の所に連れてくると知らされる。作者は先住民にとって大切な夢の中でのお告げや「乙女の祭り」などの習慣を折り込むことで、年少の読者がスー族の社会や文化を垣間見ることができるように工夫している。

「歌う精霊」

ある晩秋に食料不足のためにスー族の一〇人の若者がバファロー狩りに派遣されることになるが、これは季節的にきわめて危険な役目である。彼らはグレイ・ウッド川（＝ジム川の上流）ぞいでバファローを探す。一行の中心はアヌーカサン（＝ボールド・イーグル）で、年齢は三〇歳前後である。一行は部族のために役目をはたす覚悟はあるが、獲物は見つからない。

そのために誰もが意気消沈するが、アヌーカサンはみんなを励ます。ある夜、キャンプで火を焚いていると、蚊の飛ぶような小さな音が聞えてくる。この地方には小人が住んでいるという伝説がある。その名前はチャノテダー（＝オグルゲチャナ）で、新生児ほどの大きさであり、その住いは空洞の切り株である。チャノテダーは不思議な音楽を奏でて、独りで旅する者を誘惑するといわれている。チャノテダーは捕まえた者を戦いの予言者やメディシン・マンにする。しかしながら、チャノテダーから逃げ切った者はキャンプ・ファイアーの臭いを嗅ぐと直ちに死ぬといわれている。この伝説が一行を不安に陥れる。何年か前に、猟師たちがこの地方で狩りをしていたが、彼らはついに村に戻らなかった。翌年の夏になって、チャノテダーの住いといわれている場所の近くで彼らの骨が見つかった。今、一行の中の或る若者は、その音は死んだ敵の精霊の声だと思う。そこで一行はアヌーサカンの指示を仰ぐ。すると彼はその音の正体を確かめようという。一行が或る小屋に押し入ると、チャノテダーはバイオリンを奏でている。

話はここで一端中断して、別の人物が登場する。

カナダのメティスであるアントワン・ミショーはハドソン湾会社のためにバファロー狩りに従事している。ある時、彼は馬に乗ったままバファローの群れの中に入り込んでしまい、バファローに踏み潰されそうになる。疲れ切った彼は馬上で眠ってしまい、目を覚ますと朝になっている。すると、バファローの群れは森林に入り込んでおり、バファローのために怪我をした一頭のクマが身を守るのに必死である。クマは木に登っており、アントワンは馬を捨ててクマのいる木に飛び移る。やがてバファローの群れは遠ざかる。彼はバファローを射止めると、木から下りて、その肝臓の一片をクマに与える。彼はクマに「アミ（友人）」という名前を付けて、両者は彼の建てた小屋で仲よく暮らすようになる。彼はヒマラヤスギとヤマネコのガットでバイオリンをつくる。或る夜、アミがいないとき、アヌーカサンが率いる一行が小屋に押し入ってきたので、アントワンは一行に肉を提供して歓待する。アヌーカサンはバイオリン奏者は精霊だと思っていたとアントワンにいう。スー族はアントワンにバファローの居場所を教えられて、飢えを救われる。アントワンはその行為によってヤンクトン・スー族に受け入れられ、妻をもらい、高齢まで生きる。一方、クマのアミはアヌーカサンの一行が小屋に押し入った時以後、姿を消した。

スー族にはチャノテダーにまつわる伝説がある。イーストマンはこの伝説に歴史的な要素を加えて、この作品を書いた(40)。イーストマンの作品の主人公は一般的にスー族の人間であるが、この作品ではメティスであるのが特徴といえる。

イーストマン自身の中に白人の血が少し流れているが、彼はそのことにほとんど言及しない。例外は、『インディアンの少年期』において、母親は黒髪と黒い目以外は総て白人の特徴を備えていたと記している箇所である（四ページ）。混血の問題は彼以後の先住民作家にとって重要な主題のひとつになってゆくが、この短編はこの点でも先駆的であるといえる。

「飢餓」

カナダの西部マニトバのアシニボイン川ぞいにフォート・エリスがある。アシニボインはスー族の支族である。砦にある交易所の経営者は狡猾なスコットランド人のマクラウドである。彼はアメリカから逃げてきたスー族が優れた猟師であることに気付くと、彼らに媚び、また、彼らとカナダの諸部族が友好関係を保つように努める。

一八六二年のミネソタ・スー族の蜂起で中心的人物であったリトル・クロウの息子（ホワイト・ロッジ）が率いる一行が交易所にやってくる。ホワイト・ロッジにはマガスカウィ（＝スウォン）という美人の娘がいる。マクラウドの息子（アンガス）は彼女が気に入っており、マガスカウィには双子の姉妹ウィノナがいる。

スー族はマウス川の方へ向う。バファローの群れはミズーリ川を越えて西へ移動している。

メディシン・マンの予言では冬の間に獲物が不足する。吹雪は近付き、予言通りに獲物は見つからない。三月になると、食料はほとんど底を尽き、子供や弱い年寄りはすでに亡くなっている。ホワイト・ロッジはフォート・エリスに救援を求める使者を派遣すると決める。そして、フェイス・ザ・ウィンド（「風に向う」）という若者が使者に選ばれる。使者は三日目に砦に到着するが、空腹のために意識が朦朧となり、自分はイアー（飢餓の神）と死闘を演じている、と思う。

ここにひとつの伝承がある。イアーは何も恐れないが、チリン、チリンという金属音だけは苦手である。そこで、使者はマクラウドに何か金属音を出してくれと頼む。そして、望みが叶えられた途端に使者は事切れる。

この使者の出発前、ホワイト・ロッジの娘マガスカウィは窮状を知らせる、アンガス宛ての手紙を記す。この手紙は事切れた使者の腰に巻かれていたベルトの中にある。アンガスはマガスカウィの手紙を判読すると、救援に向うと父に告げる。マクラウドは優秀な猟師を死なせるわけにはいかない、と同意する。と同時に、ホワイト・ロッジたちが毛皮を持っているならば、持って帰れと息子に命じる。

一方、ホワイト・ロッジの一行と一緒にいるマガスガウィとウィーナはある老女とその孫の世話をする。一人の若者が一頭のシカを仕留めたことで、一行の飢えは少し収まる。しかしながら、若者自身は充分に食べない。

「兵士長」

場所はミネソタ川ぞいの保留地である。スー族と白人は川を挟んで住んでいる。スー族に約束された年金は繰り返し延期されているために、白人に対する不信は募っている。他方、商人はこれを好機とばかりに掛け売りは四倍の価格で商品を売る。

スー族の有力指導者のひとりであるリトル・クロウは白人の圧力で、ミネソタ川の北に広がる土地を九万八〇〇〇ドルで売却する条約に署名した。そのために彼の人望は落ち、命さえ危険に晒されている。

そんな折、ライス・クリーク・バンドが戦いをしかける。リトル・クロウは彼らが白人を殺害したと知ると、自分は決して白人の味方ではないことを示す好機だと思う。そこで、彼はタワスオタを兵士長《チーフ・ソルジャー》に指名して、戦いを計画する。タワスオタはリトル・クロウに命令されたから商人を襲うが、本心ではリトル・クロウに対して反感を抱く。タワスオタは戦士らしく戦いによって名声を得てきた。戦士にとって白人を殺害することは名誉でないばかりか、武装していない者を殺すのは単なる殺人である。彼は戦いが変質しつつあることに気付く。彼は商人と良好な関係を維持してきたから、商人のマイアリックに「逃げろ」と教えるが、マイアリックは逃げきれない(41)。

タワスオタは年配の親族の者から、白人を襲撃したことを咎められ、自分たちの崩壊を早めただけだと指弾される。彼はそれに応えて、「自分は臆病者のすることをした。これをしたのは自分の意志ではなかった」と弁明する（一二四ページ）。しかしながら、自分の責任を自覚している。

彼が母と姉妹たちのいるテントに戻ると、妻と二人の息子はいない。妻たちは妻の母親によって白人の町（フェアリーボー）に連れてゆかれた。妻の一族は白人の味方であり、改宗もしているからである。

彼は母のテントを出ると、次にリトル・クロウのテントの向う。リトル・クロウの計画では翌日、フォート・リッジリィを攻撃し、その後、ニュー・ウルムなどを攻撃することになっている。しかしながら、フォート・リッジリィへの攻撃は成功しない。その夜、タワスオタはもう一度妻と息子たちに会うためにフェアリーボーに向って百マイルの道程を駆ける。彼は目的地に着くが、白人たちの味方である先住民はリトル・クロウと関係ある者が接近してくることを警戒している。彼はかろうじて妻と二人の息子と会う。後年、息子のひとりはホイップル主教(42)の元で布教師となる。

イーストマンは後年、『インディアンの英雄と偉大な族長たち』においてリトル・クロウを取り上げているが、その評価は厳しい。この短編は、戦士本来の道を忘れた上司を戴く部下の苦衷を読者に想像させる。戦いが変質して、戦いは単なる殺人行為であるから、ここでは戦いの歌も戦いの踊りもない。

この作品は実在の人物と事件に基づいている。

「白人の使者」

一八六二年のミネソタ・スー族の蜂起後、シブリー将軍はマディ川を越えて逃げたスー族を追跡する。その年の冬、語り部のズヤマニが所属する部族はダコタ準州のフォート・ライスから二マイルの所にキャンプしている。砦の守備隊長はフォート・バーソウルドに連絡を取りたい。そこで、隊長はズヤマニの部族の族長たちに使者になってくれる者を探してくれと頼む。二つの砦の距離は一五〇マイルほどであるが、その間には敵対するスー族がいる。戦士たちは隊長の求めに応じない。その理由は、この仕事は白人のための使いであって、戦士の名誉として人々の記憶に残らないからである。結局、他に誰も志願しないから、ズヤマニが志願する。彼はこの時まで征途に登った経験がないにもかかわらず、きわめて危険な役目を引き受ける。彼は銃を持たず、青い連邦兵の服も着ずに、弓矢、双眼鏡、短銃を手にして出発する。

彼は途中、馬の世話をしているスー族の者に見つかる。その後も、彼を見つけて追跡してくるスー族は増える。彼はかろうじて険しい小峡谷を渡って目的のフォート・バーソウルドに着く。

夜になると、砦近くにいるリー族、グロウ・ヴァーントル族、マンダン族の戦士たちが彼の所にやってくる。その中のひとりで、リー族の長老であるプァー・ドッグは彼に向っていう。「お前はとても若いか、または、馬鹿に違いない」（一四二ページ）。その理由は、ズヤマニがスー族に激しく追撃されて、あと一歩で殺されそうであったという知らせがプァー・ドッグの元に届いているからである。また、長老は、そんな危険を犯しても、白人は何の償いもしてくれないと教える。

守備隊長は彼に、安全のために一五日間砦に滞在してから戻るようにと忠告する。また、隊長はその際、リー族とグロウ・ヴァーントル族の二〇名を護衛として彼に付けてくれる。旅の途中、夜になると二人の護衛が斥候として偵察に出かけるが、その際、二人は古の習慣にしたがってパイプを吹かしてズヤマニに忠誠を誓う。しかしながら、リー族とグロウ・ヴァーントル族は長年にわたってズヤマニの部族とは敵対関係にあったから、彼は不安である。護衛たちが守備隊長に対して、忠実であることだけが頼りである。

彼は護衛の戦士たちと別れて独り帰途の旅を続ける。すると、フォート・ライスの方向から戻ってくるスー族の一行が見える。その後、さらにスー族の数は増え、遠巻きにされる。そこで彼は険しい小峡谷を下りる。追跡してくるスー族の数が多いが、坂を下りるには一列にならなければならない。彼はこうしてスー族の追跡をかわして谷底で夜を迎える。夜明けに味方の一行が来てくれて、彼の偉業を祝福してくれる。

ズヤマニは手柄話をみんなに話し終えると、最後に次のように言う。「プァー・ドッグは正しかった。というのは、偉大なる父［大統領］は私にどんな賞賛の言葉も送ってくれなかった。また、私が成し遂げたことに何も報いてくれなかった。それでも、私に名誉がないわけでもない。私は白人の使いをしたが、私の部族の人々が私を忘れていないからだ」（一四八ページ）。

イーストマンがスー族社会と白人社会の仲介役を務めていたことを思い出すとき、ズヤマニは彼にとって全くの無縁の存在ではなかったといえる。

「スナナの仔ジカ」

これは本書第二部「女性」の中の話である。

スー族の乙女スナナはシカの足跡を見つけると、仔ジカを母ジカから離して捕まえることができればと願う。彼女が足跡を辿ると、仔ジカが眠っている。仔ジカが彼女の足音で目を覚ますと、彼女は仔ジカに向って、「あなたを独りここに残しておく分けにはゆかない。猟師たちがこの道を辿って戻ってくるから」という。次にスナナが仔ジカを背負って坂を登っていると、母ジカが現われる。そこでスナナは母ジカにいう。「猟師たちは間もなくここにやってくる。この仔を私に預けて頂戴」。スナナが再び仔ジカを背負って歩き始めると、ハイイログマと出会う。スナナはたじろがずに、「背中に荷物を背負った無力な女性を襲うのは、偉大なメディシン・マン［クマ］には相応しくない」といって、難を逃れる。スナナは無事、村に戻ると仔ジカを自分のペットとして連れ歩く。ある時、森の中でシカの鳴き声がする。しかしながら、スナナはその声が本物ではなく、猟師の物真似であると見抜く。猟師はスナナと仔ジカに出会うと、彼女を信用しない。その理由は、母ジカは猟師を惑わすために人間の姿をするという言い伝えがあるからである。スナナはその猟師が同じスー族の者であるのに、自分を知らないことを咎めて、自分はシカの変身でないと告げる。それから彼女は仔ジカを森の中において戻ってくると、猟師に向っていう。「ここで再び狩りをしないと約束して頂戴」。こうして、スナナは仔ジカを手放したが、その代りに恋人を見つけた。

「ブルー・スカイ」

これも第二部の作品である。

ブルー・スカイ（女性）の兄（ブレーブ・ホーク）はクロウ族との戦いで亡くなった。その戦いでブレーブ・ホークの次に最も活躍したのは誰かという疑問が提起されるが、結局、栄誉はレッド・アウルにあるとされる。ところが、ブルー・スカイはマトスカという戦士に栄誉があると思う。クロウ族を攻撃した際、マトスカは落馬して敵に囲まれ、姿が見えなくなった。一方、レッド・アウルは味方の所に戻ってくると、不自然な自殺をする。ブルー・スカイはマトスカが生きているかどうかを確認したくて戦場の跡へ向う。彼女はそこで、マトスカの馬の腹に矢が刺さっているのを見つける。これはレッド・アウルの裏切り行為だと分かるが、マトスカの死体は見つからない。

ブルー・スカイはクロウ族の村に入るために赤ん坊を抱いている振りをする。彼女はそこで捕まると、自分は兄を殺され、恋人を捕虜にされたからここに来たと告げる。ここで、レッド・アウルがマトスカの馬を後ろから射たことが判明する。クロウ族の族長はマトスカを生かしているが、その訳は、マトスカが最近戦死した自分の息子に似ているからである。族長は習慣にしたがって彼を養子にした。しかしながら、族長はマトスカもブルー・スカイもスー族の元に戻ることを許す。

これらの話はスー族の習慣を白人読者に伝えながら、スー族は決して戦いにだけ従事していたのではないことを語っている。「アンテロープの恋」は人間の心は決して部族や国家に縛られるものではないことを物語っている。と同時に、先住民にとって霊性や夢が大切であることを思い出させる一編でもある。「スナナの仔ジカ」は動物と人間の交流を描いている。イーストマンは「動物人間《アニマル・ピープル》」という言葉を使うが、動物は『インディアンの少年期』から続く彼の大きな関心事である。また、この作品は女性の中にある母性と動物を美事に繋げた話でもある。「ブルー・スカイ」は人間の裏切り行為という普遍的なことを折り込みながら、結局、裏切った者は自滅せざるをえないという教訓を含んでいる。印象的なのは、二人がスー族の元に戻るのを許す族長の寛大さである。

スー族（先住民）は「残酷な野蛮人」というイメージが流布しているとすれば、それは白人が都合よく、自分の歴史的な所業を忘れて創り出したものである。イーストマンは誰にでも読めるこれらの話によって、先住民像の修正を迫っているといえよう。(43)

これらの作品は一八〇〇年前後から一八六〇年代に設定されており、焦点は個人に当てられている。女性を描いた作品にエレン・グッデルの文体を読み取る批評もある。

4 『ウィグワムの夕べ――スー族の民話（再話）』

ウィグワムは住居用のテント小屋であり、通例は半球形で、五大湖地方より東側の部族が用いた。

これは一九〇九年に出版された著述で、『古きインディアンの時代』と同様に、すでに雑誌に発表された話も収録されており、全部で二七編収録されている。イーストマンの著述は多いが、彼とエレンの名前が一緒に表紙に記されているのは本書だけである。しかも、前書は彼女が書いている。

エレンは前書において、まず本書出版の意図はスー族民話の宝庫保存に貢献することだと述べている。次に創世神話は本来、長くて複雑であるが、白人の子供に分かり容いように一〇分程度の完結な話にしたと記している。

彼女が本書を執筆していた時強く意識していたのは、イソップ寓話および同時代のアングロ・サクソン系の童話であった。まず彼女がイソップ寓話を意識していたことの証拠は一編一編の話の最後に付けられている教訓である。いくつかを紹介する。「余りに高慢ちきで利己的であると、結局は総てを失うだろう」（第一話）、「余りに大きな声で自慢するのは賢明でない」（第二話）、「忍耐と機転のある方が速いことよりも良い」（第四話）、「忘恩ほどに下劣なことはない」（第七話）、「他人を騙す者はいつの日か自らが騙される」（第九話）。教訓は前半のお話に付いており、後半のものにはほとんど付いていない。

他方、アングロ・サクソン系の童話に対する彼女の批評は厳しい。本書に収められているお話は詩的であり、残酷ではないが、例えば「ジャックと豆の木」は残酷であると批判している。

たしかに彼女の主張する通りであるが、彼女の創作願望はスー族およびイーストマンとの出会いによって相当に実現されたと思われる。本書は実質において、スー族の民話を素材とした彼女の作品ともいえる。お話の最後に教訓を付すことはいかにもイソップ的であり、白人の文化的伝統に合致するかもしれないが、スー族の口承文学の伝統に合致するとはいえないのではないか。『インディアンの少年期』にも幾編かのお話が挿入されているが、本書に見られるような教訓は付けられていない。彼女は本書の二年前に出版された『インディアンの少年期』が好評を博して、イーストマンの名前が有名になった好機を逸することなく、自分の創作願望を部分的に達成したと思われる。

彼女の創作願望がいかに強かったかは、後年に出版された彼女の数冊の書物の出版に示されている。『百姓娘の手記』（一八八一）、『鳥の訪問』（一八八三）、『夕べの声』（一九三〇　詩集）、『プラット――赤人のモーゼ』（一九三五）、『百本のメープル』（一九三五）などが彼女の著述である。

5　『インディアンの魂――或る解釈』

これは一九一一年に出版された。すでに紹介したように、イーストマンは『深い森から文明へ』の結び近くで近代の白人（キリスト教）文明を厳しく批判しているが、その批判は五年前に出版された本書においてすでに表明されている。すでに紹介した点もあるが、本書の要点をまとめてみる。

寡黙

寡黙（沈黙）は猟師と戦士にとって絶対的条件である。先住民は幼少年期に寡黙を身体に浸透させることによって忍耐強くなり、自己を抑制できる人格が形成される（『インディアンの少年期』九ページ）。そこから所有欲を戒める心構えが育つが、所有欲は戦士として克服するべき弱点である（二五ページ）。祖母がイーストマンに愛犬を生贄《いけにえ》として献げよと命じた背景にはこの戒めがあると考えられる（『インディアンの少年期』八九―九六ページ）。

こうして形成された人格の持ち主は戦いにおいても信仰においても個人主義者である（七ページ）。その個人主義は戦いにおいては「クーを数える」という行為に現われており、信仰の面では単身森の中に入るか、あるいは、山の頂上に立つことに現れている。すでに紹介したように、イーストマンが新しい時代の戦士としての意志を固めたのは、学校の騒音から離れて、単身森の中に身をおいた時であった。寡黙は身体、精神、霊魂などを均衡状態に保つのに不可欠とされる（二三ページ）。

個人

先住民の個人主義は自らの欲望を正当化し、充足することではなく、寡黙と独居《ソリテユード》によって得た抑制のきいた自己を公共のために役立てることである。個人の徳は重要であるが、それは世代と世代を繋ぐ一員として役立つためである（二四ページ）。これは明らかに西洋的個人主義とは異なる考え方である。先住民が戦士として戦場において「クーを数える」ことを重要視するのも、個人の責任において、目に見える敵を、個人の勇気でもって倒すからである。目に見えない敵を大量に殺害することは戦いではない。

キリスト教批判

白人は「野蛮なる先住民」を文明化するのは白人の義務であると信じた。それは西部への領土拡大をキリストの神から与えられた「明白な運命」だと述べたのと同一線上にある。その白人にとって文明化とは先住民のキリスト教化であり、キリスト教以外の宗教への改宗ではなかった。

イーストマンは文明化政策に賛成して自ら、その先頭に立って邁進《まいしん》したからこそ、白人（キリスト教）文明に対して厳しい。まず。彼は他の宗教の存在を認めないキリスト教を批判する

（五ページ）。さらに、キリスト教界が職業的な聖職者層を有し、教会堂を必要とすることに矛盾を見い出す。イエス自身は物質の所有を戒めたにもかかわらず、近代文明の中のキリスト教はその戒めから全く逸脱している。すなわち、時間、労働、女性の愛、個人の独立心、聖職者の地位などは総て金銭で測られ、売買されている（六ページ）。

さらに、先住民の領土を略奪するうえでキリスト教徒の軍人がはたした役割も決して小さくない。例えば、一八六四年一一月末に起きた悪有高いサンド・クリークの虐殺を指揮したのは、J・M・チヴィントン大佐であったが、彼はメソジスト派の牧師であった。

また、聖職者が領土譲渡交渉で果たした役割はきわめて大きい。例えば、ブラック・ヒルズで金鉱が発見されると、政府は交渉団を派遣したが、その中にサミエル・D・ヒルマンという主席布教師が入っていた。さらに例を挙げると、すでに紹介したように（八〇ページ）、「兵士長」の息子のひとりが、ホイップル主教の元で布教師になるが、そのホイップルも土地譲渡交渉では重要な役割を果たした。聖職者たちは先住民の魂を奪っただけでは満足できずに、領土を略奪することにも大いに荷担した。

生き物

寡黙と独居を大切にする先住民が自然界の総てのものに価値を見い出すのは当然である。例えば、石にも特別な思いを寄せる（二二ページ）。

チャールズ・ダーウィンが進化論を発表したのは一八五九年であったが、進化論はキリスト教界や学問の世界に大きな影響を与えた。その一方で、アメリカではバファローが絶滅寸前に追いやられていた。しかしながら、人間が総てであるキリスト教を信じる人々はアメリカの自然を破壊することを躊躇しなかった。イーストマンは、進化論がどうして生物への敬意に繋がらないのかと疑問を投げかけている（三七ページ）。

6 『インディアンの英雄と偉大な族長たち』

これは一九一八年に出版された著述であり、族長たち一五名が取り上げられているが、主としてスー族である。先住民の人名事典が出版されている今日の視点に立てば、修正されるべき箇所もある。しかしながら、一九一八年という早い時期に本書が出版された意義はある。以下において、まず最初にイーストマンが伝える各人物像を要約して、その後、今日の研究の成果などを紹介する。

イーストマンは本書全体の前書として次のように述べている。先住民諸部族は著名な指導者を戴いたが、正しく伝えられていないために、アメリカ史において知られていないのも同然である。彼は著者として、アメリカ人が遅れ馳せながらも彼らを公正に評価することを期待している、と述べている。

レッド・クラウド

一八二〇年?―一九〇九年一二月一〇日。オガララ・ラコタ族。オガララの名前はマハピヤ・ルタ。

ある時、レッド・クラウドが雨のために洞窟に避難すると、何者かが後から入ってきた。暗闇のために、それが人間かクマか分からない。朝になると、それがユーティ族の男と分かるが、両者は洞窟の中では争わない。まずユーティ族の男の顔に笑みが浮び、レッド・クラウドもそれにつられて争わないと手話によって約束する。この挿話は、先住民が徒に争うものではないことを物語っている。

ウィリアム・セルビィ・ハーニィ将軍（一八〇〇―八九）は一八五五年、ブルレ・スー族のキャンプを攻撃後、条約締結のために西の方にいるスー族は総てフォート・ララミに集まるようにと伝えた。しかしながら、オガララ・スー族はそのことばを無視した。ところが、オガララ・スー族のベア・ブル族長は白人から賄賂（ウイスキー）を受け取って、部族をまとめようとした。彼は反対派を射殺したが、レッド・クラウドの父と兄弟もその犠牲者であった。そこでレッド・クラウドは復讐としてベア・ブルを殺して、それ以後、部族の者から指導者と認められるようになった。

全オガララ・スー族の族長であるマン・アフレッド・オブ・ヒズ・ホーシーズ(44)は重要な相談事があればレッド・クラウドと協議するようになったので、レッド・クラウドの権威と影響力は強まった。

ある時、諸部族がフォート・ララミ近くに集結した。ちょうどその時、西へ移動するモルモン教徒の一行が動けなくなった一頭の牛を置き去りにした。そこで、スー族の若者たちはその牛を殺した。すると翌日、将校が三〇名の兵士を従えてやってきて長老のコンカリング・ベア(45)に若者たちの引き渡しを求めた。コンカリング・ベアは誤解だと弁明し、また、償う用意があるとも返答した。しかしながら、将校は彼の弁明を一切聞き入れずに、その場で彼を射殺した。そのために、スー族は兵士たちを殺し、誰も砦に戻ることはなかった。混血の通訳も殺された。

その後、軍隊からの報復もなく時が過ぎた。

レッド・クラウドは白人に屈伏することを次のように反対した。

友よ、われわれが白人を歓迎したのはわれわれの不幸だった。われわれは騙された。白人はわれわれの目を楽しませてくれるピカピカ光る物をもたらした。白人はわれわれのものよりも優れている武器をもたらした。なかんずく、白人はしばしの間、老齢、気弱さ、そして、悲しみを忘れさせてくれる酒をもたらした。……この金持のピカピカ光る小間物、心を征服してしまう、人を惑わす飲み物――こういうものがわれわれの家庭、われわれの狩猟地、われわれの長老たちの尊敬すべき教えを捨てさせるのを許してよいのか？　われわれがあちらこちらへと追い立てられて、あたかも白人の家畜のように集められてよいのか？（六―七ページ）

次の演説はフォート・フィル・カーニィ（ノース・プラット川ぞい）を攻撃する前のものである。

ダコタよ、聞け。ワシントンの「偉大なる父」が兵士長［ハーニィ将軍］をわれわれの所に派遣して、われわれの狩猟地に道《パス》を、山岳地帯と西の海に至る鉄道を通したいと頼んだ時、われわれは、彼らはただわれわれの土地を通過するだけで留ることなく、遙か西部で金を探すだけだと告げられた。われわれの長老たちが、この危険なヘビがわれわれの直《ただ》中《なか》に入るのを許したのは、友情と善意を示すためだった。彼らは旅人を守るのだと約束した。しかしながら、舌の根も乾かぬうちに、「偉大なる父」はわれわれの領土に砦を築いている。みんなはリトル・パイニィで白人兵の斧の音を聞いた。その存在は侮辱であり、脅威である。われわれの先祖の精霊に対する侮辱である。先祖の聖なる墓地を明け渡して、トウモロコシを収穫するために犂を入れることを許すのか。ダコタよ、私は戦う！（七ページ）

この演説から一週間と経たないうちにスー族はフォート・フィル・カーニィへ向って進んだ。当時、フォート・フィル・カーニィはオレゴン街道を守るために建設された、フロンティアの最前線の砦であった。クレージー・ホース（後出）が指揮を取ることになり、攻撃の作戦決定には著名なスー族の族長たちがほとんど参加した。その結果、ウィリアム・ジャッド・フェタマン[46]指揮下の兵士を計略で砦からおびき出す作戦が成功して、八〇名の兵士が三〇分ほどで全滅した。

政府は軍隊を派遣する代わりに条約締結のために交渉団を送った。その結果、一八六八年にフォート・ララミ条約が締結されたが、レッド・クラウドはいちばん最後に署名した。条約締結に際して、彼の提示した条件は総て満たされた。すなわち、新しい道路を建設しないこと、守備隊の撤退などである。さらに、この条約はブラック・ヒルズとビッグ・ホーンはスー族の所有と認め、スー族の許可なしには白人は入れないことになった。しかしながら、その直後、ブラック・ヒルズで金鉱が発見されたために白人はブラック・ヒルズに押し寄せた。そのためにスー族と白人の関係は悪化し、一八七六年六月にはカスター将軍が率いる第七騎兵隊はリトル・ビッグホーンの戦いで全滅した。

イーストマンによれば、この戦いでの勝利にもかかわらずレッド・クラウドは自分たちの抵抗は長く続かないと判断した。彼は同年秋に、マケンジーが率いる軍隊に囲まれて降伏後、ネブラスカ州のフォート・ロビンソンに連行された。さらにその後、彼はパイン・リッジに連行されて、以後三〇年以上を保留地で生きた。

政府は彼に屈辱を与えるためにスポッテッド・テール（後出）をスー族の総族長に指名した。

しかしながら、レッド・クラウドに従う者はそれを認めなかった。一八九〇年から九一年にかけて起きたゴースト・ダンス教をめぐる騒動の時、反政府側と共謀していると疑われたが、何も証拠がなかった。彼は一九〇九年に亡くなった時、ほとんど盲目であった。

彼の私生活は模範的で、子供には献身的な父親であった。彼は族長たちの最後の時代にあって、物静かな人物として著名で、その声は美しかった。その演説は簡潔で単刀直入であり、その行動には勇気が漲っていた。国を熱く愛する人であり、アメリカ先住民男性の特質を備えていた、とイーストマンの評価は高い（一〇ページ）。

今日の研究成果によると、彼は文字通り勇敢な戦士であり、生涯で八〇以上のクーを数えたとされる。彼は単に勇敢な戦士であるに留らず、アメリカの考古学研究に次のように貢献した。恐竜の化石を調査していたイエール大学のオスニエル・C・マーチ教授が彼に調査の協力を求めた時、ブラック・ヒルズをめぐる戦いの最中であったにもかかわらず。彼は協力した。その結果、二トンの化石が採取された。その際、彼は協力と交換に条件を提示した。すなわち、スー族に対する約束の不履行、および、腐敗した食料品の配給について調査して欲しいとマーチ教授に求めた。マーチの調査の結果、グラント政権下で商人が暴利をむさぼっていることが明白になり、議会による調査も実施された。また、暴露記事が新聞に掲載され、マーチとレッド・クラウドの友情は二〇世紀に入ってからも続いた。私生活に関して述べれば、イーストマンの記述とは異なり、レッド・クラウドにはおそらく六人の妻がおり、五人の子供がいたとされる。(47)

スポッテッド・テール

一八二三年—八一年八月五日。ブルレー・スー族。ブルレーの名前はシンテ・ガレスカ。

彼は孤児のために祖父母に育てられた。名家の子供ならば幼時から人前に出る機会もあり、子供の頃のことを良く覚えているものである。しかしながら、彼にはそういう思い出はなかった。

彼は若い頃から多くの交易所で白人と接触して、白人の習慣や考え方をよく観察した。特に彼が注目したのは、白人がいかに財産を蓄積するかであった。また、他の若者たちが人前で目立つのを避ける時でも、彼はスー族の者と白人の会話に耳を傾けた。

彼はアメリカ人がスー族の領土で自由に行動することに反対であり、彼は会議の席でアメリカ人は、以前にスー族と交流のあったフランス人やスペイン人とは異なると述べたこともある。

すなわち、彼は古い世代の族長たちよりも早くからアメリカ人が危険であることに気付いていた。

彼は二万ドルを積んだ幌馬車を襲撃後、殺害されたコンカソング・ベア族長の復讐をはたしたという理由でハーニィ将軍に降伏した。そして、二年間の獄中生活を終えて部族に戻った彼はコンカリング・ベアの後継者にされた。彼は獄中生活で白人に抵抗するのは無意味と思うようになり、以後、スー族と白人を和解させることに尽力した。しかしながら、彼は絶えず軍隊と連絡を取るようになったために、他の族長たちは彼の行動に不信感を抱いた。

イーストマンは彼から聞いた次のような演説を紹介している。この演説はレッド・クラウドの項で言及したフォート・フィル・カーニィを攻撃する直前の会議で述べられたものと思われる。

総てのものに定められた時がある。しばしの間考えてみよ、われわれ自身がいかに多くの動物《アニマル・ピープル》を殺してきたかを。今日生ずる雪を見よ——明日、それは水だ。何ヵ月か前は青く、元気の良かった枯れ葉の悲しみの歌に耳を傾けよ。われわれはこの生命の一部であり、われわれの時はやって来たように思える。

されど、一国の衰退がいかに別の国を鼓舞するかを注意深く観察せよ。この奇妙な白人——白人を良く観察せよ、彼らがもたらした物は多種多様である。白人の疲れを知らない脳、白人のよく動く手は白人に奇跡的なことをもたらした。われわれが軽蔑するものを白人は宝と見なす。それでも、白人は偉大で繁栄しているから、その考えに何らかの美徳と真実があるに違いない。友よ、私はいいたい。興奮した議論と報復の気持だけで動いてはならない。これは若い人々に向っていっているのである。われわれはもはや若くないのだ。良く考えてみよう。そして、長老たちと同じように、助言しよう（一六ページ）。

このような演説をしたにもかかわらず、スポッテッド・テールは部族内における自分の地位を維持するためにフォート・フィル・カーニィ攻撃には参加した。

政府の交渉団が一八六七—六八年にスー族と交渉するためにやってくると、彼は歓迎した。彼は以前の条約に言及して交渉団に圧力をかけて、自分の部下にとって有利なようにはかった。シティング・ブルは交渉の席に同席せず、レッド・クラウドはすぐには同席しなかった。こういう状況のもとでフォート・ララミ条約は締結され、彼は保留地に入った。クルック将軍は彼をスー族の総族長に任命して、レッド・クラウドに屈辱を与えたが、スポッテッド・テールは他の部族との摩擦を避けるためにネブラスカ州のフォート・シェリダンに移動した。そこにはビーバー・クリーク事務所があって、それは彼の名前を取ってスポッテッド・テール事務所と呼ばれるようになった。

クレージー・ホース（後出）は投降する前に彼に会い、彼の条約署名を批難した。クレージー・ホースにすればスポッテッド・テールは裏切り者であった。スー族の多くの者は彼がクレージー・ホース暗殺に関与したとほのめかしたが、イーストマンはそれには充分な証拠がないと述べている（一八ページ）。

彼はコンカリング・ベアの息子や甥が率いる一団と不和であった。彼は保留地に入ってからは批判される一方で、最後はクロウ・ドッグに殺された。彼は西部のポンティアックと呼べる人物で、スー族よりも、白人によって記憶される人物であろう。スポッテッド・テールの生い立ちに同情しつつもイーストマンの評価はこのように厳しい。

今日の研究成果によれば、彼は族長としての責任を例えば次のように示した。

彼は自分が犯していない犯罪で投獄されたが、服役中に英語の読み書きを覚え、白人文明の価値を認めるようになった。彼は若い戦士たちに白人を殺害することを禁止していた。そのために、白人が殺害された時、彼は犯人の身柄を当局に引き渡して、そのうえで、犯人弁護のために私費を出した。

リトル・クロウ

一八一五年？―六三年。サンティー・スー族、または、メデワカントン族。サンティーの名前はセタン・ワカン。

彼は母親によって戦士として訓練された。例えば、母親は冬期に彼を湖の中に投げ込んだり、何日間も彼と一緒に深い森で過ごしたりして自然の中で生きることの意義を教えた。

しかしながら、彼は交易商人たちと交わり、政治に関与するようになり、やがて、スー族の利害に反する行動を取った。歳月の経過とともに彼はますます交易商人と政治家の仕掛けた罠に嵌っていった。

一八六二年のミネソタ・スー族の蜂起後、カナダに逃亡した彼はそこで友人である交易商人たちと会い、延命策を練った。彼の計画ではミネソタ州セントポールに戻って、友人であるラムゼー知事の所に辿り着けば助かるはずであったから、彼は一五歳の息子だけを連れてセントポールに接近した。後一歩で彼の計画が実現したかもしれない時、ラズベリーを採っている所を白人の木こりに見つかって射殺された。

リトル・クロウはすでに紹介したように、『古きインディアンの時代』の中の「兵士長」で登場している。イーストマンは彼を「悪賢い」と描写している（一一九ページ）。

イーストマンは一八六二年のミネソタ・スー族の蜂起やリトル・クロウに関して詳しく調査したと思われる。その証拠に、リトル・クロウが殺害した商人の名前がジェームズ・リンドであり、リトル・クロウを射殺した白人の名前がラムソンであると、名前も記している。また、リトル・クロウの部下にリトル・シックスという男がいたことも記されている。

イーストマンは彼を「異彩を発ったが、賢明でなかった」と批評している（二一四ページ）。彼は戦士の道から外れた人物であったといえよう。

ミネソタ・スー族の蜂起の原因を知る時、われわれはリトル・クロウが人々の先頭に立った気持は理解できる。しかしながら、イーストマンはそこまで踏み込んでリトル・クロウを評していない。

タマヘイ

一七七六年?―一八六〇年。ムデワカントン・スー族。別名、「独眼《ワン・アイ》」。

彼は一七歳で片方の目をなくしたために、敵にも嘲笑される、短い人生だと覚悟した。彼は戦士としてよりも斥候として優れており、しばしば旅をした。

彼の名前の由来は次の通りである。彼は若い時、族長に従って戦士仲間と一緒にミシガンに行った。ある時、彼と仲間が白人の町を見ていると、仔連れのブタと出会った。彼が一頭の仔ブタを捕まえると、仔ブタの鳴き声を聞いた母ブタが彼を追いかけてきた。慌てた彼は近くの湖に辿り着くと、仔ブタを抱いたまま水の中に入った。すると、母ブタは岸で歯を剝き出してうなり、彼は身動きがとれなくなった。駆け付けた仲間が母ブタを棒で殺してくれて、彼はかろうじて助かった。彼にはこの挿話のために「タマヘイ」(パイク＝カワマス)という名前が付いた。

彼は一八一二年戦争ではアメリカ側に味方した。

次の話は晩年の出来事である。ある時、彼はミシシッピ川に架っている橋を渡ろうとした。すると歩哨が通行料を求めたので、彼はいつも支払わなくて済むのだと返答した。それでもなお、歩哨は通行料を求めて彼にマスケット銃を突き付けた。そこで彼は銃を奪って川に投げ込んで帰宅した。後日になって彼は軍法会議のようなものに引き出されたので、大佐に向って次のように述べた。人は脅されたら、防衛のために相手に負傷を負わせるか、または、武器を取り除く。自分は大佐にとって武器よりも歩哨の方が大切だろうと思って武器を取り除いただけだ、と。すると大佐は、彼と歩哨の双方に非があり、銃は取り戻す必要があると述べた。したがって、二人は格闘して、敗けた方が川底に潜らねばならないと告げた。それを聞いたタマヘイは即座に歩哨に対して有利な姿勢を取り、勝者となった。

彼は一八六二年のミネソタ・スー族の蜂起の時、次のような反対演説を行った。

おや！おや！　これはリトル・クロウか。あれはリトル・シックスか。ホワイト・ドッグ、お前もここにいるのか。私は今よく見えないが、心の目で、お前たちがわれわれの母［大地］の胸に流そうとしている血の流れを見ることはできる。私はお前たちの前で三本の足で立っているが、三番目の足［杖］が私に知恵を授けてくれた。私はしばしば旅をして、お前たちが挑戦しようとしている人々をも訪れたことがある。これはわれわれの美しい地、幾千もの湖と小川がある地を総て引き渡すことになる。私にはお前たちがまるでヤマアラシのするようなことをしでかそうとしていると思える。ヤマアラシというのは木に登り、跳ね返る大枝の上で平衡を保ち、それから、自分が乗っているその大枝そのものを齧る。そのために、大枝が折れるとヤマアラシは下の尖った岩の上に落ちる。あの偉大なポンティアックを見よ。私はその墓地をセントルイス近くで見たが、彼は異郷をさすらううちに殺された。あの勇敢なブラック・ホークを思い出せ！　彼の霊が亡くなった人々を探してウィスコンシンとイリノイでなお泣き叫んでいるかのように思える。お前たちにも言い分があろう。しかし、抵抗するのは自滅だ。これで終り（二九ページ）。

タマへイは老齢になって飲酒癖が身に付いてしまい、残るもう一方の目もほとんど見えなくなった。若く死ぬことを願った彼は老齢によって亡くなった。

一八一二年戦争でアメリカ側に味方したタマへイが橋の通行料の支払いを拒否した挿話を記したイーストマンの意図は何であろうか。タマへイの功績を知らない新しい歩哨が任務に就くと、彼を他の通行人と同様に扱う。これは当然、予測できる事態である。この挿話は白人の忘恩――ニューイングランドにおいて先住民から恩を受けたことを忘れている事実に遡りうる――をほのめかしているとも解釈できる。

イーストマンはここでもミネソタ・スー族の蜂起に反対した族長の演説を紹介している。

ゴール

一八四〇年?―一九五。パンクパパ・スー族。別名、ピィーツィー。

彼は激烈な戦士であり、組織力のある彼に対するシティング・ブルの信頼は厚く、シティング・ブルの頼みの綱であった。彼は一八八一年にモンタナのフォート・ペックで投降したが、シティング・ブルが彼に続いた。彼はバファロー・ビルのワイルド・ウェスト・ショーに出演することを求められたとき、「自分は大衆の前で見世物にされる動物ではない」といって断った（三七ページ）。それ以後、彼の精神は衰えて数年後に亡くなった。

イーストマンが記していないことがある。担当官のジェームズ・マクローリンは一八八一年にシティング・ブルが投降すると、一策を講じた。すなわち、マクローリンはシティング・ブルの影響力を弱めるために、ゴールおよびジョン・グラス（ブラックフット・スー族）の二名を族長に指名して、指定した服を着せて保留地内の行事に参加させた。(48)

クレージー・ホース

一八四二年―七七年。オガララ・ラコタ族。オガララの名前はタシュンカ・ウィトコ。

彼はアポロのような完璧な身体を備えていた。彼はジョーゼフ族長（後出）のように慎しみ深く、礼儀正しく、かつ、スー族の理想を体現した戦士であった。彼は誤解されているが、人々はスー族が彼に対して下す評価に耳を傾けるべきである。

彼の両親は部族の儀式を守り、部族の伝統に従った。すなわち、彼が初めて喋ったとき、彼が初めて獲物を仕留めたとき、彼が成人に達したとき、両親はその折ごとに祝った。その際、貧しい者も充分にその恩恵に浴した。彼はこうして幼少期から自己抑制の心構えを教えられた。

ある時、彼が四、五歳の頃、部族は冬に食料不足に陥った。部族の者は狩猟に出たが、バファローは見つからなかった。それでも彼の父はどうにかカモシカ一頭を仕留めた。すると彼は両親に言い付けられたわけでもないのに、部族の年寄や女性たちに肉を取りに来るように触れ回った。そのために、年寄や女性たちがホース家のティピの前に並んだ。その結果、彼の家族の元にはわずかな肉しか残らなかった。翌日に、彼が肉を求めると、母は彼にいった。「息子よ、覚えておきなさい。あの人たちは私の名前でも、お父さんの名前でもなく、お前の名前を称えて帰った。お前は勇敢でなくてはならない。評判に相応しく生きなければならない」（三九ページ)。

彼は一六歳で初めて征途に登り、グロウ・ヴァーントル族と戦った。その際、彼はある年長者の命を助けたために、将来、テトン・スー族を代表する戦士になるといわれた。その後、彼とこの年長者の関係は「親グマと仔グマ」といわれるほど親しいものとなった。

彼は族長の息子でなく、演説を得意とせず、実力によって名声を得た。彼は白人を殺害して戦果を自慢することはしなかったが、白人が大挙して押し寄せてきてから変った。フォート・フィル・カーニィ攻撃では彼が指揮を取り、戦果を挙げた。次の一〇年間の戦いは守勢の戦いであったが、彼はなお指導者であった。

彼は一八七七年にフォート・ロビンソンで投降して、殺害されたが、イーストマンは彼の自主的投降を強調している。イーストマンが彼に寄せる賛辞はジョーセフ族長に寄せるものと並ぶ。

次に、イーストマンが記していないことを今日の研究成果を踏まえて紹介する。

クレージー・ホースはアメリカとの条約には一度も署名しなかった。また、彼は保留地制度を拒否したばかりか、一度も白人の服を着たことはなく、彼の写真は一枚も撮られていないとされる。したがって、彼はスー族に限らず多くの先住民にとって、ヨーロッパ人による植民地化に対する抵抗の象徴となった。

彼は一六歳の頃、アラパホー族との戦いの後で父親からこの名前を与えられた。彼は戦いに際しては腰を隠すもの以外は身に付けず、「死ぬにはよい日だ！」と叫んで戦場へと向うのがつねだった。彼は殺害した敵の頭皮を剝ぐことはせずに、戦いの後、詩人のように村から離れて独りさまよったといわれる。一八七〇年に彼は他人の妻を誘惑しようとしたために、それまでに獲得した位階を剝奪された。しかしながら、カスター隊が一八七七年にブラック・ヒルズに侵入したと知ると、彼は聖地を守ると決心した。彼は死の床にあって次のように語った。「私は白人に対して敵対的でなかった。……われわれは保留地での怠惰な生活よりも狩りを好んだ。……われわれが求めたのはただ平和であり、干渉しないでおいて欲しかっただけだ[49]」。

シティング・ブル

一八三一年？―九〇年。ハンクパパ・スー族。ハンクパパの名前はタタンカ・イヨタケ。

名前の由来は次のようである。彼が子供の頃仲間と遊んでいた時、彼の馬が彼を振り落した。その時、一頭の仔牛が彼に向ってきたので、彼は仔牛の両方の耳を捕まえると窪地まで押し返して坐り込ませた。こうして、彼の名前は「シティング・ブル」（坐る雄牛）となった。彼は子供の頃から絶えず小馬に乗っており、歩くことは稀であった。彼は中年になると征途に登ることがなくなり、相談役になった。

彼がみんなの認める指導者となった契機のひとつは一八六二年のミネソタ・スー族の蜂起であった。彼はフォート・フィル・カーニィ攻撃に参加したが、一八六八年のフォート・ララミ条約は受け入れた。その調印後、彼はレッド・クラウドおよびスポッテッド・テールと一緒にワシントンを訪問して、グラント大統領やその他の著名人と会った。しかしながら、ブラック・ヒルズの金鉱を目ざして白人が押し寄せてくると、彼は完全に白人を信用しなくなり、スー族の領土を守るために戦うと決心した。次に引用するものは彼の有名な演説である。

われわれの先祖が最初に会った時は小さく弱々しかったのに、今は大きくて尊大な民をわれわれは今や相手にしなければならない。不思議なことに、彼らには土地を耕したい気持があり、彼らの病気は所有欲である。彼らは、金持は破ってもよいが貧乏人は破ってはならない掟を定めた。彼らは、貧乏人は敬うが、金持は敬わない宗教をもっている……われわれは一緒に住めない。わずか七年前にわれわれは、バファローのいる土地は永遠にわれわれに残されていると確認した条約を結んだ。今、彼らはそれをわれわれから取り上げると脅している。兄弟たちよ、われわれは屈服すべきか、あるいは、「私の先祖の土地を奪う前にまず最初に私を殺せ」というべきか？（五三ページ）

彼は一八八一年にカナダへ向ったが、彼に従う人々が飢えに苦しんだ余り、ノースダコタのフォート・バフォードで投降した。彼が投降したのは軍事力のためではなく、飢えのためであった、とイーストマンは強調している。

彼は約束と異なり、投獄されて、ワイルド・ウェスト・ショーの宣伝のために利用された。一八八八年から八九年にかけて連邦の交渉団はさらなる土地譲渡を求めてスー族の所にやってきた。そして、譲渡に賛成する者の、怪しい署名を集めた。この頃、かつてのスー族の指導者たちは部族を指導できなくなっていたために、彼は再度指導者になった。そこへ、ゴースト・ダンス教が広がった。

政府はゴースト・ダンス教を禁じたが、人々が止めなかったから、彼が黒幕だと疑われた。そのために、スタンディング・ロック事務所のマクローリン担当官が彼を逮捕するために、インディアン警察を派遣した。彼を逮捕しようとする警察と彼を守ろうとする人々の間で小競合いがあり、彼は射殺された。

イーストマンは一八八四年に彼と会った。イーストマンの印象では、彼は即座に印象を与える人物ではなく、不可解な人物であった。彼の特徴は皮肉屋であることであり、皮肉を効果的に用いる名人であったことにある。レッド・クラウド、クレージー・ホース、および、ジョーゼフ族長と比較したとき、イーストマンのシティング・ブルに対する評価は高くない。

今日の研究成果によると、シティング・ブルは若い時から指導者としての自覚があった。エドモンド・グスターブ・フェケット（一八四四―一九一〇）という軍人は保留地に入ってからの彼を知っていたが、彼の影響力の大きさを認めて、ポンティアック、ティカムシ、レッド・ジャケット以来の人物だと評した。また、スー族のホワイト・ブル（一八四七―一九四七）は「彼がどこにいようと、何をしようと、彼の名前はどこででも偉大だった」と語った(50)。彼はメディシン・マンとしても優れており、カスター隊の敗北を予知したという。逃亡先のカナダでは敬意をもって遇され、外国からの訪問客もあった。しかしながら、彼がアメリカに戻った時、一緒にいたのは四四名の男と一四三名の女性と子供だけであった。彼はいかなる土地の分割にも反対した。

レイン・イン・ザ・フェイス

一八三五年？―一九〇五。ハンクパパ・スー族。別名はイロマガジャ。

彼の父親も祖父も族長でなかったが、彼は、猟師として優れていた。母方には有力者もいたが、族長の地位は彼に回ってこなかったから、彼は自分の地位を自分で獲得しなければならなかった。彼は幾度か征途に登ったが、スー族が白人と戦うまでは特に戦功がなかった。しかしながら、白人がブラック・ヒルズにやってくるようになると、彼は待ち伏せして白人を殺害した。

嘘をついて担当官の気に入られていたスーが彼を裏切ったために、彼は捕まりフォート・エイブラハム・リンカーンに送られた。そこで彼は年配の白人兵の監視下におかれ、食事もその兵士が運んできた。ある時、その兵士は彼の足を縛っている鎖を外して、合図と簡単なスー語を使って彼に逃げろといってくれた。そして彼が逃げると、兵士は発砲したが、それは同僚の兵士を欺くためであった。彼はそれによって白人の中にも心ある者がいると知った。一八七六年にカスター隊が全滅した時、彼もその場にいたが、カスターを殺したのは誰か分からなかった。

本書の中で、このレイン・イン・ザ・フェイスの話だけが他と異なり、ほとんどが本人の語りとなっている。彼は一九〇五年九月一四日に亡くなったが、イーストマンはその二ヵ月前に彼と会って、話を聞いたと記している。

イーストマンが記していることに補足すると、名前は正しくは「彼の顔は嵐のようだ」という意味である。彼はリトル・ビッグ・ホーンの戦いで負傷して、以後足が不自由であった。

ツー・ストライク

一八三二年—一九一五年？　ブルレー・スー族。別名はノンカーパ。

名前の由来はユーティ族との戦いで馬の背後から敵を二人突き落としたことによる。

彼が少年の頃最初に会った白人は部族の所にやってきた商人たちであった。その時彼の印象に残ったのは、彼らが父親を酩酊させたことである。それ以後、彼はいつも酒を恐れた。

彼の身体的特徴としては、体は大きくないが、しなやかなで、動きがカモシカのように敏捷なことであった。また、彼は野生馬を乗りこなすのが上手であった。

彼の父親も祖父も有名な族長であったが、若い頃の彼は慎ましやかで、恥じらい勝ちであった。彼は先祖のように戦功を挙げられなかったが、家族の名誉は守らねばならなかった。彼の両親は彼の結婚を心配していたが、彼は女性に話しかけることができなかった。そのために、彼が意中の女性と結婚したのは遅かった。イーストマンはワシントンおよびローズバッド保留地で彼と親しく接した。

ツー・ストライクは、後にネブラスカ州内となるリパブリカン川近くで生まれ、ユニオン・パシフィック鉄道襲撃では重要な役割をはたした。彼は一八七〇年代にはスポッテッドッド・テールと同盟関係にあり、部族民を白人の侵略から守ろうとした。彼は一八八〇年代にはゴースト・ダンス教を擁護したが、九一年一月一五日に投降した。ウンデッド・ニー虐殺事件後、ワシントンに行ったスー族代表団の一員であった。

アメリカン・ホース

一八四〇年?―一九〇八年。オガララ・スー族。オガララの名前はワセチュン-タシュンカ。彼は一八七六年のスリム・ビュートの戦いで亡くなった叔父（一八〇〇?―一八七六）の名前と地位を継いだ。彼はそれまで「マニシュニー」（歩けない）という渾名《あだな》で呼ばれていた。

彼は白人に抵抗することの無意味さを確信していたから、彼の基本方針は白人と友好関係を維持することであった。

彼は子供の頃、道化役者的であったが、後年には演説を得意とするようになった。彼がいかに当意即妙の応答を得意としたかを示す言葉がここにある。

白人の天国に入るのに黄金のスリッパを履かなければならないのならば、インディアンは誰ひとりも入れない。なぜならば、白人はブラック・ヒルズを手に入れ、金《きん》も手に入れたのだから（七八ページ）。

彼がその偉大さを示したのは一八九〇—九一年のゴースト・ダンス教が流行した時である。彼は自分に従う者を守るために、彼らを最初にパイン・リッジ事務所に連れてきた。リトルというスー族の男は事務所で白人に抵抗するように部族民を唆したが、アメリカン・ホースは次のように述べて衝突を回避した。

どうするつもりか?みんな、止めろ、実行する前に考えるんだ。自分たちの子供を、自分たちの女性を、そうだ、自分たちの国を今日滅ぼすのか?……今日は、お前たちは白人よりも数が多いから元気がよい。しかし、明日はどうするんだ。お前たちの回りには鉄道がある。兵士たちは何千と、あらゆる方面からなだれ込んできて、お前たちを取り囲むだろう。食料も火薬もほとんどない。お前たちの終わりになる。止めろ、今、止めるんだ（七九ページ）。

イーストマンは当時、パイン・リッジ事務所にいたから、彼の毅然とした態度と言葉をこのように伝えている。イーストマンは、アメリカン・ホースの考えが一貫していたことを評価している。

アメリカン・ホースはシティング・ベアの子供としてサウスダコタに生まれた。保守派のスーたちは彼を批難したが、ワシントンに行った代表団の一員であった。

ダル・ナイフ

一八一〇年？―八三年。シャイアン族。シャイアンの名前はモーニング・スター。

彼には臨機の才があり、自立心のある典型的な英雄であった。スー族の評価では、彼はローマン・ノーズ（後出）やツー・ムーン[51]ほどには聡明ではないが、武功や正直さにおいては両人に勝るということであった。

ダル・ナイフという名前は、クマと対決してクマを仕留めた先祖から伝わる名前である。

イーストマンの記述は今日の研究成果と一致しないので省略して、補足する。

リトル・ビッグ・ホーンの戦いの後、彼はクレージー・ホースを探していたマケンジー将軍と出会った。マケンジー軍を構成していた約半分の兵は保留地に入れられたシャイアン族とポーニー族であった。マケンジー軍はダル・ナイフのバンドを壊滅的情況に追い込んだために、生き延びた者はクレージー・ホースのバンドにどうにか駆け込んだ。ダル・ナイフに従う者は食料がなくなり、馬をほとんど食べ尽した。彼らが投降後に送られたインディアン・テリトリーにはバファローはほとんどいなかった。シャイアン族はここで、高熱（おそらくマラリア）のために亡くなったり、あるいは、餓死した。約束の食料は届かず、七七年から七八年までここに滞在した間にシャイアン族の半分は亡くなった。ダル・ナイフとリトル・ウルフ（後出）はマイルズ将軍に故郷に戻ることを許してくれと頼んだ。しかしながら、マイルズは一年間待つようにいった。そのために、ダル・ナイフとリトル・ウルフは三〇〇名のシャイアンを連れて一〇〇〇マイルの旅を始めた。彼らは途中、樹木の皮やモカシンを食べて逃げたが、故郷に辿り着いた者の数はごく少数であった。途中で兵士に殺されたシャイアンの遺骨は研究のために軍の医学博物館に送られた。ダル・ナイフは生き残ったシャイアンに割当てられた保留地で余生を送った。

ローマン・ノーズ

一八三〇年？―六八。シャイアン族。シャイアンの名前はウォキニ。

ダル・ナイフと同時代人である。彼は尊大ぎみで自慢好きであったが、それでも戦士であることに変わりはなかった。

その身体的美と力において彼はギリシア、あるいは、ローマ時代の体操選手に勝っていた。しかしながら、彼はその無謀さによって多くの若い戦士を死なせてしまったといわれ、彼自身は一八六八年にフォーサイズ将軍（一八三七―一九一五）との戦いで亡くなった。もし彼が一八七六年のリトル・ビッグ・ホーンの戦いまで生きていたならば、シティング・ブルには強力な同盟者であったと思われる、とイーストマンは述べている。

彼は六フィート三インチの長身で白人にも知られていた。彼は激烈な戦士であったが、鉄道建設労働者や幌馬車は襲わなかった。しかしながら、一八六四年のサンド・クリークの虐殺事件が彼の考え方を変えた。

彼は馬上にあっても、あと少しで地面に達するほどに長い頭飾りを付けていた。その頭飾りには四〇箇の赤と黒のワシの羽根が付いており、彼はこの頭飾りを付けている限り無敵だといわれていた。しかしながら、ひとつの禁忌があった。鉄製の食事用具を使って食事を取ってはいけないという禁忌であった。その禁忌を犯した時は長い清めの儀式が必要であった。ところが、彼は六八年九月にその禁忌を犯してしまった。その翌日か翌々日にフォーサスス軍との戦いがあった時、彼は自分の意志に反して戦場へ向ったが、彼はその時、死ぬ覚悟ができていた。コロラドのビーチャーズ・アイランドでの戦いに加わったが、すぐに撃たれて、九月一七日の夕方に亡くなった。

ジョーゼフ族長

一八四一年―一九〇四年。ネズ・パース族。

彼の父は土地の譲渡条約には絶対に調印していないと言い残して亡くなった。しかしながら、政府はネズ・パース族に保留地に入ることを求めてキリスト教徒のハワード将軍を派遣した。ネズ・パース族はスー族、シャイアン族、および、ユーティ族とは異なり、平和的な狩猟家であり、漁師であったが、政府はそのようなことは考慮しなかった。

彼は事態を平和的に解決したいと願い、三〇日間の猶予を求めたが、入植者たちは三〇日間を待たなかった。ネズ・パース族は彼の指揮の元で五〇日間逃走して、一三〇〇マイルを旅したが、彼は負傷者をひとりも置き去りにしなかった。軍隊が和平を提案したとき、彼はそれを受け入れたが、その理由は部族の者を配慮した結果であった。

講和条件は一八九九年にワシントンでイーストマンの援助を受けて作成された。しかしながら、条件はいつもの通り守られることはなかった。保留地の移動があり、衛生状態の悪い保留地に入れられた。

イーストマンは「彼はキリスト教の主張に深く失望した」と記している（九五ページ）。イーストマンは彼を称賛しているが、その理由は彼が「真のアメリカ人」だからである。

ネズ・パース族が投降したのはカナダとの国境まで約三〇マイルの地点のイーグル・クリークであった。時は一八七七年一〇月五日。最初約六五〇名いたネズ・パースの中で生き延びたのは八七名の戦士、一八四名の女性、一四七名の子供であった。彼らは一一回の戦いで二六六名の兵士を殺したが、戦士は四〇名が負傷した。

ジョゼフ族長はワシントンで部族を故郷に戻して欲しいと頼んだが、彼らはまずカンザス州のフォート・レブンワースに送られた。多くの者がそこでマラリアのために亡くなった。八五年に、生き延びた二六八名はさらにインディアン・テリトリーへ送られたが、そこでも再び多くの者が亡くなった。後に、約一四〇名の生存者は西部地方に戻ることを許された。一部はアイダホ州のラプウェイに、別の一部はワシントン州東部のコルヴィル保留地へ行った。彼自身は一九〇四年にコルヴィルで亡くなった。

リトル・ウルフ

一八一八年？―一九〇四年。シャイアン族。シャイアンの名前はオーコム・カキット。

次の話は彼が幼少だった頃の話である。彼の母親は食べ物がない時、取って置きの肉を彼の前に取り出して、我慢の必要性を説いていた。すると、彼の犬がその肉をくわえて逃げた。母親は犬を追いかけて捕まえると、鞭打とうとした。すると、彼は「お母さん、打たないで。僕よりも空腹だから取ったんだ」といった（九七ページ）。

彼はシャイアン族の中心的な族長であった。彼は白人を攻撃しなかったが、例外があった。それは一八六四年のサンド・クリークの虐殺事件で殺されたブラック・ケトル[52]のための報復であった。彼とダル・ナイフは七六―七七年の冬にイエローストーンに逃げ込み、その後投降した。マイルズとクルックはいろいろと約束したが、いつもの通り約束は守られなかった。ダル・ナイフの項を参照。

ホール・イン・ザ・デイ

一八一二―四六年に活躍。チペワ族。チペワの名前はグゴネギジグ。チペワ族は多婚を許していたから、彼は諸バンドの族長の娘と結婚することで権力を伸ばした。彼は白人の文明を漸次受容すべきだと考え、そして、族長は権力を持つべきだと思った。しかしながら、彼はチペワ族内の他バンドと土地を共有しなかったので、境界線をめぐって対立が生じた。

政府は一八五五年に最初の条約を締結したが、彼を特別扱いして、彼のために家を建てた。白人の使用人を雇っていた彼はまるで領主のような生活を営み、五五年から六四年までミネソタで有名人であり、しばしばワシントンを訪問した。しかしながら、チペワ族内では彼を長だと認めない族長たちがおり、彼は命を狙われていた。彼が政府から大切に扱われていたのは共和党政権が誕生するまでのことであって、彼は政権交代後、冷遇されるようになり憤慨した。

彼は一八一二年戦争でアメリカ側に味方してイギリスと戦った。しかしながら、彼の主な関心事は長年の宿敵であるスー族との戦いであった。彼は交易商人から入手した火器を使って、スー族を五大湖周辺から西へ追いやるに際して中心的な役割をはたした。両部族の戦いが激しいために、軍が境介線を設定するほどであった。彼は父親の死後、一八四六年に族長になった。彼は部族のために約束を破ることも意に介さなかったが、部族の者は彼が自分たちを利用して金持になったと思った。そのために、彼はミネソタのクロウ・ウィングで部族の者に殺害された。

イーストマンの視点

イーストマンは本書を執筆するに際して、彼自身が本人から直接に聞いた話を折り込んだり、関係者から聞いた話を記している。同時代人の証言として価値がある。と同時に、本書は白人読者を意識して執筆・出版され、現在も読み継がれていることを忘れてはならない。

イーストマンにとって、クレージー・ホースやジョーゼフ族長は先住民として理想的な人物である。その一方で、シティング・ブルはイーストマンの絶賛の対象ではない。スポッテッド・テール、ゴール、ホール・イン・ザ・デイなどは白人の政治に利用された存在である。

本書を通読すれば、読者は軍も政府もともに先住民との約束をことごとく守らなかったことを繰り返し告げられる。そんな重苦しい雰囲気の中で、レイン・イン・ザ・フェイスが兵士に脱走を助けられる挿話が紹介されている。この挿話は白人読者には一服の清涼剤になる。全一五人物の中で八番目にレイン・イン・ザ・フェイスが配置されているのもイーストマンの計算であろう。

他方で、タマヘイの話はユーモアと余裕を感じさせる。タマヘイは第二次独立戦争でアメリカ側に味方したから、厚遇されて当然である。しかしながら、歳月が経過する。すると、彼の過去を知らない歩哨は彼を特別扱いしない。彼は軍法会議らしき場に引き出されても動じず、機敏さを示して一騎打ちに勝つ。イーストマンが『深い森から文明へ』の中でほのめかしたスー族の自信を思わせる挿話である。

本書は有名な族長たちの話であるが、著者自身の意見も族長たちを通して述べられている。例えば、シティング・ブルの演説は白人（キリスト教）文明を正面から批判している。さらに、イーストマンが賛辞を惜まないジョーゼフ族長も同じような批判をする。

全体的に見た時、本書はさまざまな族長たちを描きつつも均衡を保ち、文明化政策は受容すべきだという著者イーストマンの考えは一慣している。

第四節　医師・科学者としてのイーストマン

イーストマンは高等教育を受けるに従い、さまざまな分野に関心を抱くようになったが、最終的にはスー族のために役立つ分野として医学を選んだ。したがって、彼は充分な科学的精神を身につけていたと思われる。そのような彼はゴースト・ダンス教および部族の迷信をどのように考えていたのであろうか。

ゴースト・ダンス教

彼はゴースト・ダンス教に関して『深い森から文明へ』で、「赤いキリスト」を期待した人々の気持は理解できるが、自己宣伝のためにそれを利用したり、人を引き付けるために新しく奇想天外な要素を持ち込んだ人間がいる、と指摘している（九二ページ）。

白人側は人々がゴースト・ダンス教に入っていった理由を理解せずに、ただ単に再度の蜂起を恐れていた。政府が約束通りに支給品を支給品しないために、人々は飢餓状態に陥ることが繰り返しあった。さらに、スー族の抗議や訴えも取り上げられなかった。白人側はこのような背景を理解することもなく、蜂起を恐れ　担当官の要請で軍隊が出動した。そのために虐殺事件が起きた。イーストマンはこのような背景を事件以前に充分に知らなかったと記しているが、彼の考えではゴースト・ダンス教はやがて鎮静すると判断していた（九八―九ページ）。

クマ踊り

イーストマンは部族の迷信に関して『インディアンの少年期』において、「クマ踊りの終わり」という章で次のような思い出を記している。

彼が少年の頃、彼の親しい友達のひとり（レッドホーン）が病気に罹った。それは肺結核と思われた。レッドホーンの言葉によると、彼は一三歳でメディシン・マンになったが、それは年齢的に早すぎて、その罰として病気に罹ったと思った。しかしながら、彼が全幅の信頼をおいている祖母はその償いは今からでも可能だと教え、クマ踊りの儀式を行うことになった。しかしながら、病気の彼は今や立って歩くことは困難であり、クマを演じることは無理であった。

そこで彼自身は洞窟の中にいて、誰かにクマの役を演じてもらうことにした。そして彼はイーストマンにクマの役を引き受けてくれないかと頼んだ。イーストマンは、クマの役を引き受けるには自分の体が大きくなく、クマの習性も心得ていないという理由で断わった。

クマ踊りというのは宗教的儀式で、病気を治す方法であった。村から少し離れた土地に洞窟が掘られて、クマに扮した男が洞窟に入り、見物の男たちは洞窟の近くで踊る。洞窟から出てきたクマに触れられた男は突然に死ぬか、親族が死ぬと信じられていた。

この儀式で足の速い中年男が不運なことにアリ塚に躓いて倒れた。その中年男は自分の運命は覚悟するが、自分の長女が犠牲になるのが心配だと言った。儀式が終わり、みんなが集まっていると、洞窟の奥にいたレッドホーンが死んでいると分かった。さらに、中年男も迷信通りに死んだ。これによって、部族の迷信が強まることになった、とイーストマンは記している（一四五―五二ページ）。

この話の最初の部分でイーストマンは、レッドホーンの祖母を詐欺師だと記している。その理由は、彼女がレッドホーンに薬草を与えて治療を施さなかったからである。イーストマンはここで宗教的儀式を一概に批判していない。問題は、薬草に関する先住民の知識を活用しないことである。

ペヨーテ崇拝

ペヨーテ崇拝は先住民にとって重要な宗教的活動であった。その中心は、サボテンの一種の根とそのボタン状突起部に含まれる、常習性のない麻薬を服用することにあった。ペヨーテをアメリカに最初に持ち込んだのはメスカレロ・アパッチ族で、その時期は一八七〇年頃と思われ、その後、ペヨーテ崇拝は急速に広まった。

すでに紹介したように、アメリカ・インディアン協会（SAI）はイーストマンも設立に協力した組織であった。しかしながら、内部分裂が進み、役員の中でもペヨーテ服用に関しては意見が大きく分かれた。イーストマンは、教育を受けた先住民がペヨーテを服用することに強く反対した。(53)

第五節　文明の受容とアイデンティティの揺らぎ

文明の受容

彼は文明を受容した時の様子を『深い森から文明へ』の第三章（「白人の道を辿る」）で次のように語っている。彼は故郷を旅立つとサンティーに向って終日歩いた。そして彼は白人の農家を目にするが、この時が森から文明社会への移行であった。空腹の彼は農家に近付き、所持金を見せて、何か食べさせてくれるように手真似で頼んだ。すると農夫は彼の金銭を受け取らないで、夕食を出してくれた。その夜戸外で眠った彼は翌朝、再度その家で食事を供された。彼は食後再び金銭をさし出したが、農夫はそれを受け取らなかった。彼はその時の気持を、「その時、その場で私は文明を愛し、私の野性の生活を捨てた」と記している（三九ページ）。

農夫は食前に祈りを奉げる敬虔なキリスト教徒であり、金銭の受け取りを拒否した。白人文明を受容することはキリスト教を受け入れるだけでなく、資本主義をも受け入れることだと、イーストマンは知っている。ところが、この農夫はイエスの教えを実践する人間であった。この個所は彼の文明受容を表す象徴的な個所である。と同時に、この個所は、この書物の最終章に見られる白人文明に対する批判と好一対をなしている。

このように深い森から文明に近づいた時の経験が強烈であったからこそ、彼は戦士らしく決然と文明を受容した。

しかしながら、パインリッジ事務所から始まった彼の人生は白人（キリスト教）文明への疑問と批判を強めていった過程である。そのことは第二節で紹介した彼の生涯が証明している通りである。

ことばの揺らぎ

イーストマンが著述において先住民の側に立っているか、白人の側に立っているかは重要であるが、彼の立場はしばしば揺れている。すでに紹介したが、一九〇七年に出版された『古きインディアンの時代』にはスー族の伝承に基いた「歌う精霊」が収録されている。その話の中で、或る戦士は旅人を惑す音色を奏でるチャノテダーについて語るが、その様子は次のように描写されている。

この伝説を語った戦士は確かな歴史を物語っているのだという態度を取り、聞き手たちも感銘を受けたという様子であった。われわれが超自然的だと呼ぶものは、彼らには生命の一部のように現実だった（八四ページ）（傍点筆者）。

ここでイーストマンはスー族の側に立っておらず、白人の側に立っている。また、『インディアンの少年期』の「クマ踊りの終わり」においては、サンティ・スー族の儀式を紹介するのにイーストマンは「彼らの信じる所では」と、自らとスー族を切り離して表現している（一四五ページ）。

これらの二例と逆なのは『インディアンの英雄と偉大な族長たち』における次のような表現である。イーストマンはクレージー・ホースを典型的なスー族戦士だと称賛しているが、その際、クレージー・ホースは「われわれの民族の視点」から見れば、理想的な人物だと語っている（四一ページ）。一九一一年に『インディアンの魂』、一九一六年に『深い森から文明へ』、一九一八年に『インディアンの英雄と偉大な族長たち』を執筆・出版したイーストマンの心境は変化しつつあった。農家で無料で食事を供されて文明を受容すると決心した時から相当の歳月が経っていた。彼の文筆活動はスー族（先住民）のことを正しく白人に知らせるという啓蒙的目的を担っていた。しかしながら、彼は次第に自己のアイデンティティを再確認する必要を感じ始めたと思われる。スー族の偉大な族長たちが彼の気持ちの中で大きな存在となったとしても不思議ではない。クレージー・ホースはそのひとりといえた。

保留地批判

イーストマンは『インディアンの少年期』の冒頭で次のように記している。

北アメリカ大陸のインディアンは最大の異教徒であり、非文明人の典型であった。彼は超一流の体格と卓越した精神を備えていた。しかし、インディアンはもはや自由な自然児としては存在しない。現在、保留地にいる生き残りは一種の活人画《タブロー》に過ぎず、過去を表すつくりものである。

広い空間をさ迷うことが不可能となった人間は元来の先住民（スー族）ではない。先住民は元来、「超一流の体格と卓越した精神」の持ち主であるから、変化に対応する能力はある。これが先住民としての彼の人間観である。彼自身も、彼が著述の中で言及した人物たちもあらゆる試練に耐えた。身体および精神のいずれの面においても人間の秘めた可能性を信じた彼には、保留地制度こそ先住民を無気力にするものだと思えた。したがって、彼はインディアン対策局の温情主義《パターナリズム》に対してつねに批判的であった。今日の保留地における先住民の情況を考慮する時、彼の指摘の適切さが思われる。

第二章　ダーシィ・マクニクル

マクニクルがレッド・パワーの隆盛に果たした役割はきわめて大きい。彼は連邦政府のインディアン対策局（ＢＩＡ）の行政官として、また、文化人類学者として活躍した。資金集めにも尽力し、部族政府の後代の指導者たちも養成した。彼の功績は全先住民が自信と自治権を持てるようにと粉骨砕身したことにある。(1)

第一節　マクニクルの生涯

彼の母方の父親がカナダと縁があったことは彼の視野を広げたと思われる。先住民問題に対する彼の関心は単にアメリカ合衆国に限定されることなく、広く南北アメリカ大陸に及んでいる。また、彼はカナダの大学で教鞭を取り、いちはやくアラスカの先住民問題に関心を寄せた。

家系

ダーシィ・マクニクルの父親（ウィリアム・マクニクル）はアイルランド移民の息子であり、生年は一八六九年または一八六一年とされる。ウィリアムの生誕地はペンシルヴェニア州ピッツバーグであるが、若い時に家を出て、八四年にモンタナに移住した。ウィリアムは父親と同様に鉄道関係の仕事に従事して、八〇年代にノーザン・パシフィック鉄道の建設に関わった。彼は機械の扱いを心得ていたので、数年間セント・イグネイシャスのミッション・スクールで機械の補修係として働いたが、やがて、自分の土地を取得した。

ウィリアムの結婚相手（フィロミーン・パラント）の両親は先住民の血が入っているにもかかわらず、自分たちを先住民とは思っていなかった。一八七五年のカナダのインディアン法では、父親の家系がヨーロッパに遡りうる混血児は総て法的に白人と規定された。九一年の人口統計でも、ヨーロッパ人の血を引く混血児はカナダ人として登録された。フィロミーンの両親は娘が先住民と結婚することを望まなかったが、ウィリアムとの結婚には賛成した。結婚した時ウィリアムは三〇歳前後で、フィロミーンは一七歳未満であった。

二人の間には三人の子供が生れ、上の二人は女の子で、三番目がダーシィである。ダーシィが生れたのは一九〇四年一月一八日であった。三人は成長すると順次、セント・イグネイシャスにあるミッション・スクールの寄宿生となった。三人は学校の記録によると、混血児と登録され、両親の意志に反して成長期を先住民の子供たちと過ごした。フィロミーンは、自分の子供たちにはクリー族の血がわずかしか入っていないという理由で、白人として養育したいと願っていた。(2)

一八五五年のヘル・ゲート条約に署名した五部族（セーリッシュ、カリスペル、クーテナイ、フラットヘッド、パンドレユ）は、八七年に成立したドーズ単独土地所有法に従って部族員の認定を行うことになった。族長たちは一九〇五年四月に会議を開催して五五七名を認定した。そのうち一七名は五部族以外の先住民であった。ダーシィ、二人の姉、フィロミーンの四名がその一七名の中に入っており、部族名はクリーとして登録された。その後、学校ではフラットヘッドとされた。四名が認定された理由はフィロミーンの家族が有名であったことによる。こうしてマクニクル家はまとまった割当地を得て、一家は繁栄の一途を辿るかに見えた。しかしながら、三人の子供が寄宿学校に在籍する間に両親は不和になりつつあった。フィロミーンの精神は不安定で、ある時はウィリアムを殺すと脅迫したり、ある時は家出をした。結局、一三年四月に正式に離婚が成立した。

マクニクルの教育

彼は一三年までセント・イグネイシャスのミッション・スクールに在籍して、その後、同年秋にオレゴン州セイラムへ向った。同地にあるチェマワ・インディアン校[3]に二人の姉とともに入学するためであった。この学校は一八八〇年に連邦政府によって設立された寄宿学校であり、保留地外に設立された同種の学校としては二番目に古い学校である。

彼はチェマワに三年間在籍後、モンタナ州の母親の元へ戻った。その後、彼はセント・イグネイシャスの北に位置するパブロの公立学校を経て、高校に入学した。成績は優秀で、ヴァイオリンを演奏するのを楽しんだ。それ以外ではシェイクスピア劇の上演に関わり、弁論大会でも活躍し、短編小説でも賞を受けた。

しかしながら、モンタナ大学（一八九三年設立）での彼の成績は芳しくなかった。その理由は心から彼の関心を引くことを発見したからである。すなわち、彼は文学の魅力を見つけて、英文科と創作課程で学んだ。同大学の主任であったハロルド・G・メリアムは二〇年に学生たちとともに『フロンティア――文芸雑誌』[4]を発刊した。マクニクルはこの雑誌の編集委員になり、自らも作品をこの雑誌に発表することで、作家になる気持を固めた。

彼は教育が自分の将来を左右すると思って、割当地を売却するによって入手できる資金で四年次を東部の大学（アマースト）で送りたいと願ったこともある。しかしながら、彼がモンタナ大学を卒業する直前に祖父（イシドア）が亡くなって、彼のその後は変った。祖父への弔辞として一編の詩を書いたが、それが地方新聞の詩作コンテストで第一等賞に選ばれた。結局、彼はモンタナ大学を卒業しなかったが、次の段階を考えた。彼の願いはイギリスに渡り、オックスフォード大学で学位を取得することだった。彼は二五年秋にイギリスに渡ったが、オックスフォード大学は彼がモンタナ大学で取得した単位を認定しなかった。学位取得には最低でも二年は要するといわれた彼はオックスフォード大学での勉学を断念した。同年一二月にイギリスを去り、フランスに渡り、翌二六年五月までパリに滞在した。

学位を求める彼は二九年春にコロンビア大学に登録して、初めて本格的にアメリカ史を学び始めた。F・J・ターナー、V・L・パリングトン、ビアード夫妻などの歴史書を読むことで彼の西部への関心は高まった。しかしながら、コロンビア大学での勉学は大恐慌のために未完に終った。彼は学位の取得はできなかったが、モンタナ州西部やフラットヘッド族（セーリッシュ族）について学んだことは、自分が書物を書くとき大いに役立つことに気付いた。

大恐慌

二六年にニューヨークに戻った彼は、モンタナ大学で『フロンティア――文芸雑誌』の仲間として知っていたジョーラン・バークランドという女性をニューヨークに来るように説得した。彼女も作家を志望しており、まず自分の地位を確立したいと思っていた。ところが、マクニクルの方は彼女との結婚を望み、説き伏せて二六年一一月に結婚した。

彼は収入を得るために七ヵ月間ほどフィラデルフィア州で自動車のセールスマンの仕事をしたが、この経験は彼がアメリカ社会について考える契機となった。

ニューヨークに戻った彼は出版業界と関わるようになった。収入が特別に増えたわけではないが、自動車のセールスマンとして味わった苦痛は経験せずにすんだ。大恐慌のあった二九年には人名事典の出版社ジェームズ・T・ホワイト・アンド・カンパニーで編集者の助手となった。

大恐慌を身をもって体験したことが、資本主義を絶対視しているアメリカ社会を見直す契機となり、彼は物質の獲得が成功の証となっているアメリカ社会には、自己中心主義でない新しい価値観が必要だと思うに至った。

大恐慌によってマクニクルの経済情況は悪化して、二八ドルの税金が支払えずに、一ヵ月に五ドルの分割払いという取り決めで結着がついた。また、大恐慌は株式関係者に直接に被害を与えたが、マクニクルはその巻添えを食らうところであった。すなわち、アパートの部屋から歩道に投身自殺した男が後一歩で彼にぶつかるところであった。

主流文化の摂取

マクニクルが自分にクリー族の血が入っている事実をどの年齢で知り、どのように感じていたか推測する術はない。しかしながら、彼は在学中、英語しか使わなかった事実から、白人の主流文化を摂取することに専念したことは明らかである。その具体的な証拠のひとつは教育への執着である。

彼の外観はフランス人かと思われるほどで、彼の周囲の人間も彼に先住民の血が入っているとは気付いていなかった。彼とともに『フロンティア——文芸雑誌』の編集に携わっていた学生も知らなかったとされる。マクニクルの方が自ら、混血であると言った様子もない。

彼にとって主流文化の魅力とは音楽であった。彼がチェマワ・インディアン校在学中にヴァイオリンの演奏に興味を見い出したことは彼個人にとっては大きな収穫であったといえる。ニューヨークでの結婚生活が経済的に苦しい時でも、マクニクル夫妻はセントラル・パークで開催される無料の演奏会にできる限り出かけた。

さらに、主流文化を摂取したいという彼の気持はアメリカを越えてフランスにまで及んだ。カナダにおける先住民とフランス人の歴史的関係を考慮に入れるとき、フランス旅行は彼にはごく自然な選択であったといえる。二九年一一月に亡くなった父は彼に幾分かの財産を残してくれた。そこでマクニクル夫妻は三一年夏にフランスに行き、彼はグレノーブル大学でフランス語の授業を受けた。

こうして彼は競争原理による資本主義社会に対する批判を忘れることなく、ごく自然に主流文化を摂取しつつ自己形成をなしつつあった。

西部の発見

コロンビア大学でのアメリカ史の勉強は彼にとって有益であった。彼はモンタナ大学に在籍中、東部の大学で学ぶことにあこがれ、また、イギリスにまで行った。これらは、いわば、彼の故郷と家庭からの脱出願望であった。しかしながら、ニューヨークに住み、大恐慌を経験することで彼の視野は広がり、彼は故郷と過去を見直し始めた。

その契機は小説『飢えた世代(5)』を執筆し始め、改訂を重ねたことにある。これは後に『包囲された人々』(6)として出版される。彼は『飢えた世代』を執筆するうちに次第に自分の過去や母親のことに思いを馳せるようになった。母親の住所を知りたくてインディアン監督官に手紙を出したのは三二年であった。そして、彼女がウィスコンシン州ミルウォーキーに住んでいるという返事を受け取ったので、彼は母親に手紙を書いたと思われる。

こうして故郷に寄せる彼の思いが母親へと繋がったのは当然である。また、誕生から大学生の期間まで西部で過ごした意義を容観的に考えるようになったのもごく自然である。彼はミルウォーキーにいる母親を経済的に援助できる状態にはなかったが、彼が西部とそこの先住民に深い関心を抱き始めたことは先住民全体にとってきわめて意義深いこととなった。

母親が再婚の相手として選んだ男性はダールバーグといった。そのために、彼もダールバーグ性を名乗っていたが、三四年に女児が誕生した折、自分の名前をダーシィ・マクニクと元に戻した。これは彼の意識が明確に変化したことであり、母親の家系を通して先住民の血を確認することになった。

インディアン対策局（BIA）の職員

彼は三五年九月に応募していた連邦作家計画（FWP）への参加が認められたので、家族を首都ワシントンに移した。年俸は二六〇〇ドルであった。

彼は『包囲された人々』を執筆する間に先住民の人類学に関心を抱き始めていたが、この頃、メキシコのマヤ文明に詳しいウィリアム・ゲーツという人類学者と知り合ったことが彼の人生に影響を与えた。ゲーツは後に述べるジョン・コリアーが中心になって活動したアメリカ・インディアン保護協会の一員であった。インディアン対策局（ＢＩＡ）の局長になったコリアーはＢＩＡの内部に応用人類学研究班の設立を予定しており、ゲーツはその一員となるはずであった。マクニクルがゲーツと接触することになったのは、すでに述べた人名事典の出版社がゲーツに関する記事を事典に掲載すると決定したからであった。そして、マクニクルがゲーツと直接に連絡を取るようになった。マクニクルがＢＩＡに応募の手紙を送ったのはコリアー＝ゲーツの関係を知らない時であった。

三二年にフラットヘッド保留地にダムを建設する計画が発表されたとき、モンタナ州選出の上院議員のバートン・Ｋ・ホィーラーはダムの所有権を先住民に与えるべきだと主張した。すると、コリアーはホィーラーを支持した。マクニクルはこれらの事情を新聞を通して知っていたから、コリアーがＢＩＡ局長に任命されたことに大いに注目した。

マクニクルの人生は急転回し始めたかと思うと、新しい事態が生じた。第一長編『包囲された人々』は妻ジョーランに献呈されているが、そのジョーランは四歳の子供を彼の元に残して、先祖の地ノルウェーへ旅立った。二人は彼女がアメリカに帰国した三八年に離婚した。

マクニクルはその後ローマ・カウフマンという女性と再婚した。一家の家計は豊かになり、マクニクルの年俸もＢＩＡの職員になって二年目には二九〇〇ドルとなった。この金額はＢＩＡに勤務する先住民の年俸としては高額であり、彼の身分は副行政官であった。

コリアの改革

ジョン・コリアーの基本的な考えは、伝統的な部族内の権威に基いた憲法を制定することであった。その順序は次の通りである。第一に、登録されている部族員を再確認する。次に、インディアン再組織法にそって再組織に賛成が否かを問う。賛成の場合にはＢＩＡが各部族の事情を考慮した憲法の素案を提案する。

土地対策も必要であった。一八八七年のドーズ単独土地所有法は結果的には先住民所有の土地が白人の手に渡るのを促進した法律であり、先住民の土地は著しく減少した。コリアーは土地こそ先住民社会には不可欠と思って、さまざまな手段によって部族所有の土地が増えるようにと尽力した。

マクニクルはＢＩＡ内で重宝な存在となり、一方では部族との連絡役として活躍し、他方ではコリアーの改革を外部に説明する役割を担った。

コリアーが夢見ていたのは先住民が政治的および社会的に自立した共同体の中で生きることであった。彼は先住民の内部から自発的に生れる価値観に基いた社会を理想として、具体的には南西部のプエブロ・インディアンをその好例としていた。

しかしながら、コリアーの理想は明らかに主流アメリカ社会の個人主義と対立するものであった。また、プエブロ・インディアンの社会を他の地域の先住民社会にまで広げるのは先住民の多様性を否定することになった。そのうえ、コリアーはＢＩＡ局長就任直後から主として次の三つのグループから攻撃された。第一のグループは文明化政策に適応して、すでに多少とも成功を収めている先住民たちであった。第二のグループはキリスト教プロテスタントに改宗した先住民たちであった。第三のグループはカルロス・モンテスマのような人物とその仲間たちであった。また、ＢＩＡの行政は共産主義的であり、無神論的であると批判された。さらに、キリスト教関係者が先住民社会においてなしとげたことを無に帰するものだとも批難された。

他方、マクニクルはコリアーのような理想主義者ではなく、現実をしっかりと踏まえた行政官であり、コリアーの在任中（一九三三―四五）は彼を支え続けた。

応用人類学者

第二次大戦中、四二年に日系人強制収容所が内陸部に一〇ヵ所建設されることになった。最大の収容所はアリゾナ州にあるコロラド川インディアン保留地に建設されて、ポストンと称された。四二年四月一二日に内務省とＢＩＡの間で正式に調印されて、その管理はＢＩＡに委ねられた。マクニクルは四月下旬に視察のためにアリゾナ州に派遣された。

コリアーは自分の意見に賛成しない者には容赦なかった。他方、マクニクルは協調的であり、調停者であった。コリアーは自分とは異質なマクニクルの役割を認めており、マクニクルが研究者であり、明快な文章の書き手であることを評価していた。

三九年にトロント大学とイエール大学が共催してカナダで、北アメリカ・インディアン・トロント会議が開催されたが、マクニクルも参加した。その会議の結果、次のようなことが明確になった。すなわち、会議の参加者は主流文化に余りにも同化しており、保留地に住んでいる先住民の声を代表していないということであった。これは重要な発見であり、次の運動へ繋がるものであった。翌年、マクニクルはメキシコのパーツクァーローで開催された会議に出席した。しかしながら、彼の関心は会議に出席することではなく、先住民の調査にあった。

コリアーは彼の希望にそって、ＢＩＡが先住民の性格形式の過程を研究するために、シカゴ大学に研究を依託することにした。調査の対象となったのは次の五部族であった。ナヴァホ、パーパーゴー、スー、ホピ、ズニ。この調査に備えて四五年五月一七日から六月五日までニューメキシコ州サンタフェでセミナーが開催された。このセミナーに参加したのはBIAの教員、看護士、行政官などであった。マクニクルはこのセミナーに参加したことを大いに喜び、先住民についてさらに深く知りたいと願うようになった。

シカゴ大学による調査は四四年後半に依託契約期間が満了した。BIAは調査の第二段階を応用人類学会（SAA）に依頼して、マクニクルもその委員のひとりになった。彼と彼の妻ローマは調査結果を出版するために四四年と四五年の大半を費やした。その結果、部族ごとの研究書が出版された。

マクニクルは大学で人類学を専攻したわけではないが、先住民社会について深く理解するようになっていた。調査対象となった部族の個々の先住民や部族と親しく接することで、行政官としてもBIAの中で貴重な存在となった。

日系人収容計画は一〇万人以上の日系人を移住させることであった。その計画はミルトン・アイゼンハワーという役人が辞任したために、その後任としてディロン・マイヤーという人物が任命された。マイヤーは白人社会しか知らなかったが、ポストンの日系人収容所の責任者になった。彼の考えでは、日系人は主流である白人社会に同化すべきであった。他方、コリアーは多文化主義者であったから、ボストンに日系人を収容することに積極的であった。マクニクルは四二年一一月にボストンの収容所を訪問して、日系人の造っている庭を見た。

全国アメリカ・インディアン評議会の設立

彼は長らく考えていた全国的な先住民組織の結成に向けて動き出した。その目的は先住民の利害に関する政治的発言を強めることだった。これまでもすでにアメリカ・インディアン協会（SAI）やその他の組織があったが、いずれも短命で、政治的影響力はなかった。今や、先住民の声を政治に反映するには団結が不可欠であることは明白であった。マクニクルは四四年前半に南西部を調査旅行したとき、ホピ、ナヴァホ、アパッチ、パーパーゴーの指導者たちと会い、組織の結成を打診し始めた。他方、コリアーもBIA本部が暫定的にあるシカゴで、先住民たちが定期的に会合を開催し、全国的な組織を結成することを奨励していた。

四四年に新しく結成された組織は全国アメリカ・インディアン評議会（NCAI）と称された。設立者はベン・ドワイト（チョクトー）、アーチィ・フィニ[7]（ネズ・パース）、チャーリィ・ヒーコック（ローズバッド・スー）、ロイス・ハーラン、アーマ・ヒックス、ルース・マスクラット・ブロンソン（いずれもチェロキー）、そして、マクニクルであった。この組織の結成大会には三〇部族から八〇人の代表が参加した。しかしながら、参加者は部族の代表としてではなく、個人として参加した。大会は成功裡に終了し、役員も決定した。オクラホマ州のN・B・ジョンソン判事が会長に選出され、以後一〇年間任務を務めることになった。マクニクルとアーチィ・フィニも評議員に選ばれたが、BIAの職員である二人に対する不信感が噴出した。そのために翌年、マクニクルは評議員を辞任し、BIA職員が役員になることを禁止する提案に賛成した。

NCAIの規約の前文には次のように記されていた。

われわれ、一九四四年一一月一六日にコロラド州デンヴァーに参集したアメリカ合衆国のインディアン諸部族の構成員はこの組織を結成して、以下の規約と細則を採択するものである。その目的とするところは合衆国、そのうちの数州、および、アラスカ準州の法律の下で与えられている諸権利と利益を確保すること、一般大衆を啓発してインディアン種族をよりよく理解してもらうこと、インディアンの文化的価値を保持すること、部族の業務を公平に調整すること、合衆国と締結したインディアン諸条約の元にある諸権利を保障し、

保持すること、以上の他に、アメリカ・インディアン共通の福祉を推進することである。(8)

マクニクルは五〇年代にNCAIのために積極的に活動して、ロビー活動にも従事した。

連邦管理政策の終結

第二次大戦の終結はコリアーのインディアン・ニューディール政策の終結と軌を一にした。コリアーは四五年一月に辞表を提出した。彼の後任はウィリアム・ブロウフィというアルバカーキの弁護士であったが、ブロウフィはBIA局長に就任後すぐに病気に罹った。それでも彼は三年間在任して、その後も数年間BIAは有能な指導者を戴かなかった。そのために、マクニクルは連邦政府が先住民問題と積極的に取り組まないことに絶望的な気持を抱いた。ブロウフィが病気に罹ると、マクニクルはアラスカ先住民の身分を保証するために議会で証言したりして活躍した。

彼と彼の妻は四八年の夏をカナダのノヴァ・スコシアで過ごした。SAAでともに活躍し、マクニクルが出版に尽力したアレグザンダー・レイトンの別荘を借用することができたからだった。その目的はJ・B・リピンコット社と出版契約を結んだ『彼らが先にここにやってきた』[9]を執筆するためであった。この書物は同社の「アメリカの人々」という新しいシリーズの一冊であった。これは四九年に出版され、好評を博した。五五年までに二度印刷されて、合計約五〇〇〇部が売れた。専門家による好ましい書評の結果、彼は応用人類学会の会員として迎えられ、彼は五〇年に部族関係部の責任者に任命された。時に彼は四六歳で、年俸七二〇〇ドルであった。

ＢＩＡはコリアー局長の時代に、先住民にとって重要なことを成就した。そのひとつは、七〇年以上にわたる文明化政策に歯止めがかかったことである。また、先住民に文化的および政治的自立を取り戻そうとしたコリアーの方針はある程度、実を結んだ。さらに、先住民の土地はインディアン再組織法によって増えた。そして、コリアーの最大の功績は諸部族を法的組織にしたことである。

しかしながら、コリアーのインディアン・ニューディール政策に反対する勢力は根強かった。すなわち、先住民を同化すべきだとする政治家が多く、第二次大戦後、ＢＩＡ予算は大幅に削減された。

コリアーを任命した内務長官ハロルド・イキスの片腕はオスカー・チャプマンであった。当時、チャプマンはインディアン・ニューディールの強力な支持者であった。しかしながら、イキスが辞任して以後、チャプマンの考えは変わった。ディロン・マイヤーが日系人強制収容所を撤去する方法を見ていたチャプマンは、先住民の保留地も同じようになくすることができると考えた。そのため、チャプマンはマイヤーにＢＩＡ局長の地位に就くように説得した。チャプマンの転向は多文化主義を白眼視する世論を考慮したためであったと思われる。

マイヤーは局長に就任するに際して上院に呼ばれ、先住民政策を決定するのは議会であって局長でないと釘を刺された。このことは議会において、今では辞任していたが、コリアーに反発した議員が多かったことを示している。マイヤーはコリアー時代の留任者が官僚的なやり方に反対することを予期して、主要な部署に新人を任命した。そして、ＢＩＡで一七年間勤めたウィリアム・ツィンマーマン（マクニクルの友人）を副局長の地位から降ろして、戦時移住局当時の自分の部下を任命した。このように、長年ＢＩＡで働いた職員も辞任するか、あるいは、ワシントン本部から他へ転勤することを求められた。

しかしながら、マイヤーも、彼とともにＢＩＡの職員になった者も先住民に関してはほとんど知らなかった。そのような情況下でマクニクルは約二年間、部族と連絡を取る仕事に従事したが、彼の果たすべき役割は小さかった。マイヤーは議会での約束にもかかわらず、自分の政策を実施し始めた。すなわち、諸部族は次の二者択一を迫まられた。ひとつの選択肢は、ＢＩ

Aの援助や保護を受けずに総てを部族で対処する方法。第二の選択肢は総てをBIAの管理に任せる方法。マイヤーの提案はマクニクルが長年にわたって進めてきた漸進主義を廃止するということであった。それは取りも直さず、コリアーが為し遂げたことを根底から覆すことであった。

マクニクルは五二年三月に一年間の休暇を取ることにした。そして、それ以前に関わっていた先住民の自立を促す計画、すなわち、アメリカ・インディアン開発（AID）の成行きを見守ることにした。

クラウンポイント計画

マクニクルはAIDを推進するために五一年八月からニューヨーク市で資金集めを始めていた。そして、フレデリック・E・ハイジ夫人から、ナヴァホ保留地の保健教育計画のために一万ドルの寄付を受けた。この時、彼は衛生改善の計画と保留地全体の開発を関連付けることができるのでないかと思った。

ナヴァホ族は第二次大戦中に従軍した経験も、軍需産業に従事した経験もあった。また、子供たちは保留地外の寄宿学校に在籍した経験があった。その結果、彼らは急速に変化している保留地外の世界を知っていた。このような理由によって、ナヴァホはマクニクルが考えていた目的に合致する部族であった。

ここで注目すべき点は、マクニクルが伝統的治療法を完全に排除して、近代的（西洋的）治療法を導入するという従来の方法を採用しなかったことである。すなわち、彼はナヴァホの療法家たちが近代的治療法を伝統的治療法の補助手段と見なしてくれることを願った。

クラウンポイントは元来、ナヴァホの土地ではなかった。しかしながら、サミュエル・ステイチャーが二四年間、ここのインディアン担当官を務めていた関係で、道路、橋、小さな病院、寄宿学校などがＢＩＡの資金で建設された。その際、ナヴァホが労働力を提供した。三五年六月三〇日付でナヴァホの六ヵ所の担当官事務所は一ヵ所に統合された。

三八年以後、クラウンポイントのナヴァホは部族の政治から置き去りにされ、事務所の人員も大幅に縮少された。そのうえ、ナヴァホの健康状態は劣悪で、結核が猛威を振っていた。マクニクルは家族を西部に移すことを考えて、ＢＩＡからもう一年の休暇を取った。

彼がクラウンポイント計画を成功させるには適任者が必要であった。幸い、応募者の中から適任者が見つかった。ヴァイアラ・フロマーという女性であったが、彼女はアメリカ・フレンド派奉仕事業委員会（一九一七年に設立された、キリスト教クェーカー派による社会奉仕団）

の仕事でエジプト、ドイツ、メキシコ、および、エルサバドルで活躍した経験があった。彼女は五二年六月にクラウンポイントに着任した。そして、ナヴァホ部族評議会の最初の女性議長であるアニー・ドッジ・ウォーネカ[10]と協力して結核患者を減らす努力を始めた。五四年四月にフロマー、AID、ナヴァホ部族保健委員会、BIAが共催者で、アルバカーキで結核予防と治療に関する会議を開催した。

マクニクルはナヴァホ開発委員会（NDC）の会議にはできる限り出席したが、彼はクラウンポイント計画を進行させるために自分が発言せず、ナヴァホ自身による決定を待った。したがって、ナヴァホは自らの力で諸問題を解決しなければならなかったが、NDCは五三年から六〇年の間にいくつかの大きな計画を実現した。一方、BIAは四ヵ所の担当官事務所の支所を設置した。その結果、クラウンポイントは再び東部ナヴァホの中心となり、部族警察署や部族裁判所も設置された。

今や東部ナヴァホもナヴァホ族の一員として認められた。ナヴァホ族の中心地であるウィンドウ・ロックからやってきた指導者たちもクラウンポイント計画の進展に驚き、NDCの成果に注目した。

マクニクルは五四年に二年目の休暇が終了するとBIAを退職した。ナヴァホ族は石油の採掘権などで財政が豊かになると、主導権争いが目立つようになった。そのためにマクニクルはウィンドウ・ロックがワシントンと同じように官僚的になったと感じ、クラウンポイント計画が終着点に近付いていることに気付いた。

他方、議会は先住民と交わした条約の履行義務から逃れることを願っていた。そのうえ、部族の中には連邦管理終結政策に賛成する者もいた。他方、NCAIは終結政策には反対であった。三四年のインディアン再組織法に基いて採択された諸部族の憲法を無効にしようとする議会の動きもあったが、マクニクルと他の二人の努力でそれは阻止された。

マクニクルとフロマーのナヴァホ保留地における最後の年は六〇年であった。七年間におよぶクラウンポイント計画の後で二人が保留地を去るのに気付かない人が多かった。マクニクルはクラウンポイント計画の報告書を作成する費用をグッゲンハイム・フェローシップに申請して、受け入れられた。報告書は六四年に完成した。

六〇年一二月にクラウンポイント計画が終了すると、マクニクルはコロラド州ボルダーの自宅で休養することにした。彼はクラウンポイント計画を実施中、コロラド大学で開催された夏期指導者養成講座に五六年から五九年まで講師として参加した。六〇年以後は責任者を引き受けて六五年まで続けた。この講座に参加した若者たちは保守派もおれば、主流文化に順応した者もいた。自分の部族の歴史を全く知らない者もいた。参加者は先住民と白人の関係史を知り、白人の考え方などを知ることによって次第に目覚めていった。この講座は六八年まで続いた。

シカゴ会議

六〇年のNCAIの大会に紹待されたシカゴ大学人類学部長であるソル・タクスは翌六一年六月にシカゴ大学で先住民の大会を開催することを提案した。シカゴ大学とNCAIの共催であった。参加者として登録したのは九〇の部族とバンド、四六七名であった。参加者は一週間にわたって会議を開催し、土地の返還、保留地の土地所有権の画定、土地購入資金の支給、水利権の保護、税制改革などと具体的な要求を決めた。参加者は感激し、先住民として団結すれば政治的圧力となりうることを知った。

しかしながら、シカゴ会議後、マクニクルの進め方は余りに緩やかすぎると思った若い先住民たちはその夏、ギャラップで会合して、全国インディアン青年協議会（NIYC）を結成した。マクニクルは後にその助言者になることを求められた。

オリヴァ・ラファージ

マクニクルはオリヴァ・ラファージ（一九〇一―六三）の伝記を書くことを六五年に引き受けた。出版はインディアナ大学出版部からであった。ここでまず最初にラファージの略伝および彼と先住民の関係を記す。(11)

ラファージは父の影響もあって先住民に早くから関心を抱き、二〇年にハーヴァード大学に入学すると、翌二一年に同大学の南西部地域の考古学調査旅行に参加した。彼はその後、二二年と二四年にも調査に参加したが、彼がナヴァホ族に関心を抱き始めたのは二四年の調査の時であった。二九年にはアパッチとナヴァホに関する修士論文を完成して、三〇年二月にはインディアン問題東部協会（ＥＡＩＡ）の事務局長になった。

当時、先住民がアメリカ社会で生きてゆくためには自治組織が不可欠とされ、部族ごとに選挙を実施する必要があると思われた。ラファージは三六年に選挙の実施を援助するためにホピ族の元へ赴いた。その結果、部族員の約半分が投票した。彼はこうしてこの頃から南西部の諸部族の問題に深く関与し始めた。

彼は第二次大戦後、帰還すると先住民の権利擁護のために活躍し始め、コリアーとも一緒に仕事をした。彼はサンタフェに住むことによって、西部に住みたいという若い頃の夢を実現した。彼は初めて南西部の地を踏んでから四〇年間、先住民問題と関わったが、その中でも特にナヴァホとの関係が深い。後年にはアラスカ先住民の権利のためにも尽力した。

彼は二九年にナヴァホの若者を主人公にした小説『ラーフィング・ボーイ』[12]を出版したが、この小説に対して三〇年にピューリッツァ賞が与えられた。彼はこの時点で文学の道に進むことも可能であったが、人類学の方へ進んだ。

彼には六四分の一だけ先住民の血が入っており、彼の容貌は先住民に似ていた。ラファージ家は富豪ではないが、名家であった。その意識が彼の中にどの程度あったかは不明であるが、母親から権威と地位に対する責任感および意思を植え付けられたと思われる。[8]彼の著述は相当数ある。[13]

マクニクルとラファージはともにアメリカ人類学協会の会員であったが、二人とも学問的には専門家と見なされていなかった。二人は長年にわたって互に知っていたが、二人の関係はマクニクルの言葉を用いれば、「友情《カーマラーディ》」には発展しなかった。その一因はラファージの側にあったと思われる。ラファージは長年にわたって先住民のために尽力したが、先住民をアメリカ・インディアン問題協会（ＡＡＩＡ）の役員に任命することに断固として反対した。これはラファージの人柄と育ちを表わしているといえよう。

マクニクルとラファージには一方は貧しい生れであり、もう一方は名家の生れであるという相違があるにもかかわらず、類似点がある。すなわち、二人とも大学生の時に演劇や詩に関心を抱いた。そして、二人とも文学作品の創作にかける時間がなく、二人とも文学者としては成功していなかった。マクニクルがラファージを強く意識していた様子は、ラファージの伝説を書くために六五年後半に親族や友人に取材したときの質問から窺える。すなわち、マクニクルは、なぜラファージが文学者の道を選択しなかったのかと繰り返し質問したのである。その質問に対する返答は充分な時間がないということであった。これらはマクニクルが当時、自分も大作を書いていないと強く意識していた証拠と思われる。

カナダ

マクニクルは六五年一二月にカナダのサスカチェワン大学（リジャイナ・キャンパス）から准教授の地位を提供する旨の手紙を受け取った。彼はその申し出を受諾したが、理由は経済的であったと思われる。彼がＡＩＤの責任者として受け取る給料は高額ではなく、妻の収入に大いに頼っていた。また、サスカチェワンに行くことに決めた背景には先祖のことを調査したいという意図があったかもしれないが、明確ではない。彼は六六年夏に赴任したが、二〇〇名以上の学生に人類学を教えることは彼には相当の負担であった。

しかしながら、よい知らせがあった。彼がサスカチェワン大学に着任すると決定した後で、コロラド大学が彼に名誉博士号を授与すると決定したのだった。推薦状が必要であったが、それは多くの人から得られた。その中には当然、コリアーが含まれていた。また、エドワード・スパイサーもいた。[14]

六七年の夏、彼はボルダーに行きワークショップに参加した。すでに妻ローマはワシントンに赴任していたが、離婚の手紙を彼女に送ってから、会議のために三六年ぶりにヨーロッパ（オーストリア）に向った。旅行で元気になった彼はリジャイナに戻り、二年目の授業は上首尾に終った。六八年から六九年はラファージの伝記を完成するために休暇を取った。六九年一月にはコリアーの葬儀に出席して、同年五月には伝記は完成に近付いていた。しかしながら、彼は経済的に困窮状態に陥って、ある財団へ援助を申請して受理された。伝記は六九年七月に完成したが、完成が予定から大幅に遅れたために出版は七一年になった。

彼は四年を要した伝記が完成したのでヴァイロラ・フロマーと結婚した。しかしながら、この時すでに彼女にはアルツハイマーの兆候が出ていた。

彼が休暇の後で大学に戻ると、大学は人類学の研究方法をめぐって分裂していた。大学の世界はBIA以上に官僚的だと思うようになり、彼は七一年に辞任した。その間、ヴァイロラの病気は悪化して、軟禁状態にあった。また、年齢のいった彼にはカナダの気候は厳しかった。七一年にニューメキシコ州に戻り、新しく家を建てたが、ヴァイロラの病気が悪いため施設に入れた。

ラファージの伝記は全米図書賞の候補になったが、余り売れず、欠点も指摘された。すなわち、マクニクルは五〇年代におけるラファージの活動を充分に描かなかったのである。そもそもマクニクルがラファージの貢献を心からは認めていなかったことは彼は六九年に親友の妻に宛てて書いた手紙が示している。

> 私は気が付いてみると、あの男を大いに称賛し始めているが、彼の経歴を調べ始めた時はそうでなかった。彼がインディアンのために為し遂げたことや、仕事上必要であった疑問の余地のない犠牲にもかかわらず、私はインディアンに対する彼の態度が今もなお嫌いです。彼は謙虚というものを身に付けたことがないようですが、それは昔から人間の大いなる欠如です。それでも、彼は恐れを知らず、忠実で、ものすごい働き者でした。(15)

晩年

マクニクルは晩年になると、コリアー時代の生き証人としてたびたびインディアン・ニューディールの成果や評価に関して意見を求められた。彼は七四年にカナダで開催されたシンポジウムでコリアーの政策について次のような評価を下した。コリアーは多文化主義者であったが、多文化主義は進歩主義の時代にあっては例外的な考え方であった。なぜならば、進歩主義者たちは「るつぼ」論を支持していたからである。先住民は七〇年代になってコリアーの理想（自治、資源の管理・維持、文化的自立など）を実現したと、マクニクルは主張した。また、コリアーの欠点は温情主義《パターナリズム》であったと述べた。

その頃シカゴにニューベリー図書館を建設する計画が進んでいた。これは先住民の歴史研究の拠点になるはずであったが、マクニクルの元に彼の参画を促す手紙が届いた。彼は、その設立準備の仕事はアルバカーキの自宅で行えるという条件で引き受けた。七二年一〇月二〇日の記者会見で、図書館建設の資金（五九万七〇〇〇ドル）が得られる見込みであると発表された。図書館建設の主旨は、先住民は白人との関係のみで存在する者ではなく、先住人にも歴史があることを示すことだった。この図書館は先住人も非先住人も受け入れたために、ここからは多くの著名な研究者が育った。

七七年夏に妻が亡くなった。その後、彼は四六年以来久しぶりにセント・イグネイシャスに戻り、ニューベリー図書館の特別研究員にもなった。しかしながら、彼は間もなく七七年一〇月一八日にアルバカーキで亡くなった。彼が図書館の会議に出席しなかったので、図書館の依頼で地元の警察が調べると、彼は心臓病で数日前に亡くなっていた。

第二節　著述

1『包囲された人々』

この作品は一九三六年に出版されたが、出版当時、読書界では全く話題にならなかった。この作品の再版が出たのは一九七八年である。この作品が、また、作家としてのマクニクルが批評の対象となり始めたのは古くない。

梗概

主人公アーチャイルド・レオンは一年ぶりに故郷のモンタナ州の保留地に戻ってくる。それは年老いた母親（キャサリン）との再会を果たすためであって、目的を果した後は再び都会に出る予定である。しかしながら、彼は父親である白人（スペイン人）のマクスと再会することを恐れている。

アーチャイルドは連邦政府が推進している文化変容政策の一環である全寮制学校に在籍している時、教師からヴァイオリンの弾き方を習ったが、その芸が彼の身を助けることになった。彼は都会（オレゴン州ポートランド）でヴァイオリンの弾き手として舞台に立ち、金銭を稼ぐようになったことを自慢にしており、保留地に戻ると、稼いだ金銭を母親に見せる。

姉（アグネス）には二人の男の子（ナーシスとマイク）がいるが、夫は亡くなっている。そのために、アグネスは父親マクスの元に身を置いているが、ナーシスとマイクはマクスからあたかも犬のように扱われている。それを目撃したアーチャイルドはマクスに改めて反発を覚えるが、自分の弟（ルイス）にも困惑する。ルイスは白人から馬を盗むことが手柄だと思っている旧弊な先住民であって、身近にいながら、母親に心配をかけている。ルイスには馬泥棒の嫌疑で五〇〇ドルの懸賞金が賭かっており、追跡されている。

モンタナ州周辺に長らく住んできた先住民といえばセーリッシュ族である。そのセーリッシュの族長（ランニング・ウルフ）の娘であるキャサリンは、招かれてこの地にやってきたイエズス会の神父から洗礼を受けて、「忠実者キャサリン」という名前で呼ばれるようになった。しかしながら彼女は今、人生の最終段階にきて、混沌としている身の回りを見つめている。夫マクスは四〇年以上昔に、一八七〇年にこの地の美しさに魅了されて、それまでの放浪生活に終止符を打って、この地に定住して彼女と結婚した。彼女は一一人の子供を産んだが、今ではマクスを信用せず、また、英語が理解できない振りをしている。

そんなキャサリンにとってアーチャイルドの帰郷は嬉しい出来事であり、彼女は親戚と友人を招待して、宴を開催する。その宴の席で、保留地の外で生活することによって成長したアーチャイルドは部族の年長者たちから、ほとんど絶滅したバファローのことや昔話を聞いて、初めて先住民としての認識を明確に抱き始める。その場には盲目の古老モデストもいる。また、アーチャイルドが姉の子供たちに魚釣りを教えたりしているうちに、ここの生活に溶け込み、収穫期を迎えているマクスの畑で自発的に働くようにもなる。

季節は秋、九月。アグネスの子供たちはミッション・スクール（寄宿学校）に戻らねばならない時期であるから、マクスは子供たちを騙すようにして自動車に乗せて学校へ連れて行く。

キャサリンは人生最後の儀式として山に行きたいと願い、アーチャイルドがその供をする。そして、山に入った二人は偶然にルイスと出会う。その後、母子三人と出会った鳥獣保護官《ゲーム・ウォーデン》は、ルイスがメスの鹿を殺したのは法律違反(16)だと告げるが、ルイスはその法律は先住民には適用されないと主張して、木にかけてあった銃に手をかける。すると、身に危険を感じた保護官はルイスを射殺する。次に、わが子を殺されたキャサリンが伝統的な武器である斧で保護官を殺害し、アーチャイルドは母親と協力して鳥獣保護官の死体を埋めた後、二人は下山する。その後、アーチャイルドはインディアン担当官のパーカーから鳥獣保護官の行方不明の件で嫌疑をかけられる。

マクスは肺炎のために意識が混濁して死の床につき、牧場をアーチャイルドに与えることにする。山での事件以後、キャサリンは教会のクリスマス・ミサにも復活祭のミサにも欠席して、再び先住民に戻る。

一方、アグネスの子供マイクは学校で厳しい体罰として、暗室に長時間閉じ込められたために、暗闇を恐れるようになった。彼はその後遺症に苦しみ、家に戻っても暗闇を恐れて精神が正常でなくなっている。

キャサリンは臨終を迎えるが、神父を呼ぶことを拒否して、古老モデストを呼んでくれとアーチャイルドに頼む。神父はアーチャイルドが山で起きた事件を担当官に説明するように説くが、彼はそれに従わない。

アーチャイルドと親しくなった部族の若い女の子（エリーズ・ラ・ローズ）はアグネスの二人の子供も連れて、四人で山に向う。そこでアーチャイルドは保安官（デーヴ・クィグリィ）と出会い、殺人事件のことで追求される。すると、エリーズはアーチャイルドを救うつもりで保安官を射殺するが、そのときインディアン担当官とインディアン警官が現われて二人は逮捕される。

作品の草稿

この作品の草稿には『飢えた世代』という標題がついており、一九二七年に書き始められたと思われる。[17] 最初の草稿には『枯草』という標題がついていた。三六年に出版された『包囲された人々』と著しく異なる部分は後半である。

マクスが亡くなり、その遺産を受け継いだアーチャイルドはパリへ赴く。彼はヴァイオリン奏者として成功することを夢見てヴァイオリンを持参する。しかしながら、彼はやがてパリで音楽の勉強を継続するべきか、あるいは、モンタナに戻るべきかと迷い始める。そして、彼の孤独を慰めてくれるアメリカ女性のクローディアと出会う。結局、彼はこれ以上パリに滞在する意義はないと判断してモンタナに戻り、父親から受け継いだ大牧場の仕事に従事する。鳥獣保護官の死体は見つかり、彼は逮捕されるが、彼の無実は証明される。彼は次の列車でクローディアがニューヨークからやってくるのを待ちながら、人間と雨を歌ったセーリッシュの歌を思い出す。

草稿は作品として出版されたものよりも長い。注目すべき点は両者の結末の大きな相違である。草稿において、アーチャイルドはマクスの後を継いで大牧場の所有主となり、間もなく、教養ある美人の白人女性と結婚すると思われる。これはアメリカの夢の実現といえ、文化変容は彼においてほぼ完全に結実していることになる。しかしながら、出版者が見つからないために書き直しているうちに作者の関心は「アメリカの夢」の実現を描くことから先住民を正面から描くことへと移っていった(18)。

キャサリン

以下においてキャサリンとアーチャイルド、および、その他の項目を論じることによって、作品の意図を理解する一助としたい。まず最初にキャサリンを取り上げる。

彼女はランニング・ウルフ族長の娘であり、主人公アーチャイルド・レオンの母親であるが、彼女が作中において占める役割はアーチャイルドと比較しても決して小さくない。なぜならば、彼女は白人の文明化政策のひとつの大きな柱であるキリスト教を年若くして熱心に受容したが、やがて老年になって先住民の世界に完全に戻って行くからである。彼女の精神の遍歴はアーチャイルドよりも広く、作中における彼女の存在は大きい。

最初のキリスト教信者、そして、伝統への復帰者

修道女たちがランニング・ウルフの支配する地にやってきたのは先住民たちを教育するためだった。キャサリンは修道女たちを通して初めて白人の物質文化（料理、牛乳、バター、アイロン、針、石鹸、園芸、養豚など）に触れる。その後、彼女は修道女たちよりも早くこの地にやってきたグルピュー神父から洗礼を受ける。これによって彼女はこの地の最初の信者となる。そして彼女は神父や修道女たちから求められることは何でも果たし、彼女は毎朝、教会に行き修道女たちを手伝う。その結果、彼女は「忠実者キャサリン」と呼ばれるようになる。

しかしながら、白人の文化が彼女を魅了した期間は短かく、二〇歳で結婚して以後の彼女は白人の文化と考え方に明確な拒否反応を示す。結婚に際してマクスはさまざまな家財道具を購入するが、彼女はそのどれひとつも使わずに、部族の伝統的な流儀に従う。例えば、洗濯は小川で行う（一七一―七二ページ）。さらに、白人文化の象徴となっている家屋は彼女とマクス

を決定的に隔てる。先住民の伝統では親族や知人が自分の住まいに自由に出入することを認めている。しかしながら、英語で「男の家はその城」と表現する通り、許可なくして白人の家に入ることはできない。事実、マクスは家を建てた時、家族を入れないと宣言した（一六一ページ）。その結果、キャサリンと彼の間は決定的に不和となり、彼女は小屋で生活する。

彼女の精神の遍歴において注目すべきことは彼女が或る夢を見ることである。その夢の中で彼女は亡くなって、天国に行っている。そこは神父たちが彼女に教えていた通りである。すなわち、白人たちは大きな家、立派な衣服、指輪、金の入歯などと、欲しいものは総て持っている。みんなは彼女に向って、幸福だろうという。しかしながら、彼女が回りを見渡すと、先住民はひとりもいない。(19) 幸せそうでない様子の彼女を見た白人の神は彼女が立ち去ることを許す。そこで彼女は先住民たちのいる別の天国へ向う。しかしながら、彼女はそこへ入れてもらえず、地上に戻ってキリスト教の洗礼を取り消さなければならないと告げられる。彼女は同じ夢を三度見たために、デモストたちに自分の夢について話した後、背中に鞭を受ける。これは洗礼を取り消す儀式である。その結果、彼女は夢に悩まされることなく眠ることができる（二〇八―一一ページ）。こうして、部族の中で最初にキリスト教に入信した彼女は先住民の伝統に復帰する。

母として

キャサリンは七人の息子を産んだが、マクスは息子たちに対しては全く無力である。他方、彼女は息子たちには何も求めず、総てを与えることでかろうじて息子たちを掌握している（四四―五ページ）。

儀式はさまざまな形態を採りうるが、この作品ではキャサリンがアーチャイルドの帰郷を祝う宴会を開催する。この宴会はいわばアーチャイルドに部族員としての自覚を与える契機となる。ティピが五つも立てられることは祝宴の規模の大きさを示している（六〇ページ）。祝宴が始まると年配者たちは昔日を懐しむ話に興じるが、アーチャイルドは座に全く溶け込むことができずに苛立ちと落ち着かなさを覚える。しかしながら、年配者たちが語る「火打石の話」や、ブラックフット族とピーガン族対セーリッシュ族の戦いの話などがアーチャイルドの関心を引く。こうして彼はこれまで耳にしても傾聴しなかった昔話に興味を示し、年配者たちに対する彼の偏見も少なくなる（七四ページ）。このことはアーチャイルド本人にとってばかりでなく、部族の人々にとっても重要な出来事といえる。

祝宴の後、秋が深まる頃、アーチャイルドは母親と親しく接するようになり、彼女は彼と一緒に山へ狩りに行きたいと思う。山中で鳥獣保護官がルイスを射殺すると、彼女は気取られずに保護官を伝統的な武器である斧で殺害する。これはわが子を射殺されたことに対する母親としての報復であるが、彼女の敏捷さは目立つ。

精神の復活

キャサリンは息子ルイスが射殺されたことへの報復として鳥獣保護官を殺害したが、殺人犯であることに変わりはない。そこで彼女が教会で神父に事件を告白すると、赦免は可能だといわれる。しかしながら、彼女は贖罪行為によって赦免を求めるのは求めすぎだと思い、教会から遠ざかる。彼女はクリスマスのミサにも出席せず、春の到来とともにキリスト教を信じない元の先住民に戻っている（一七三ページ）。

彼女はマクスと結婚した直後から白人の文化を拒否し、キリスト教から次第に遠ざかって行くが、彼女がキリスト教の呪縛から逸れるのは容易でない。彼女は呪縛から容易に解放されないことは、山での殺人事件以後、悪魔が自分の後を付けていると思い込み、あたかも水に濡れた犬のように身振いする様子に現われている（一八七ページ）。そんな彼女の精神の復活は肉体の死とともにやってくる。

マイクの知らせでキャサリンが死の床にあることを知ったアーチャイルドは家に戻る。そして彼が耳にする彼女の言葉は「司祭はいらない！」である（二五九ページ）。それも、彼女が何年も使うことを拒否していた英語による。これは死の床にあっても彼女の意識が明確であることの証拠である。彼女の希望にそってモデストがやってくることで、アーチャイルドは母親がすでにキリスト教を離れていたことを初めて知る。彼女がキリスト教（白人の文化）と決別することを決意する契機となったのは、彼女が三度も見たあの夢である。先住民にとって夢はきわめて大切であることは繰り返し語られていることである。あの夢は白人の天国には先住民の居場所がないことを示している。また、物質の豊かさを誇る白人の文化を批判している。キャサリンは一時期を除いて先住民であるという明確な自覚をもって生きてきたのであるから、死の床にあって「司祭はいらない！」と明言するのは一貫しているといえよう。

アーチャイルドは母親の死の意味を次のように思う。

死は［二人を］引き離す以上のものである。この時点における母の死は、山々を越えてやってきたあの教師たちに向って母が背を向けたように、多勢に対する個人の勝利である（二七二ページ）。

キャサリンはアーチャイルドが誇りに思う母であり、この地に留まることを彼に決意させる。草稿におけるキャサリンの役割は小さいが、書き直された本作品において彼女はきわめて重要な存在である。

北アメリカ大陸の東の方から押し寄せてきたのは宗教、商業、法律などを備えた諸勢力だった。カナダにおいては一八八五年に、ルイ・リエル[20]がそれらの諸勢力に抵抗してメティスを率いて立ち上がったが、抵抗は失敗に終った。その結果、メティスは難民となった。マクニクルの母たちはディアスポラを経験した後、モンタナでやっと定住できた。これに類似した運命におかれたのがセーリッシュであった。マクニクルは母方の先祖の経験とセーリッシュの経験に共通性を見たが、キャサリン像を介して先住民の生き延びる道を示しているといえる。彼女は運命に屈していないことを生涯をかけて示す。

アーチャイルド
ヴァイオリンと都会

アーチャイルドにとってヴァイオリン（演奏）は白人文明の象徴であり、かつ同時に、経済的自立の手段でもある。学校教育は白人から強制されたものであるが、彼は白人の文明化政策の犠牲者に留まっておらずに、在学中にヴァイオリン演奏の楽しみを見つける。次いで、彼はヴァイオリン演奏という術をもって、若者らしく希望を抱いてポートランドという都会に出る。そして、劇場でヴァイオリンの弾き手として賃金を稼ぐ。いわば、彼は白人の資本主義社会で通用する先住民の若者に成長する。

彼が白人の文明を内面的にも外面的にも受容している様子は作品の冒頭で明確に描写されている。すなわち、彼は一年ぶりに故郷に戻るに際してスーツ、シャツ、革靴を新調する（二ページ）。さらに彼は母親に稼いだ賃金を見せるが、この場面は彼が資本主義社会で収めた成功を自慢していることを示している（二ページ）。

彼は白人の資本主義的価値観を受容したばかりか、故郷に戻っても彼の意識は白人が建設した都会と密接につながっている。彼は帰郷後、母親の求めに応じて一緒に山に行くが、その折、彼は山中の眺めの彼方に都会の光景を思い起こす。街路が思い出され、人々が部屋の中を動いている光景が見えるようである。彼が都会の光と音と匂いを思い起こすと、山の過去も現在も彼の関心を引かない。彼は自分の故郷を風変わりな所と感じる（一二〇ページ）。

作品全体の約五分の二の箇所でこのように描写されていることは、彼の帰郷時の心境と一致している。すなわち、彼は昔日の猟師生活などを懐古して帰郷したのではなく、また、山を訪ねたのでもない。このように白人が推進する文明化政策はアーチャイルドにおいて確実に結実している。

故郷・自然

彼が保留地＝母親のもとに戻り、母親に会った時点から彼の先住民としての意識は少しずつ目覚め始める。故郷は人間（母親）の介在によってその意味が変ることになる。母親は小屋に独り住んでおり、彼はその中で母親と一年ぶりに対面する。その対面時の彼の心の動きは次のように描写されている。

彼らは、しばらく黙ったまま座っていた。ヴァイオリン弾きのことを話題にするのはむなしかった。アーチャイルドはそれと同じほどにむなしい話題は少しの間考えつかなかった。インディアンである母親の元に戻ってきたら、世界が違うのだと思い出さなければならない。いずれにしてもお金を見せびらかしたり、自分のことを喋るために戻ってきたのではない。魚釣り、乗馬、山登り――もう一度やってみたいと願っていたこと――がある。どうしてヴァイオリン弾きの話などするのか？（三ページ）

母親の反応を見て取った彼の判断は速い。饒舌であり、自己を語るのが当然である白人の世界から、伝統的な先住民の世界に戻ってきたと彼ははっきりと気付く。彼が受容した白人社会の価値がここでは意味がないことを認識することで、彼の根本的な価値体系は転換し始める。

彼が故郷に戻ったのは母親と再会するためであるが、魚釣りもやってみたい。そして、その魚釣りが彼と甥たちを結びつける。甥たちが魚釣りは不得意だと母親から聞いた彼は二人を捕まえて、それを確かめる。すると二人は、商店で売っている釣道具がないから魚釣りができないのだと返答する。自分の食料を自分の力で入手できない――これほどに先住民の伝統から外れた事態はない。二人の子供は全く意識していないが、この事態は先住民としての生存そのものが危険に晒されていることの証拠である。

彼は小川の傍らで丸太に腰かけることにより、自分は水の音やフクロウの鳴き声、キイチゴや石ころの匂いに誘われて故郷に戻ってきたのだと実感する。最初の帰郷の理由は母親にもう一度会うためであったが、今や母親との繋がりを介して故郷の自然との繋がりを再確認することになる。こうして、白人の文化を受容した彼は帰郷によって少しずつ確実に自己と部族との繋がりを発見してゆく。

父との対決

アメリカの白人（キリスト教界）は白人は父であり、先住民は息子であるという喩えを一般的に浸透させることに成功した。大統領を首都ワシントンの偉大な父とする表現は先住民―白人関係史の常套表現である。一方、キリスト教では神は父であり、イエスは息子であるから、父―息子＝白人―先住民という図式が成立することになる。

アーチャイルドの父であるマクスがスペイン人であることは、南北アメリカ大陸を探検・征服し、その財宝をスペインへ持ち帰った征服者たちの末裔であることを示している。先住民であるアーチャイルドはまずこの父親と対決しなければならない。しかしながら、帰郷したばかりのアーチャイルドの気持ちは父親と対峙するにはなお以前と同様に、脆弱である。父親から強い言葉をひとこと、ふたこと浴びると彼は挫折しそうであるが、かろうじて「あんたに寄食するために戻ってきたのではない」（七ページ）といい返すことで最初の試練を乗り越える。しかしながら、彼に対する執拗な攻撃は容易に収まらない。彼が姉の子供たちとともに畑を横切る姿を目撃すると、マクスは「お前は再び部族の者になったのか？」と皮肉る。そして、彼が「魚釣りに行くのだ」と返答すると、マクスは「来週にはケット［先住民の外衣］の生活に戻っていることだろう」と攻撃の手を緩めない。ここで彼は「だから、どうなるの？」と切り返すことで自立をさらに一歩確実なものにする（二四—五ページ）。こうして、ヴァイオリン弾きとして生計の糧を身に付けることによって経済的自立をはたした彼は両者の隷属的関係を断ち切り始めるが、次に達成すべき目標は白人の抱いている先住民像からの解放である。彼の弟ルイスは飲酒に浸り、馬泥棒を自慢にする昔ながらの先住民である。これは白人が描く先住民像の典型であるが、アーチャイルドは、自分はこの古いイメージから脱却する決意だと姉に向かって告げる（一五ページ）。さらにマクスから、「賭博をやらないインディアンとは、お前はどんなインディアンか？」（一二ページ）と皮肉をいわれるが、彼は動揺しない。

次に彼が行う重要な行為は資本主義的価値観の否定である。母親が彼の帰郷を祝福して開催してくれた宴に参加することで、父親に対する恐怖心もいちだんと薄らぐ。そして、秋の収穫時になると、彼は自発的に収穫作業に就く。それに驚いたマクスは労働の対価を支払うと申し出るが、彼は労働の対価を求めて作業したのではないと、その申し出を辞退する。彼はこのようにマクスの資本主義的労働観を根底から否定することによって、隷属的関係を根幹から揺がす。やがて、マクスが亡くなることで彼は完全に解放される。

キリスト教からの解放

アーチャイルドが先住民としての自己を探求するうえで、資本主義的な価値観以上に解放されなければならないのはキリスト教の影響である。白人はキリスト教信仰における父―息子（神―イエス）の関係を巧妙に白人―先住民の関係にすりかえることによって、キリスト教を先住民に強制し、浸透させようとした。しかしながら、アーチャイルドは母親の場合よりも少し容易にキリスト教から解放される。その契機は皮肉なことにカトリックの神父が準備してくれる。

マクスの畑で収穫作業を手伝っている彼は或る神父（クリスタドール）から、ヴァイオリンの共演を誘われる。クリスタドール神父は宗教家らしくない様子をしており、練習は教会の会堂で一週に二度行われる。子供の頃は、雲の形が十字形になったということでアーチャイルドたちを膝まづかせた神父もいたために、彼は会堂で恐怖心を植え付けられた。ところが、今や、会堂はたんなる空間と見え始める。

彼は壁に描かれたテンペラ画にがっかりした。祭壇に向かって膝まずかないで中央通路を横切った最初の時、彼は寒気を覚えた。……（しかし、）何も起きなかった。その思い切った振舞は拍子抜けだった。子供の頃の無条件な信心は静かに消えてなくなった。それから、聖具室を見つめなければならなかった。もはや彼は何物にも畏怖を覚えなかった（一〇四ページ）。

アーチャイルドはこうして彼なりに自己探求を深化する。彼が先住民として自己を探求するうえでキリスト教からの解放は必須条件であるが、その解放は他者の力を借りて達成したのではない充分である。その点、引用した場面において彼は自分自身の恐怖心に耐えて解放を手にするのであり、主流文化からまた一歩独立する。(21)

ルイス

ルイスは古い世代の人間（マクス、グルピュー神父、キャサリン）よりも先に亡くなる。彼はアーチャイルドと同じく、マクスとキャサリンの間に生れた子供であるにもかかわらず、アーチャイルドのようにセーリッシュとして生き延びない。

母親キャサリンが嘆くように、彼は主流文化に適応できなかった。すなわち、彼は数年間教育を受けたが成果はなかった（一七ページ）。馬泥棒という先住民の古い慣習に興じるが、それはもはや認められない時代である。

彼の命を奪うことになるのは主流文化が決めた法律である。母子三人が山中で出会った鳥獣保護官はルイスが射止めた雌ジカを見て、雌ジカの狩猟は法律違反だと告げる。するとアーチャイルドは、条約によって先住民は自由に狩猟ができると反論する。口論となり、木に立てかけてあった銃を手に取ろうとしたルイスは保護官に射殺される（一二五ページ）。

作者は二つの挿話によって、先住民の昔ながらの生き方はもはや不可能であり、ルイスのような者は生き延びれないと語っていると思われる。

外の世界へ

草稿に記されたアーチャイルドのフランス渡航が本作品では削除されている。彼が学校でヴァイオリンを修得した後に向ったのは同じ西部であるが、これは重要な変更である。

第一次大戦後、いわゆる「失われた世代」の作家たちはヨーロッパに向かった。すでに記した通りマクニクル自身もオックスフォード大学への入学を希望し、パリに滞在したりもした。しかしながら、彼は草稿の書き直しの過程でアーチャイルドが西部に留まることにした。マクニクルの西部への関心は東部に滞在し、コロンビア大学で西部史を学ぶうちに高まったと思われる。遡れば、彼がモンタナ大学で短編を書き始めた時から、単に故郷としての西部ではなく、アメリカ史全体の中で西部を考えていたといえよう。

先住民は一九世紀末から二〇世紀初頭にかけて絶滅の危機に直面していた。そんな情況の元で保留地は押し寄せる主流文化の波に抵抗する最後の砦ともいえた。当然、保守派はその砦に立て篭もることを考えたが、マクニクルの考えでは若者は一度保留地から外の世界に出るべきである。先住民の伝統にそって表現するならば、ヴィジョン・クエストの必要性を説いている。その際、重要なのは教育を受けることである。アーチャイルドは教育を受けることで経済的自立の道が開けるのである。そして、教育を受けた若者が部族の元に戻ることによって部族の将来は明るくなる。

作品の評価

この作品は一九三六年に出版されたが、作品には大団円が欠けているという原因もあって読書界ではすぐに忘却された。そのような情況の中でオリヴァ・ラファージによる書評はマクニクルに自信を与えたと思われる。三六年三月一四日付の「サタディ・レヴュー・オブ・リタラチュア」に掲載されたラファージの書評によると、この作品は「簡素で、透明で、率直で、気取りがなく、展開は速い」ということである。ラファージは、この作品が物語として優れていると強調した。

次いでこの作品が出版されてから約半世紀後に、現代先住民文学の理論家であるポーラ・G・アレンはその著書においてこの作品を厳しく批評している。彼女によれば、マクニクルの作品に登場する先住民は非先住民作家によって描かれる先住民像と同じである。また、彼女はマクニクルが先住民を犠牲者として扱っていると批判している。そのうえ、作品の結末は先住民の絶滅に寄与する植民地主義的結末であると結論付けている。彼女の理論によれば、マクニクルが作中において、主人公アーチャイルドが伝統的な儀式を通して自己を確立しないのが作品の不備ということになる(22)。

批判の根拠のひとつとなっている儀式は作中に全くないのであろうか。正確には儀式ではないが、作中には二つの重要な祭事がある。ひとつはアーチャイルドの帰郷を祝う宴会であり、もうひとつは七月四日の踊りである。祝宴の意義はすでに言及した通りである。では七月四日の独立記念日の踊りにはどのような意義があるのか。独立記念日は主流社会のためのものであるが、作者はその日の踊りに意義を認めている。

この日までに古い世代の二人（グルピュー神父とマクス）は亡くなっている。前者はキャサリンとアーチャイルドの心を主流社会の価値観で縛りつけてきたキリスト教界の代表であり、後者は侵略者の子孫である。二人の死は母子が主流社会の桎梏から解放されつつあることを示す。その一方で、キャサリンは孫マイクが踊りに参加できるようにと正装させる（二一五ページ）。ここでは明らかに世代の交代が示されている。

さらに、作者は踊りに価値があると述べている。マイクは寄宿学校の暗い部屋に長時間閉じ込められたために、暗闇を極度に恐れるようになっており、精神が不安定である。ところが、踊りに参加することでその恐怖心も和らぐ。ここでも儀式の価値は認められている。

七月四日は主流社会の記念日ではあるが、世代を継ぐためには先住民にも意義があり、そこでの踊りは癒しをもたらす。これが作者の考えと思われる。

文明化政策の中心をなしているのはキリスト教の布教と考えれば、キャサリンもアーチャイルドもキリスト教から解放されるのであるから、作品の結末に拘泥する必要はないことになる。

次にポーラ・G・アレンより後に生れたルイス・オーエンズ（一九四八―二〇〇二）の評価を紹介する。オーエンズによればアーチャイルドは先住民文化と主流文化の谷間にあって、先住民としてのアイデンティティと秩序を求める若者である。アーチャイルドは岐路に立っているが、マクニクルに続く作家たちはアメリカの夢から離れ、先住民の道を歩む主人公たちを創造した。すなわち、ママディの『夜明けの家』のエイベル、シルコウの『儀式』のテイヨ、ウェルチの『ジム・ローニィの死』のジム・ローニィ、ポーラ・G・アレンの『陰を背負った女』のエファニィなどである。ひとことで言えば、オーエンズは後代の作家たちに与えた影響をこの点で評価している。(23)

次にオーエンズのエリーズ解釈に異議を唱えたローザン・ヘッフェルの論文を紹介する。オーエンズは作品の後半に登場する部族の若い女性であるエリーズはアーチャイルドを「強奪《ハイジャック》した」と記している。換言すれば、オーエンズは彼女の役割を全く評価していないのである。ヘッフェルはセーリッシュ社会における女性の役割の大きさをモーニングドーヴの著述を引用した後に、キャサリン、アグネス、そして、エリーズの役割を論じている。キャサリンの重要性はすでに述べた通りである。次にアグネスに関するヘッフェルの主張は、アグネスは受動的だが伝統をしっかり守っているということである。そして、エリーズはキャサリンとアグネスとは異なる形でアーチャイルドを支えている。彼女は自分自身の価値基準をしっかり持っており、アーチャイルドを決して「強奪」していない。ヘッフェルによれば、この作品において男性たちは女性たちに支えられている。(24)

最後に注目すべきは、作者が現代的視点の立った重要な挿話を配している点である。アーチャイルドとキャサリンが山に入り、ルイスと出会う。そこでキャサリンは二人の息子が射撃の腕前を競うのを楽しみとする。しかしながら、昔とは異なり山には獲物はほとんど見つからない（一一六ページ）。山での二日間はいわば、「楽しい遠出《プレジャー・トリップ》」である。アーチャイルドは状況を感じとるから、雄ジカを見つけても撃つことができない。彼は、必要でない狩りはできない。この挿話には白人が興じるスポーツとしての狩りに対する批判が込められている、と考えられる（一二一ページ）。

2　短編

マクニクルは三六年に『包囲された人々』を出版する以前に、故郷モンタナの文芸誌（『フロンティア』）に短編を二編発表していた。それ以後も数編の短編を雑誌に発表したが、未発表の短編もある。マクニクル文学の研究者バージット・ハンスは一九九二年に『ワシは飢えている』および、その他の短編[25]』という短編集を出版した。この短編集には生前に発表され短編も未定稿の短編も収録されている。この短編集には十六編が収められており、「保留地」（五編）、「モンタナ」（六編）、「都会」（五編）の三部に分類されている。以下において発表年代の明確な短編から順次、全部で八編の梗概を紹介する。それによって、マクニクル文学の全体像を把握する一助としたい。

「銀色のロケット」

これは二三年一一月発行の『フロンティア』第四号に発表された。名前はダーシィ・ダールバーグとなっている。

これはモンタナ大学在学中に執筆されたものである。主人公（ボブ）は故郷を去る時、田舎の郵便局でマリアン・ロックウッドという女性から贈られたロケット［写真などを入れて首飾りの鎖にさげる］を今も大切に持っている。働き、食べ、眠るだけの小さな田舎の生活に満足できずに都会に出たボブは海ぞいの町で沖仲士の監督として働き、相当の収入もあるようになる。何ヵ月も前に故郷に戻ることもできたはずであるが、帰郷しなかった。そこへ、マリアンの死を伝える電報が届く。彼女の死を知った彼は今さら故郷に戻っても意味がない、新たな夢を持つしかない、と思う。それから数年後、ボブは海ぞいの町を後にする直前に、アリスという別の女にマリアン・ロックの贈り物のロケットを見つけられてしまう。さらにその後、病院で亡くなったボブの掌にはロケットが握られている。

この短編で注目すべきは都会に憧れる若者の心境であり、作者の率直な気持が表現されている。作者自身も後年、東部での都会生活を楽しむが、ヴァイオリンに関心のある作者はこの短編の第二節で音楽会に言及している。音楽会は作者にとっては都会生活の大きな魅力のひとつだった。これは『包囲された人々』におけるアーチャイルドとヴァイオリンの関係を連想させるものであり、作者が白人の文化（音楽）にいかに引かれていたかを証明している。

「通学」

これは二八年一一月―二九年五月号に相当する『フロンティア』第九号に発表された。名前はダーシィ・ダールバーグとなっている。

登場人物は三人の子供である。自分たちが操る馬車で通学する三人の子供にとっては、道程が七マイルある通学時こそが唯一の楽しい時である。彼らは、両親が日々の生活に追われている家庭では、学校で学んだ歴史（例えば、ローマ時代とかジュリアス・シーザーのこと）などは話題にしない方がよいと心得ている。この短編で描かれている家庭には良いイメージはなく、一八歳のエイダという女の子にとって家庭とは九人の弟妹を育てる義務を負わされてきた所である。このエイダに思慕の念を抱く四歳年下のジョウの家庭では夫婦喧嘩が絶えることがなく、ジョウにとっては通学時だけが楽しみであり、帰宅後はひたすら翌日を待つ。

この短編には作者の両親の離婚問題が影を落としていると推測される。

「神に捧げる肉」

これは三五年九月に『エスクァイア』誌に発表された。

舞台はモンタナのセント・ザヴィヤである。主人公のサム・ピエールは八〇歳を越えており、純粋なフランス人で、この町を開拓した人物である。彼は春の朝、小屋の入口で居眠りをしていると娘に起される。そして、手元にある、彼にとっては最も古い親友のような銃を撃てば、投獄されることを思い出さねばならない。しかしながら、九歳の孫はクマ狩りに出かけるつもりである。

サムは六〇年前、雪の中を山中からここに下りてきた時のことを思い出す。雪の中に倒れているところを先住民のビッグ・イグナスに見つけられて、彼は背中を一撃されると思った。ところがビッグ・イグナスは彼をティピに運んでくれて、兄弟として受け入れてくれた。彼はビッグ・イグナスに餓死寸前で救出されて生れ変わり、フラットヘッド（セーリッシュ）族と敵対するブラックフット族と戦った。彼はビッグ・イグナスに助けられるまではジーン・ピエール・マリエ・ル・モイネという名前で、毛皮取引に従事していた。それから、ビッグ・イグナスの娘フロレッテを妻とした。

彼が現実に戻ると、孫はクマ狩りに行きたがっているが、鳥獣保護官が見張っており、狩猟は厳しく制限されている。今は彼にとって生きるのが困難な時代である。町で彼を見知っている者は少なく、モカシンを履いて歩く彼の足音は静かで、人の注目を引かない。彼の小柄な体と温和な話し方には、彼がこの町に小道《トレイル》を切り拓いた者であることを感じさせるものはない。

彼は小屋の入口に坐りながら町の歴史を総て振り返ることができる。イエズス会の会士がここにやってきて布教館を建てることができたのは彼とビッグ・イグナスのお陰だった。その後、先住民との交易所ができた。サムとフロッテの子供たちは亡くなったり、行方不明となった。それでも、末子のスセットが、夫が別の女と一緒にスポカーン族の所へ行ったために、子供を連れてサムの所に戻ってきて一年が経つ。サムは昔の生活が総て消えたことを実感する。昔はバファロー狩りを得意とした彼であるが、一〇年間銃を撃っていない。今や、銃を置かなければならない。

町では土地を一区画五〇〇ドルで販売しているが、彼はここは自分が開拓したのだといいたい。娘が戻ってきた時、彼は祝宴のために最後の馬を殺したが、それは狩猟が禁止されていたからである。

彼の孫がシカは雄ジカだと教える。孫は獲物があれば、立派な猟師になれると彼は思う。実際シカの足跡が見つかると、彼は足の痛みも忘れて狩りに興奮する。しかしながら弾はシカに命中して、シカ狩りの楽しみは一瞬にして消え去る。彼は現実に戻り、鳥獣保護官が銃声を聞かなかったかと心配するが、孫は祖父の快挙を自慢げにみんなに話す。彼は銃をシカの下に置き、枝や落葉をその上に置く。それから、孫が小屋から持ってきたツニマツを使って、落葉に火を付ける。神に捧げる肉は焼いたシカ肉である。今は昔のような儀式式を行えない。

作者は二〇年代後半、ヨーロッパからアメリカに戻るとアメリカ西部の歴史に強い関心を抱き始めたが、これはその結果生まれた作品といえる。

これは西部開拓に従事した人物（サム）が人生を振り返る物語であるが、注目すべきはサムの外見が純血の先住民と区別がつかないことである。さらに、サム自身も自分が白人だとほとんど意識していない。フランス人で毛皮取りに従事する者が先住民女性と結婚するのは珍しいことではなかったが、作者はこの短編においてこうした事実を踏まえている。歴史的に見れば、ニューイングランド地方で先住民に捕まった白人は相当数いる。白人社会に戻った者の物語は「捕因物語」としてベストセラーとなった。他方で、先住民社会に住みついてしまった白人も

いた。彼らは「白いインディアン」と呼ばれる人々である。(25)

この短編と『包囲された人々』に共通する要素は狩猟に厳しい制限がもうけられていることである。先住民はあらゆる面で白人に包囲されており、白人の法律が先住民の生活を支配している。

「汽車の待ち時間」

これは三六年に発行された『インディアンズ・アト・ワーク』第三号に発表された。

マイルズ少佐は男子二五名と女子五名をオレゴン州にあるインディアン学校に送り届けるために、汽車の到着を待っている。彼は三〇名の先住民の若者を隠れ家からひっぱり出し、親族から引き離し、紐をつけずに汽車に乗せることの困難さを今さらながら実感する。良心的な少佐は、子供たちが保留地から出て学校に入ることで彼らの人生が変わると期待している。その一群の中に少佐が特に気にかけているイニーアスという男の子がいる。イニーアスの祖父は保留地事務所の木こりとして働いていた。少佐はマイケル・ラマルティンという、その祖父を半年ほど前、冬に訪問した際に、イニーアスの働きぶりに感心した余り、食料品まで一家に買い与えたほどである。病身である彼の祖父母の生活ぶりを見た少佐はイニーアスのためになることをしてやろうと決意する。それはすなわち、イニーアスをインディアン寄宿学校に入れることである。しかしながら、イニーアス本人には祖父をおいて保留地を出ていかなければならない理由が分からない。

この短編が発表されたのは三六年であり、『包囲された人々』が発表された年でもあり、マクニクルは連邦職員として先住民問題に本格的に関わり始めていた。連邦政府は先住民に対して文化変容政策を推進するうえで学校教育を重要なひとつの柱としていた。子供を親族から引き離し、寄宿学校で白人の価値観を押しつけるのを白人の使命と考えていたから、イニーアスのような子供は例外的存在ではなかった。イニーアスが病身の祖父母に寄せる思いと心配は全く少佐の理解するところではない。自分の担当する保留地に割り当てられた生徒数を集めるのが少佐の任務であるが、少佐はその「義務」を少年に対する「善行」とすり替えている。

白人の推進する教育は強制であり、白人のおせっかい以外の何物でもない。マクニクルは先住民の自立のために粉骨砕身するが、この短編は彼の考えの一端を簡潔に示している。

「御し難い」

この短編は作者の死後、八九年に初めて発表された。

マウンテン・インディアン保留地の監　督　官《スーパーインテンデント》ブリンダー・マザーは昼間の工事が終ると、部族会議の会場である学校へ向う。会議は二〇名から構成されている。彼は監督官として五年を経て、ようやく先住民の扱い方が分かってきたつもりである。彼は子供の頃、難しい乗馬や狩りのことを本で読んでから、今も、家畜に特に関心を抱いている。彼は家畜を飼育し、それを売却して利益を上げるのが先住人にとって最良の方法だと幾度も部族会議で説明した。それが先住民にとっては「完全な福音」であるはずである。

マザーは過去五年間において行方不明となった家畜の数を指摘して、その経済的損失を取り上げる。まず第一に、怠惰な者が家畜を盗むのを防止する必要がある。働けない高齢者を助けるのは良いが、怠惰な者には安易に援助の手を差し伸べてはいけない。次に、彼は盗難対策として裁判所を設置して、家畜を盗んだ者は六ヵ月の間監禁することを提案する。しかしながら、先住民たちは自分の仲間を監禁することに反対し、その経費の捻出先を問題にする。するとマザーは、政府の援助を期待せずに、家畜を売却して得た利益を充当することが、部族の自立に役立つと返答する。次いで長老のひとりが、連邦政府が預かっている自分たちの貯金はどうなっているのかと質問し、その収支は自分たちに知らされていないでないかとマザーを追求する。しかしながら、マザーの提案を支持する先住民がいる。先住民たちは長老の発言に従うから、別の長老（ビッグ・フェース）がマザーの提案を支持してくれたのはマザーに有利になる。しかしながら、最後になってビッグ・フェースは提案の実現性を危ぶむ。それは、先住民で判事になる者はいないという理由による。すなわち、先住民の考えでは判事は何でも知っており、ほぼ完璧な人間でなくてはならない。そうでないのに、完璧な振りをするならば、それは嘘であり、先住民の価値観に合致しない。そしてビッグ・フェースは先住民たちは互いに仲良く、他者のことに干渉しないと述べて、マザーの提案を根底から覆す。マザーが判事は名誉ある仕事であり、また、判事になるためには金銭を使う人間もいるのだと説明しても、納得しない。最後にビッグ・フェースが指名する三名の判事は、一名は精神薄弱で死にかけている老人、もう一名は聾唖者、最後の一名は知恵の足らない道化役者である。

ビッグ・フェースの判事指名はマザーの予期を完全に裏切り、白人の裁判制度を美事に否定し去る。先住民の人間観では完璧な人間はいない。したがって、怠惰な者を「悪人」と断罪して監禁するキリスト教的人間観と裁判制度は先住民の受け入れるところではない。

標題は先住民を動物になぞらえて、先住民が御し難い生き物という意味を込めているかと思われるが、作者の別の意図も込められているかと推測される。歴史的に見ると、先住民諸部族は互いに対立しあったために、白人に付け込まれた。そのために、連帯意識をもつことが困難となった。作者は架空の部族名を用いることによって、作品で扱っている主題が決して特定の部族固有の歴史的事件に依拠するものでないことを示しているのであろう。架空の部族名を用いることによって、先住民に共通の問題、共通の敵を明確にすることが可能と考えたのであろう。

「ワシは飢えている」

モンタナの大牧場に住んでいる語り手の独身男性（バック）は、自分の姉妹（アン・エリザベス）が東部（コネチカット）からモンタナに移り住んでくれることを長らく期待していた。そして、彼女がついに夏を過ごすためにモンタナにやってくると、バックは彼女に西部の魅力的な生活を披露するつもりでブラウン姉妹の家に連れて行く。彼自身は健康上の理由で西部にやってきたが、コネチカットの元教師のブラウン姉妹は完全に自分たちの意志で西部にやってきて、三年が経っている。姉妹がモンタナにやってきたとき、入植者に開放されている土地は余り残っていなかった。そのために、姉妹の家の立地条件は悪くて、現在も水問題を抱えており、日常生活では庭まで水を運ばなければならない。

ブラウン姉妹は飼育しているニワトリに名前を付けていて、その名前でニワトリを呼び寄せたり、追い払ったりする。そのために、姉妹は近所では奇人だと思われている。そのニワトリをめぐる事件が、バックとアン・エリザベスが姉妹を訪問している最中に起る。すなわち、長老格のモリーという名のニワトリがワシに襲われて、大空に連れ去られてしまう。モリーは、隣人との付き合いがない姉妹にとってはほとんど人間と同じ存在である。そのモリーがワシに襲われた衝撃は大きいが、姉妹の初志は変わらない。アン・エリザベスが姉妹に向って、「どうしてコネチカットに戻ってこないの？」と尋ねる。しかしながら、姉妹は土壌が良くて、借用できる新しい土地をすでに見つけていると返答して、東部に戻るとはいわない。

この短編では、西部を理想化して西部にやってきた東部のブラウン姉妹に焦点が当てられている。歴史家フレデリック・ターナーはフロンティアをアメリカ文明の揺籃の地と解して、フロンティア・ラインの西漸をアメリカ文明の前進と見なした。ブラウン姉妹が西部にきたのは二人の意志によるから、姉妹の理想は実現されるはずであるが、二人の現実は理想からほど遠いものになっている。何よりも二人の住まいは狭い。それでも、夢想家であり続ける姉妹はモリーをワシに攫われても、東部に戻ってはどうかというアン・エリザベスの提案をも拒否する。

作者は東部に住んで初めて、東部人が西部に対して抱く理想の虚構性に気付いた。東部人は先住民を絶滅の危機に追い込んでおいてから、彼らに人道主義的関心を示し、西部と先住民を理想化するという傾向を見せたが、この作品はそのような西部観を批判している。西部の理想化は先住民の聖なる鳥ワシによって一撃を加えられる。

「異国のトウモロコシ」

ピアニストとしてデビューしたネルソン・ナイルズ（二〇歳）は奨学金を得て、両親や弟妹たちと一緒にパリにきている。ネルソンの弟のデビッド（一七歳）も作曲家として有名になりかけているから、ナイルズ夫人は、ピアノの演奏を嫌悪している病身の夫の存在を語り手（ピップ）に隠している。しかしながら、娘のクラウディアはピップを父親に会わせるのが父親の健康のためだと思って、二人を会わせる。実際、ナイルズ氏はモンタナの人間に会って少し元気になった様子である。やがて夫人は、ピップとクラウディアが自分と二人の息子を隔てている原因だと思い込む。そのために家庭内で喧嘩が起り、ピップが巻添えを食う。夫人の主張では、音楽家の二人の息子は本人たちの意志に反しパリに滞在していると、ナイルズ氏に思い込ませたのはピップの責任だということになる。

夫人がピップに語る身の上話がこの短編の要点かと思われる。ナイルズ夫妻はモンタナにいた頃はそれぞれに苦労した。ナイルズ氏は鉄道工事の仕事に従事し、飲酒に浸ったから、夫人は夫がいつ何時解雇されるかと心配が絶えなかった。夫人自身は洗濯女として働き、下宿屋を営んだりして苦労の多い日々を送った。それが、夫の弟の死によって遺産が転がり込んで、人生が急に拓けた。

これはモンタナでの苦しい生活から脱出して都会で生きたいと願う人々の物語である。すでに紹介した「銀色のロケット」と同じ系列に属する短編だが、ナイルズ夫妻や親子の関係が絡みあう点において重層的である。母娘の対立もある。あるいは、「ワシは飢えている」との関連で考えるならば、東部人の抱く理想化された西部像をいちだんと否定したといえよう。読者としては、モンタナの現実を見ている鋭い作者の視点を感じることができる。さらに重要な点は短編の最後に付された、二人の息子の後日談である。ネルソンはニュージャージー州で音楽の教師になるが、デビッドはモンタナ州に戻り、大学で歴史を教えていることになっている。作者はニューヨークに腰を落ち付けるとコロンビア大学で西部の歴史を学んだが、この事実と符号する後日談である。ナイルズ夫人は二人の息子が音楽以外のことに関心を抱くことを警戒しているが、デビッド本人は歴史を学ぶ意義を認めている。作者は個人的には音楽を愛好していたが、そのために、歴史の勉強を等閑視してよいとは思わなかった。これが作中において、二人の息子が音楽と歴史の専門家と設定された理由と思われる。

「感謝」

アルバート・スマイリーは六〇歳に達していないのに心臓発作のために死を待つ。彼はロス・カーズンの店で三五年間働いてきたが、今では自分の部署がない。息子も同じ店で働いている。

病床にある彼は幾度も妻を呼ぶ。結婚したばかりの息子（テレンス）夫妻が見舞にくる。アルバートはテレンスと二人きりになると、「カーズンの店を辞めろ」という。アルバートは、自分が店主のように振舞っていると人々が噂しているのに気付いている。

アルバートには彼なりの言い分がある。彼は店の創業時から勤めており、何カ月間も給料がない時もあった。アルバートは創業の頃、女性たちに金銭を巻き上げられているロス・カーズンの世話を見ていた。鉱山業、材木業、農業などが次から次へとこの町で興った。その後、上院議員の娘と結婚したロスは一変して、ワシントンやボストンに住む政治家やその妻たちを連れてくるようになった。ロス自身も東部に戻り、ヨーロッパにすら行くようになった。ニューオリンズの大農園主が住むような屋敷も建てた。ロスは新しい店員を雇用して、アルバートが直接彼に話しかけられないようにした。

アルバートは金物係となるが、一年と経たない中にその仕事がなくなる。その後やってきた店員が彼の手助けをするといって店内の模様を勝手に変更する。彼は店ではもはや必要とされていないが、店の繁栄に寄せる彼の思いは厚い。彼は、自分が店の所有者だといっても過言でないと思っている。彼はそのような思いで息子にいろいろと語ったが、息子は窓の外を見ている。それに気付いた彼の衝撃は大きい。息子は結婚したばかりだから、「もっとよい仕事が見つかれば辞める」と返答するだけである。

彼の妻と息子の妻が病室に入ってきた後にロスが盛装で見舞にやってくる。そしてロスは彼の長年の勤労を感謝して時計を贈る。ロスはそのうえ、彼は今後は働かなくても給料は保証されるから旅行でもすればよいと伝える。

この短編はすでに紹介した短編のいずれとも作風が異なる。保留地と先住民をめぐる作品でもなく、故郷を脱出する若者の物語でもない。黙々と生きた主人公の姿を描いているのが特徴的である。先住民のために長年尽力した作者と主人公が重なる。

これらの短編が示していることは次のように要約できる。まず第一に、作者は東部の人間が西部に対して抱く楽園像を完全に壊している。西部物の大衆小説《パルプ・ウエスタン》は東部の人間に、現実とはおよそ異なる西部像を植え付けた。後に取り上げるモーニングドーヴの『混血児コゲウェア

——モンタナの大牧場の生活』（一九二七）に登場する人物（デンズモア）も同じような西部像を抱いてモンタナにやってくる。しかしながら、現実の大恐慌期の西部における情況はジョン・スタインベックの『怒りの葡萄』（一九三九）が描いている通りである。西部に楽園を求めてやってきたブラウン姉妹を描いた「ワシは飢えている」は優れた短編である。先住民の聖なる鳥であるワシが姉妹の可愛がっているニワトリを攫うという結末は人間の力を越えた力の存在を教えている。先住民の考え方を上手に表した短編である。

マクニクルの短編の大半は、二七年から三五年の間にニューヨークで書かれたと推測される。したがって、三六年出版の『包囲された人々』と短編の関係はきわめて濃密である。例えば、『包囲された人々』の元の原稿（三部から成り立っている『飢えた世代』の第二部で主人公はパリで教育を受けることになっている。すなわち、主人公の関心事は白人の文化への同化である。しかしながら、「異国のトウモロコシ」の結末は、ひとりはアメリカ西部に戻ることになっている。『飢えた世代』には複数の草稿があるが、そこでは都会を理想の場としているという。しかしながら、作者は都会を賛美することを躊躇するようになる。都会と故郷の間でアーチャイルドの気持ちが揺れる様子はすでに紹介した通りである。㉗

短編を執筆していた頃のマクニクルの第一の関心は先住民でなかったとされる。しかしながら、「御し難い」は「ワシは飢えている」と同様に優れている。ブリンダー・マザー監督官は先住民の家畜を安価で購入できれば、自分の副業も成立すると考えて熱心に先住民を説得しようとする。しかしながら、慧眼のビッグ・フェース族長はマザーの計画を見抜いており、美事にうっちゃりを食らわせる。ビッグ・フェースをトリックスター的人物と見なすこともできる。(28)

3　『太陽の使者——トウモロコシの物語』

この作品は一九五四年に初版が出版され、八七年に再版が出た。(29)

梗概

幾世紀も昔のことである。アナサジ族の地。村にはターコイズ（トルコ石）を初めとして、スパイダー（クモ）他、総てで七つの氏族《クラン》がいる。ソルト（塩）という名前の一六歳の少年はターコイ氏族に属する。ソルトは成人式を終えて、その印である記章《バッジ》（白い貝）を首に付けている。ある日、地下礼拝所（キバ）で開催される会議がある。彼は地下礼拝所へ向うが、途中で小さな男の子が彼の邪魔をする。そのために彼は会議に遅刻して、年長者から叱責される。

彼は若者だからいちばん最初に来るべきだが、遅刻したのはこれが初めてでない、と。

ソルトは会議の席でトウモロコシの収穫高を話題にする。そして、収穫高が毎年悪化しているから、植える場所を低地に変更すべきだという意見を述べる。さらに、自分が実験的に植えているトウモロコシの丈は先祖伝来の地に植えたものの三倍はあると紹介する。すると、フルート・マン（フルート奏者）は伝統を無視したソルトのトウモロコシを引き抜くことを提案する。長老のシールド（楯）は近年、水が少なくなっているのは明白であるから、ソルトの意見にも傾聴すべきだという。長老の女性はソルトを保護するために、ソルトの記章を取り上げるべきだと主張する。結局、ソルトは長老のディ・シンガーから退席を命じられ、その夜、ソルトは再び子供に戻る。

フルート・マンはスパイダー氏族のダーク・ディーラー（闇の親分）と密かに通じている。ダーク・ディーラーに対抗できるのはターコイズ氏族の長老であるホーリー・ワン（聖人）だけであるが、独りで住んでいる。ダーク・ディーラーは、ターコイズ氏族が長期間、権力を握りすぎていると不満を抱いている。

ソルトはホーリー・ワンに会いに行く。ホーリー・ワンは、長老の女性がソルトの記章を取り上げたのは正しいとソルトに告げる。同時に、ソルトが将来、指導者になるだろうと予言する。ただし、その前にソルトには試練がある。

村には秘密の道があり、三人だけがその道を知っている。ソルトはホーリー・ワンから、その道を探す任務を与えられる。ソルトは村の上手《かみて》にある平地に向い、秘密の道の出入口はそこにあるはずだと思って探す。すると、ソルトを狙った矢が飛んでくる。また、彼の足元の岩が崩壊して、彼は危険な目に会う。

泉の水が突然に涸れてしまい、女性たちが大騒ぎする。ソルトは探すことを命じられた秘密の道に山の方から入る。すると、誰かが水を塞き止めている。村の人々が騒動で村を留守にしている間にダーク・ディーラーは道を封鎖してしまい、村を占領する。さらに悪いことに、人々は武器を家に置いたまま泉に向ったために、武器は総てダーク・ディーラーの手に渡っている。

武力に頼るダーク・ディーラーは長老たちに、ホーリー・ワンを連れてきて、自分を村長に指名させせよと求める。

ソルトは秘密の道で長老のディィ・シンガーとタートルが縛られているのを見つけるが、ソルトもダーク・ディーラーの手下の者に捕まる。三人はスパイダー氏族の地下礼拝所に囚われの身となる。そこから逃げ出したソルトはホーリー・ワンから、先祖の地に行って人々を救う方法を見つけてくることを命じられる。先祖の地は「伝説の地」と称されるメキシコである。

ソルトは旅の途中で知り合った少年（オセロット＝オオヤマネコ）の家で世話になる。ソルトはオセロットと一緒にさらに旅を続けて伝説の地に入って、オセロットの父の知人であるトウラという支配者の家に逗留する。

トウラは大きな屋敷に住んでいるが、昔に較べると勢力が衰えている。その屋敷にはクウェイル（ウズラ）という黒人の召使い女性がいる。伝説の地には人身を生贄にする古い儀式が残っていて、クウェイルは間もなくその生贄にされることになっている。それを知ったソルトは彼女を救出する決心をする。ソルト、クウェイル、オセロットの三人は脱出に成功して、オセロットの国に戻る。ここでオセロットと別れた二人はソルトの村に戻り、村長たちから祝福される。ソルトは伝説の地から持ち帰る物がなかったと悩んでいたが、クウェイルがトウラの屋敷からそっと持ち出したトウモロコシの種がある。ソルトの決断でトウモロコシを植える場所を変更すると、トウモロコシの生育は順調である。

歴史観と先住民観の修正を求めて

本書は若い読者に向けて書かれたものである。きわめて教訓的であるが、正確な資料に基いており、作者は本書の前書で執筆の意図を明確に述べている。それはひとことで述べれば、アメリカ合衆国の歴史はコロンブスのカリブ海到着から始まるという俗説に対する批判である。作者はこの俗説を退けるために時代をコロンブス以前の時代に設定して、主人公が成長する様子を描いている。

作者が執筆の意図に適合した土地として選定したのは南西部である。アリゾナ州のチャコ・キャニオンとキャニオン・ド・シェイの二ヵ所を合わせた架空の町の名前はホワイト・ロックである。[30] ここは岩棚《クリフ》居住者と呼ばれる人々が住んでいた土地である。作者が作品の舞台をこの土地に設定した理由は考古学的な発見に拠る。アリゾナ州の北東部に位置するカエンタに住んでいた人々は南側に住む人々と長年にわたって平和的な関係を維持していた。この状態は紀元七〇〇年頃から一三〇〇年頃まで続いたと思われる。作者は、最初のアメリカ人としての特徴として、彼らが平和的に生きたことを挙げているが、その例証となるのがカエンタの人々である。[31]

個人主義を越えて

ホーリー・ワンは旅に出るソルトに向って次のように述べる。

私は三度、ある夢を見た。その度ごとに聖人はわれわれの村について語られ、われわれの難題はわれわれだけの力では解決しないだろう。助けを求めるためには自分から離れなければならないだろうと言われる（五四ページ）。

先住民は絶滅の危機を抜け出した。これからはいかに生き延びるかが大切であると作者は考えている。しかしながら、生き延びるとは必ずしも伝統に拘泥することを意味しない。作中においてソルトがトウモロコシを植える場所を実験的に変えたように、伝統から外れることも許される。

ソルトが旅立つ前にホーリー・ワンから授けられたターコイズ（トルコ石）はホーリー・ワンの体の一部であり、お守りである。それを身に付けることでソルトは生れ変る。ソルトは真夏に世界の広さを知り、水の豊かな国を通って旅を続けると道路脇に石が積んである。石の小山はこの地の社であると思うと、彼は子供の頃に教えられた儀式にそって石をひとつその上に積み重ねる。彼のこの行為は他の文化、伝統、宗教を認めた行為と推測される。作者はこの挿話によって文明化政策を批判していることになる。

ソルトは試練を経て無事村に帰るのであるから、この作品はヨーロッパ文学の伝統で言えば教養小説《ビルドゥンクス・ロマン》に近い。しかしながら、この作品とヨーロッパの教養小説とでは根本的な相違がある。後者では主人公の「個人」としての成長が描かれる。一方、この作品ではチャールズ・イーストマンの言葉を用いれば、ソルトにとっては「公僕《パブリック・サーヴァント》」になることが成長である。アメリカの主流社会の個人主義に対する作者の批判が込められていると思われる。(32)

執筆時の背景と評価

ジョン・コリアは一九三四年に成立したインディアン再組織法（ホイーラー＝ハワード法）によって改革を実行した。しかしながら、ニューディール以降増加を続けた連邦政府部局および職員数の縮小と年度予算の削減を図るためにフーヴァー委員会が四七年七月に設置された。そしてこの委員会は四九年に、連邦政府による先住民の管理を終結するように勧告した。同委員会はまた、先住民が保留地を出て主流文化に合流することを奨励し、支持する政策を推奨した。マクニクルはこの連邦管理終結政策に衝撃を受けたが、先住民の自立に寄せる思いは変らなかった。また、教育の意義に寄せる彼の信念は不動であったから、彼は歴史観と先住民観の修正を若い世代に求めてこの作品を執筆した。

主人公ソルトは神話学者ジョゼフ・キャンベルの『千の顔を持つ英雄』に登場する人物にき

わめて似ているとされる。[33] 表現方法は先住民の伝統である口承文学を意識したものといえる。すなわち、文章は短かく、聞き手に容易であるように代名詞を避けて、名詞を繰り返している。[34] 作者の主張はきわめて明快であり、作者には先住民は生き残るという信念がある。また、先住民が生き延びるためには変化と適応が必要であると考えている。第一作と第三作の中間にあって、両作とは全く異なる明るい結末の作品である。

この作品が発表された一九五四年は朝鮮戦争の後である。作者が平和的に生きた最初のアメリカ人に言及しているのは若い読者への教訓といえる。

4 『敵の空より吹く風』

この作品は作者の亡くなった翌年である一九七八年に、出版された。[35] 七八年は『包囲された人々』の再版の年でもある。この作品はほぼ四〇年にわたって構想・執筆されたものであり、その内容はダム建設というきわめて現代的な問題も含んでいる。

梗概

寄宿学校から帰郷したリトル・エルク族のアントワン・ブラウンは祖父のブルと一緒に、入植者の都合で建設されたダムを見るために山へ向う。ブルは、白人はダムの建設によって水を殺したと思っている。アントワンは、山は神聖な場所であるから、山では自分が考えることにも注意するように、と親戚の者から注意されている。ブルは白人の行為に激怒しているが、今後の対応を考える必要性も忘れていない。

古老のツー・スリープスはリトル・エルク族とは血縁関係はないが、夢によってアントワンが部族の将来の指導者になると予言する。ブルの兄であるヘンリ・ジムは死期を予感しているためにブルのキャンプにやってくる。意見の相違のために両者の間には三〇年間、交流がなかった。ヘンリ・ジムは部族のお守りである「フェザー・ボーイ」を白人に渡してしまったが、今はそれを取り戻すことを提案する。

インディアン監督官のトビー・ラファーティは三年前にこの保留地にやってきたが、今まで誰も彼に援助を求めなかった。しかしながら、今、農耕に関して彼の援助を求める先住民（ヘンリー・ツー・ビッツ）が現れる。

アントワンの年上の親戚であるポック・フェースがダムの建設された山に登ると断言する。

また、彼はダムを建設した白人に出会ったら殺害するとも断言する。そして実際、ジミー・クックという白人の若者がダムの水深を測量している時、ポック・フェースに射殺される。ジミー・クックは結婚式のため翌日にダムを離れる予定だった。

ラファーティとウェムズ布教師は「フェザー・ボーイ」という名前のメディシン・バンドルのことを話題にするが、両者の考えは対立する。布教師はその返還に反対するが、ラファーティは返還に協力するつもりである。

連邦法執行官（シッド・グラント）は殺人事件を渓谷の反対側に住んでいるリトル・エルク族の犯行と思って、ブルのキャンプに出かける。アントワンがその通訳を努めるが、ブルとその親戚の者は警察署に連行されて、学校の物置に閉じ込められる。

射殺されたジミー・クックの両親が東部からやってくる。ジミーの叔父に当るアダム・ペルもやってくる。ペルは博物館を所有しており、南北アメリカ大陸の考古学的な品物を集めている。

白人の文化を受容したヘンリ・ジムは白人の家に似た家に住んでいが、部族の者は彼の家に近付かない。やがて、彼は大きな家から外に出る。

ブルとヘンリ・ジムが子供の頃、二人の父は白人の要求にそってヘンリ・ジムを学校に入れることに同意した。しかしながら、ヘンリ・ジムは学校から逃げ出した。

ジミー・クックの父であるトマス・クックは小さな町の判事であるから、公正であろうと努めて、ポック・フェースが裁判に備えて弁護士と相談することを勧める。

アダム・ペルは「フェザー・ボーイ」が自分の博物館にあると教えられて、見つかれば持ってくると約束する。しかしながら、「フェザー・ボーイ」は保管が杜撰《ずさん》なために虫に食われている。そのために、アダム・ペルは代用品として「アンデスの処女」という彫刻を持ってくる。ペルは、自分が経済的発展に寄与すると思っていたダムの建設が失敗であったことに気付く。ペルは「フェザー・ボーイ」が虫に食われていたことを説明する。すると監督官に寄せていた期待が裏切られたために、リトル・エルク族の者たちは怒る。そして、ブルがペルとラファーティを射殺したために、インディアン警察のボーイはブルを射殺せざるをえない。

メディシン・バンドル

この作品における「フェザー・ボーイ」とい名前のメディシン・バンドルの存在価値は大きい。これは白人側のキリスト教布教師にすれば野蛮の印にすぎないが、リトル・エルク族側に立つと、これがなくては部族が団結できない聖なる物である。白人が推進する文明化政策が先住民社会および個々人に与えた影響を描いた作品はこれまで数多く出版された。しかしながら、メディシン・バンドルが作中においてこれほどに大きな役割を荷う作品は他にないかと思われる。

この作品が出版されるまで長い歳月が流れたが、作者がこの作品の構想を練り始めた頃、実際にメディシン・バンドルをめぐる交渉があった。グロウ・ヴァーントル族[36]（＝ヒダーツァ族）のウォーター・バスター一族の者は一族の「聖なるバンドル」の返還を求めてワシントンおよびニューヨーク市を訪問した。このメディシン・バンドルは一族から取り上げられた後、一九世紀後半にキリスト教の布教師や連邦政府の圧力のために放置されていた。その後、これは長老派の布教師に売却され、さらに、博物館に転売された。ウォーター・バスター一族の者は返還交渉において、その交換品として貴重な「聖なるバファロー・メディシン・ホーン」をニューヨーク市立アメリカ・インディアン博物館に提供した。

マクニクルは一九三七―三八年にかけて政府の代表として、このメディシン・バンドルの返還交渉に立ち会った。この経験が『敵の空より吹く風』において「フェザー・ボーイ」を作品の中心に据える契機となったと思われる[37]。

フェザー・ボーイの話

ブルがアントワンに語って聞かせるフェザー・ボーイの話は次のようなものである。

大昔、動物が人間と同じように話していた頃のことである。サンダーバードには偉大な力が備わっていた。その声は山で轟く時、人々が耳にする通りであるが、彼は別の能力も備えていた。すなわち、彼は自分の体をシラミよりも小さくしたり、風のうえで浮いていたり、全く他者から見られないでいることができた。ある時、彼は父親（太陽）に向って、「地上へ降りて、地上の人々を訪問したい。あの人々が僕の助けを必要としているかもしれないから」と告げた。しかし父はそれに反対した。四回、同じ遣り取りがあってからサンダーバードは独断で行動した。彼が父親に背いたのはこれが最初だった。

サンダーバードは自分が地上に近付くと、人々が恐れるだろうと判断してフェザー（羽毛）に変身した。夜、ある若い女性は恋人がティピに忍び込んでくるのを待っていた。しかし実際に忍び込んだのはサンダーバードであった。その結果、その若い女性は懐妊して男児（フェザー・ボーイ）を産んだ。フェザー・ボーイは急に成長したために周囲の者から恐れられる。フェザー・ボーイは母親に向って、「何が必要ですか？」と繰り返し尋ねる。すると、それを聞いた母親の母親（祖母）が、「食料が必要だ、と答えなさい」と命じる。そこでフェザー・ボーイは南へ向い、トウモロコシ、マメ、ジャガイモ、カボチャ、メロンの種子を集め、最後にタバコの葉を集める。しかしフェザー・ボーイは、人々は食料のことばかりを考えて、互に意地悪いから沢山持って帰らないことに決めて、タバコの葉だけを残す。彼は人々の所に戻ると、タバコの価値を説く。そして初めて、タバコを吹かす儀式を執り行う。彼はティピを去る時、「人生のすばらしいものが中に入っている。これがある限り、ここの人々は強く勇敢である」といいながら、バンドルを母親に渡して立ち去る（二〇四—〇八ページ）。

モンタナ

作者は東部に出て、連邦政府の職員として東部に定住するようになって執筆活動を始めると、その作品世界において西部との関わりを深めていった。そして彼の出身地であるモンタナ州は特に重要である。第一長編の舞台はモンタナ州西部のフラットヘッド族保留地である。この保留地は彼が育ったセント・イグネイシャス北西の地に位置する。フラットヘッド族は別名セーリッシュ族と称するが、作中のリトル・エルク族はセーリッシュ族をモデルにしていると思われる。[38]

モンタナ州がマクニクルの関心を引き続けた原因は単にそこが彼の出身地であることによら

ない。西部史に関心を抱いていた彼にとって一八九〇年前後の時代はひとつの区切りをなした。一八九〇年はウンデッド・ニーで虐殺事件があった年であり、また、フロンティア・ラインの消滅の年でもある。さらに、一八九〇年前後の時代はモンタナ州およびその周辺は大きな変化を迎えた。すなわち、州への昇格である。八九年一一月四日にモンタナが州へ昇格したのに続いて、同年一一月一一日にワシントン、翌九〇年七月三日にアイダホ、同年七月一〇日にワイオミングがそれぞれ州に昇格した。

先住民の抵抗がなくなると白人は北西部へと進出したが、モンタナが州に昇格した翌年の九〇年には鉄道が開通した。その結果、きわめて廉価で実現可能な農場や牧場の経営を夢見る多くの白人が一八六二年の自営農地法に基いて押し寄せた。北西部への白人の入植を促進した別の要因もあった。一八八七年に成立したドーズ単独土地所有法に定められた四年の猶予期間が過ぎると、連邦政府は九四年に余剰の土地を西部諸州に与えた。西部諸州がその土地を売却した結果、多くの白人が到来して、水不足という事態が発生した。早くも一九〇五年にモンタナ州のフォート・ベルナップ保留地では水不足に見舞われた。その原因は保留地の北側にやってきた白人入植者がミルク川の上流に取水路を建設したことにある。(39)以後、水利権は今日に至るまで先住民と白人の新たな問題となった。

文明化政策

この作品において顕著な現象は意思伝達《コミュニケーション》の困難さである。[40] その原因は先住民と白人が抱く歴史認識の相違といえる。白人側には巡礼父祖から数えても三世紀に及ばない歴史しかない。他方、先住民の歴史は太古にまで遡る。この両者の絶対的な相違は次のように布教師ウェルズを苛立たせる。

長らく献身的に努力したにもかかわらず、われわれの収穫が乏しいことを私は認めなければならない。……われわれの人種とインディアンは、われわれの間で使っているような意味で愛という言葉を使い続ける限りは、決して一緒になることはないであろう。インディアンは、われわれが推測はするが、ほとんど知らない起源から出発する。われわれは彼らが、判断、展望、将来の点でわれわれとは似ていない人間だと分かっている――われわれがその将来を変えない限りは。われわれ――すなわち、諸教会は――ジョン・エリオットの時代から、さらに、その前にはスペインの教会が彼らの将来を変えようとしてきた。われわれ白人がいかなることを試したとしても、インディアンは絶えずわれわれの手の届かない所にいた（五一ページ）。

ジョン・エリオット（一六〇四―九〇年）はマサチューセッツの権力機構と深く結びつき、先住民の伝統的宗教儀式を違法とした。また、キリスト教の布教師を嘲笑する者を処罰し、日常生活では先住民の長髪を禁止し、イギリス風の衣服を身にまとわせた。[41] アメリカは一七九一年に宗教の自由な活動を保障する憲法修正第一条を採択するが、政治的・法的権力を行使して先住民の宗教活動を弾圧する歴史は国家成立の遙か以前から連綿と続いていることになる。ウェルズの台詞は、布教活動はたんなる先住民のキリスト教への改宗に留まるのではなく、先住民の将来を剝奪することに焦点を絞るべきだという主張でもある。

ウェルズは白人が強引にでも先住民の将来を変える必要性を主張しているが、先住民が全滅の危機に立っていた時期においてすら、白人は彼らのアイデンティティを剝奪することはできなかった。ウェルズの所属する宗派は七〇年ほど前にスー族やネズ・パース族などに対する布教活動を開始したことになっており、リトル・エルク族に対する布教の歴史は浅い。作者はここで実在の部族と架空の部族を混交する手法を採ることで、先住民のキリスト教化は過去における同様に、将来も容易でないことを暗示している。歴史的に見るならば、エリオット以後もキリスト教の各宗派は布教活動を行ったにもかかわらず、プロテスタントの布教は成功していなかった。[42]

白人が先住民に歴史を忘れさせるために力を注いだのは学校教育である。居住しているブルのキャンプから拉致され、オレゴン州のインディアン寄宿学校（チェマワ・インディアン校）に強制的に入学させられたアントワンと他の生徒たちが聞く〝腕長先生《ロング・アームド・マン》〟の訓辞は次のようである。

さあ、お前ら、儂《わし》のいうことを聞くのだ。儂らがお前らのために尽しているのを感謝してもらいたい。儂らはあの不潔、無知、頭の中のシラミ、お前らがここに来る前に営んでいた生活、それら総てからお前たちを救い出しているのだ。儂らはお前たちを清潔であり、礼儀正しく振る舞うようにさせるから、誰もお前らを家に迎え入れるのに気が引けるなんてことはないだろう。出身と過去のお前たちを忘れよ。そういうことは胸の中から追い払って、先生たちが教えることにだけ耳を傾けるのだ（一〇六ページ、傍点筆者）。

学校教育とキリスト教の布教は文明化政策の中できわめて重要な地位を占める。連邦議会は一八七〇年に初めて教育のための予算を承認した。そして、保留地外の寄宿学校が一九世紀の最後の四半世紀において非常に普及した。例えば、有名なカーライル校（ペンシルヴェニア）

は一八七九年に、そして、チェマワ校（オレゴン）は一八八〇年に開校した。さらに、一八八四年にはチロコ校（オクラホマ）、ジェノア校（ネブラスカ）、アルバカーキ校（ニューメキシコ）、ハスケル校（カンザス）が開校した。教育の成果に関して述べれば、成果はあがらなかったとされる。連邦政府の補助金を確保するために入学者の増加を計る必要があった。そのために、女子生徒には洗濯や多人数の食事の準備の仕方などを教え、男子生徒は農機具の扱い方や炉の調節に熟達した。しなしながら、これらのどれひとつとして、部族に戻った時、応用できるものでなかった。それにもかかわらず、学校は部族の文化は過去の遺物だと生徒に教え込む場所になった。

学校は別の点でも生徒たちに苦痛をもたらす場であった。生徒が学校の日常生活に順応しなければ惨めであったが、順応したら、順応したで惨めな思いをした。家族の元に戻った時、同輩の部族民からよそ者扱いされたからである(43)。

境界に立つ者

この作品と『包囲された人々』の大きな相違のひとつは、先住民の世界と白人の世界にそれぞれ身を置きながら、両世界に橋を架けようとする二人の人物の存在である。すなわち、ザ・

ボーイ（＝サン・チャイルド）とトビー・ラファーティである。

役人に繰り返し騙されてきたリトル・エルク族はラファーティを容易に信用しない。彼がこの保留地に着任して三年が経ってようやくヘンリー・ジムの信頼を得る。すなわち、フェザー・ボーイの返還に助力してくれとヘンリー・ジムに頼まれる。余り積極的でないが、彼はその返還に協力する。農業の推進は文明化政策のひとつの柱であり、ヘンリー・ジムが豊かな農夫として亡くなることで、農業に対するタブーも和らぎ、ヘンリー・ツービッツは積極的に農業に従事したいと願う。ラファーティはこうして監督官としての任務を順調に遂行し始める。

しかしながら、彼は自らの悩みを抱えている。ニューヨーク州出身の彼はオハイオ州で経験を積んでここにきたときから、自分は部外者《アウトサイダー》だという意識を拭い切れない。先住民をよく理解している医師エドワーズとも、布教しか考えていないウェルズとも親密になれない。そのうえ、彼はここに着任した時から、ここの景色に溶け込めない。

彼の少年時代の故郷の丘陵は地平線の彼方へと流れゆく、快い緑の丘だった。整然とした森と育成された牧草地が予想できる世界を見渡すのは気持ちを高め、魂を鎮めた。しかし、ここでは地平線は激しく突き出しており、絶えることのない雲の中へと突きささっていた。

ここには休息はなかった（四六ページ）。

それにもかかわらず、ラファーティはワシントンとリンカーンの肖像画の架った事務室で職責を全うしようと努力する。しかしながら、メディシン・バンドルは虫に食われた、と真実を語らなければ納得しないアダム・ペルの自己中心主義のために、彼は歴代の役人と同じ裏切者としてブルに射殺される。しかしながら、ルイス・オーエンズはラファーティを両世界に橋を架けたかもしれない人物として評価している。

他方、先住民側にはザ・ボーイがいる。彼はインディアン警察の一員であるために、ブルを初めとする先住民仲間には警戒されている（八七ページ）。しかしながら、彼にはネブラスカ州ジェノアにある寄宿学校から千マイルの道程を逃げ帰ったという過去もあり、文明化政策の犠牲者という一面もある（八一ページ）。

ブルが殺人事件後、それまでの生き方を変えてリトル・エルク族の代表として直接に役人と話すようになる。その際、ブルが頼りにするのは彼であり、彼に寄せるブルの信頼は高まる。「お前はわれわれ両者の間に立って話して欲しい。……お前は今や私の息子のようであり、これからもそうだ」（一八〇ページ）。

彼は白人の権力機構に組み込まれているが、彼自身は自分の立場を一貫している。ブルたちが殺人犯の容疑で学校の地下室に監禁されて、ポック・フェースが射殺を告白した時、彼はブルたちに明言する。「白人が殺害されたのだから、これは私の任務ではない。この部屋では何も聞かなかった」（九一ページ）。インディアン警察は先住人に関わる事件を扱うわけであり、犯人が先住民だと決ったわけでないから、ザ・ボーイの主張は当然である。さらに、彼は先住民に不利になることはラファーティや他の当局者に一切話さない。そればかりか、彼は犯人追求を止めさせようとまでする（一二三ページ）。彼に対するラファーティの評価も低くない。彼は「自分自身を、また、彼の部族の人々を裏切ることもない」と、ラファーティは思っている（二四七ページ）。彼が職務に忠実であることは、最後にブルを射殺する場面に現れている。

インディアン警察は治安維持と財産の保護のためばかりではなく、文明化政策の進行を促す積極的な手段として利用するための機構であった。連邦議会は一八七八年に初めて担当官事務所の警察に対する資金を承認したが、インディアン警察は担当官にとって、保守的な族長たちの影響力に対抗する力となった。

アントワン

アントワンは文明化政策のために幼くして拉致されて寄宿学校に入れられる。そこでの経験は彼が将来部族の指導者となる時、大いに役立つと思われる。例えば、彼が名前を知らないイヌイットの女の子は学校に入れられて一〇年経っても、寮母を恐れている様子を目撃する（一〇九ページ）。この挿話はイヌイットも先住民であることをアントワンが明確に認識する契機となる。

また、彼は学校で白人が先住民を支配する方法について知る。日課の軍事教練の責任者である行進《マーチング》・長《キャプテン》は帰るべき家庭のない年長の先住民の子供である。学校内で先住民の年長の生徒を使って年少の生徒を監督するというこの支配構造は、インディアン警察を使って保留地の先住民を支配する方法と同じである。

さらに、アントワンは学校で貴重な体験を重ねる。すでに引用した〝腕長先生〟の説教の後で生徒たちは次のように抵抗している。

よそよそしさが消え去り、出身地はどこであれ、自分たちはみんなインディアンだと分かると、共通の敵に対して抵抗する術を見つけた。腕長先生の説教にもかかわらず、出身地のことを忘れるつもりは全くなかった（一〇七ページ）。
学校が果たした役割には白人が予想しなかったこともあり、学校は先住民が連携するのに役立ったのは事実である。

その後、彼はブルの元に戻ることでさまざまなことを学ぶ。食事の時、ブルの隣に坐ることは指導者への道を歩むことを意味するが、彼が年長者たちの中に身を置くことは大切な教育と見なされている。第二章において、ヘンリー・ジムが和解を求めてブルのキャンプにやってくる。兄弟が長い不和の後に再会する席には緊張が漲り、子供が同席すべき場面でないとも思われる。しかしながら、ブルはアントワンが総ての事情を知るべきだと思うから、アントワンは同席する（一二ページ）。最後に重要なことは、ブルがフェザー・ボーイの話を彼に直接聞かせることである。

アントワンは『包囲された人々』のアーチャイルドと比較すると、年少である。しかしながら、学校およびキャンプでの体験は豊かであり、部族の将来の指導者にはさまざまな経験が役立つという作者の考えを体現した登場人物になっている。

作者の考えでは、白人の推進する文明化政策に対抗するには先住民は外の世界を知る必要がある。『包囲された人々』には自伝的要素があるが、この作品にはその要素はない。作者は『太陽の使者――トウモロコシの物語』を執筆することで、より普遍的な作品世界をこの作品で構築できるようになった。その結果、同じ帰郷生徒《リターンド・ステューデント》であっても、アーチャイルドよりも年少のアントワンが生れた。

作品の評価

先住民を「高貴な野蛮人」とする神話は一九六〇年代から七〇年代初頭においてアメリカ社会で見られた。その典型的な先住民像はおよそ次のようなものであった。（1）先住民は環境保護運動家の先駆けであり、必要なものだけを狩猟した。（2）先住民は原始共産主義的な生き方を実践して、物質的のみならず、精神的な面でも共同体の中で生きた。（3）先住民は超一流の戦士であったが、攻撃を受けた場合に限って戦った。敵に壊滅的な打撃は加えなかった。（4）先住民は生れながらにして民主主義者であり、部族内の、また、部族間にある意見の相違を簡単に黙許した。（5）先住民は共同体の利害を優先して、他者と競争しなかった。（6）先住民は世界と宇宙の営みに関して深遠な知恵を備えていた。白人の到来以前には、幸福な、調和のとれた存在でありうるような、根元的な生活のリズムを見抜いていた。(44)

このような先住民像は白人側の願望を反映しているが、正確ではなく、二〇世紀後半になっても白人が先住民を正しく理解していない証である。例えば、（1）はアメリカにおける環境問題への関心の高まりを示しているが、「必要なものだけを狩猟した」という点には反論が出ている。すなわち、毛皮交易に従事した先住民は交易のために過度に動物を捕獲したということである。[45]（3）に関して述べれば、きわめて攻撃的な部族もあれば、そうでない部族もあった。

マクニクルが七六年七月六日にハーパー・アンド・ロー出版社のダグラス・H・ラティマー編集者に宛てて書いた手紙には、この作品に関して次のように述べた箇所がある。すなわち、この作品は「ありふれた、虐待されたインディアンの物語ではない」と記している。[46]事実、この作品に登場する先住民は「高貴な野蛮人」から遠い存在である。男たちの中には賭博したり、飲酒に浸る男がいる。女たちも決して美化して描写されていない。

マクニクルは当然、先住民を類型化して見る白人側の態度に同意していない。その観点からこの作品を解釈しているのはジェームズ・ルーパトである。ブルは第一章の終わり近くで孫アントワンに尋ねる。「お前は今日、何を見たか?」アントワンはダムを初めて見、ブルが怒りの余りダムに向って発砲したのを見た。この問いはその後も繰り返し出てくる（一一六ページ、二三八ページ）。ルーパトによれば、この問い掛けは先住民のお話（ストーリー・テリング）の手法を意識したものである。そのうえで、読者である先住民と白人の双方に互に相手の「心の地図」（一二五ページ）を理解させるための方法であるという。

次にルイス・オーエンズの意見を紹介する。マクニクルが『包囲された人々』とこの作品で描いているのは意志伝達《コミュニケーション》の困難さである。その点で、マクニクルの主題は一貫している。この作品の特徴はまず先住民と白人の「心の地図」が符号しないことを充分に示したことにある。しかしながら、意志伝達の困難さは先住民―白人間に限定されていない。布教師―医師、監督官―布教師を初めとして登場人物の二者間の対話は成立していない。オーエンズは前述のダグラス・H・ラティマー宛てのマクニクルの手紙を引用して、意志伝達の困難さが主題であったと論拠づけている。

第三節　マクニクルの遺産――先住民の自立

二〇世紀における連邦政府の先住民政策は激しく変化した。一九二四年には総ての先住民に市民権が与えられ、三四年にはインディアン再組織法（ホイーラー＝ハワード法）が成立した。

ジョン・コリアーはこの法律によって新しい先住民政策を実施した。マクニクルはコリアーの片腕としてその実施に深く関与したが、五八年にアイゼンハワー政権は連邦管理政策を修正した。そして、六〇年代にはレッド・パワーが勃興し、六九年には先住民の過激派がカリフォルニア州のアルカトラズ島を占拠した。さらに、七二年にはワシントンのBIA本部が占拠され、七三年にはサウスダコタ州のウンデッド・ニーで武装占拠事件が起きた。

マクニクルは『アメリカ先住民部族主義──インディアンの生存と再生』（一九七三）という歴史書の序文で過激派による事件に関して、「武装は有益な対話にとって必要な準備でない」と批判している。(47) マクニクルの過激派批判は『敵の空より吹く風』のポック・フェース像に読み取ることができる。彼はカーボーイ靴を履いていることが示すように、ふたつの世界に生きている。そのうえ、彼はダムが建設された場所が昔は部族の聖地であったことを知らない。彼はダムに向って発砲するが、その行為は無益である。自分たちの歴史を知らない過激派に対する作者の批判をここに読み取ることができる。

マクニクルは生涯にわかって先住民─白人関係に関心を抱き続けたが、彼の考えの中心は先住民の自立《オートノミー》であった。白人側はすでに引用した布教師ウェルズや〝腕長先生〟の台詞が明らかに示しているように、先住民に自分たちの宗教観や価値観を押しつける一方であった。マクニクルは白人側のこのような態度を『アメリカ先住民部族主義――インディアンの生存と再生』の序文で次のように批判している。

（若者たちの）ほんとうの怒りの標的は善意であっても、そうでなくても、インディアンの福祉を考える唯一の適任者だとなお自認している遠くにいる人々であった[48]（傍点筆者）。

文中における「遠くにいる人々」はワシントンにいる役人たちを指していると思われる。同時に、東部から布教のために西部にやってきたウェルズなども含まれる。

そして、先住民の自立に不可欠なものは教育だった。マクニクルは七七年北西部インディアン教育会議の席で次のように述べた。

教育機能が最初、伝道団によって――ニューイングランドにおいては早くも、ジョン・エリオットによって、後には連邦および州立学校によって――肩代わりされた時、インディアン諸部族は発展と成熟に必要な指導者を育てる権利を奪われてしまったのである[49]。

したがって、彼は連邦職員でなくなって以後も指導者養成プログラムにおいて重要な役割をはたした。

一八三〇年に強制移住法が成立したために、チェロキーは移住に反対して提訴した。これはチェロキー対ジョージア州事件と呼ばれた。ジョン・マーシャル連邦最高裁判所長官は判決において、チェロキーの特別な地位を表すのに「国家内の依存国家」という用語を造り出した。この時はチェロキーが軍事力で先祖の地を追い出された。しかしながら、この「国家内の依存国家」という概念は後代にまで残り、一九九一年にジョージ・ブッシュ大統領は次のように述べた。

この政府対政府の関係は、われわれの国家の機構に統合された、主権を有し独立した部族政府がもたらした結果である。また、われわれの裁判所がインディアン諸部族を、主権国家に準ずる、国家内の依存国家と呼ぶようになった結果である。多年にわたって両者の関係は発展し、成熟し、そして、五〇〇以上の部族政府がわれわれの共和国を構成している他の政府組織と肩を並べて立つ、活気に満ちた共同性へと進化している。(50)

一世紀前の先住民の情況を思い起すとき、隔世の感がある。多くの研究者から、現代アメリカ先住民文学および先住民民族史の祖父と評価されるマクニクルであるが、彼の貢献は大きいといえる[51]。

マクニクルは三六年にＢＩＡの職員に採用されて以後、亡くなるまでほぼ四〇年間先住民のために行政官、歴史家、文化人類学者、著述家、作家として多岐にわたる活動を展開した。個人としては最も信望の篤い人であったと評価されている[52]。ジョン・コリアーとともにインディアン・ニューディールを推進した現実的で、有能な行政官であった彼は他人との競争を好まない人柄の持ち主であったとされる[53]。

第二部

第三章　ジョン・ロリン・リッジ

第一節　チェロキー族

文明化政策と金の発見

チェロキー族が白人と接触した頃の人口は約二万二〇〇〇で、領土は四万平方マイル以上あった。すなわち、今日の南北カロライナ、ヴァージニア、ウエスト・ヴァージニア、ケンタッキー、テネシー、ジョージア、そして、アラバマの八州におよんだ。しかしながら、一七二一年から土地の譲渡が進み、チェロキーの領土は一八一九年にはノースカロライナ、テネシー、ジョージア、アラバマの山岳地帯に限定されるようになった。

白人との接触以後、チェロキーの指導層には混血先住民が多くなり、文明化政策は着実に進んでいた。具体的には製粉場や学校が建設され、耕作の行きとどいた畑がいたる所にあった。さらに、一八二〇年の終り頃までにはチェロキーのアルファベットで印刷された新聞が発行されるようになり、二七年には「チェロキー憲法」を制定するまでになっていた。チェロキーの改革派は、わずか約八分の一しか先住民の血が入っていないジョン・ロス（後出）を擁立して、文明化に反対する部族内の勢力を抑えた。しかしながら、ジョージア州議会は「チェロキー憲法」を問題とした。(1) その理由はチェロキーが「他のいかなる州の権限も排除して、自らの領土に関する全面的な司法権を有する」政府を樹立しようとしたことにある。白人が主張する文明化をチェロキーがここまで達成していた時に、チェロキーにとって不幸なことに、二八年にジョージア州内で金が発見された。場所はアトランタの北に位置するダーロネガであり、これはアメリカ最初のゴールドラッシュを引き起こした。

ニュー・エチョタ条約

アルドルー・ジャクソン大統領は三〇年五月に「強制移住法」に署名した。ジャクソンはこれによってミシシピ川の東岸に住んでいる先住民諸部族を西部へ移住させるという、彼の方針を実行に移す手はずを整えた。そして実際に、連邦政府は次の一〇年間に脅迫と強要に満ちた雰囲気の中で取り交わされた条約によって南東部の諸部族を移住させた。ジョージア州からチェロキーを追い出したいという願望から生れたのが「ニュー・エチョタ条約」である。これは三五年に調印されたが、調印したのはチェロキー国の少数派だった。大多数は移住に反対して、強制移住の撤廃を求めて最高裁判所にジョージア州を訴えた。他方、ジャクソン大統領は或る布教師に移住を受け入れる少数派と調印することを認めた。[2]

三五年一二月にメージャー・リッジ、その息子のジョン・リッジ、親族のエリアス・ブーディノーとスタンド・ワティが率いる少数派はジョージア州ニュー・エチョタで条約に調印した。その内容はミシシッピ川以東のチェロキー全領土を五〇〇万ドルおよびオクラホマの広い領土と交換するというものであった。連邦上院はチェロキー国の評議会および主席族長ジョン・ロスの抗議にもかかわらず、三六年五月に条約を批准した。リッジたち移住賛成派は条約調印後、西へ向った。ジョン・ロスと部族の大多数の者は条約は無効だと主張して、三八年四月に一万五六六五名の嘆願書を議会に提出して条約の撤回を求めた。しかしながら、同年五月に陸軍省はスコット将軍をジョージア州に派遣して移住に抵抗するチェロキーを駆り集め、チェロキーの「涙の踏み分け道」が始まった。

リッジ―ワティ一族

ジョン・ロリン・リッジを理解する一助として、次に彼の一族について記す。

メージャー・リッジ

メージャー・リッジ（一七七一？―一八三九）は一七七一年頃に、今日のテネシー州ポーク郡のハイワッセで生れた。彼は成人になってから、英語の「リッジ（尾根）」を姓とした。一方、「メージャー」の由来は、彼がクリーク戦争中にアンドルー・ジャクソン将軍（後に大統領）に従って従軍して、「メージャー（少佐）」という称号を与えられたのをそのまま用いたことによる。

若い頃のリッジは猟師として、また、戦士として活躍した。彼は一七九二年頃にスザンナ・ウィケット（または、チェロキーたちの間ではホセヤと呼ばれた）と結婚して、北部ジョージア州のウースキャロガに住んだ。二人の間には五人の子供が生れたが、二番目の子供がジョン・リッジであり、これがジョン・ロリン・リッジの父親になる。メージャー・リッジは家族を支えるために肥沃な川ぞいの低地に桃とリンゴの果樹園をつくり、黒人に助けられて家畜を飼った。

一八一二年にアメリカがイギリスに対して第二次独立戦争を布告すると、リッジはアメリカを支持して、チェロキーの戦士を率いてイギリスを支持する「レッド・スティック（赤い棒）」の一団と戦った。彼はクリーク戦争中、一貫してアメリカ側に味方した。軍功を挙げた彼は一流の外交官となり、部族の代表としてワシントンを何度も訪問した。一八二七年には主だった族長たちが相次いで亡くなったために、彼はチェロキー国の臨時代表となった。しかしながら、変化の激しい時勢は教育のある指導者を求めていた。そのために彼は、教育があり、ほとんど白人といえるジョン・ロスが主席族長となり、彼自身は三人の評議員の筆頭になることに同意した。

エリアス・ブーディノー（バック・ワティ）

バック・ワティ（一八〇四？―三九）は一八〇四年頃にウーワティの息子として、今日のジョージア州北西部に位置したチェロキー国のウースキャロガで生まれた。彼は一八一一年にキリスト教のモラヴィア派の学校(3)に入学した。彼の成績が優秀だったので、ボストンにあるアメリカ海外布教委員会が彼と彼のいとこのジョン・リッジ、それにもうひとりの若者をコネチカット州コーンウォールにある学校で教育を受けさせるために招いた。三人はコネチカット州への途路、アメリカ聖書協会を統轄している人物に会うためにニュージャージ州に立ち寄った。バックはその人物に深く感銘してしまい、入学する時、「ブーディノー」という名前で登録した。ただし、名前の最後に「t」をもう一字を付けた。彼は二〇年にキリスト教に改宗後、勉学を続けることになっていたが、健康が思わしくないためにチェロキー国に戻った。

故郷に戻った彼は文明化政策を強く推進して、二五年から二七年までチェロキー国評議会の書記を務め、アメリカの憲法を模範としたチェロキー国の憲法制定に尽力した。また、禁酒運動にも参加し、二六年には大都会への講演旅行に出た。その目的は、二〇年代初期にセゴイア(4)によって発明されたチェロキー文字を活字にするのに必要な印刷機購入資金を集めるためであった。印刷機が完成すると、彼はチェロキー語と英語による週刊新聞である「チェロキー・フェニックス」紙の編集長になった。しかしながら、チェロキー国が移住に関する条約をめぐって分裂すると、編集長を辞任した。移住賛成派はニュー・エチョタにあった彼の家でニュー・エチョタ条約に調印した。彼は移住反対派に非難されて西部へ逃れ、今日のオクラホマ州北東部のチェロキー国パーク・ヒルズに住んだが、そこで三九年に暗殺された。

スタンド・ワティ

スタンド・ワティ（一八〇六—七一）は一八〇六年一二月二九日にチェロキー国ウースキャロガで生れて、「デカタブ（彼は立つ）」と名付けられた。彼の父親は純血チェロキーのウーワティ（古き者《エンシエント・ワン》）で、母親は混血でスザンナ・バック・チャリティー・リースといった。彼の兄がエリアス・ブーディノー（バック・ワティ）であり、七人の弟妹がいた。彼はキリスト教を受け入れると、名前を「ワティ」として、ディヴィット・ワティという名前で知られた。彼は一八一五年に兄バックとともにジョージア州スプリングプレースにあるモラビア派の学校にやられ、そこでキリスト教徒になった。そこでの教育が終了すると、彼は家族の農場の世話をするために故郷に戻った。他方、兄バックは将来の指導者としての教育を続けて受けた。

彼は三五年八月に「チェロキー・フェニックス」紙の編集者に指名され、三ヵ月後、移住賛成派の代表団の一員としてワシントンへ向った。彼が不在の間に、ブーディノーとリッジ父子が推進する会議がニュー・エチョタで開催され、ニュー・ニチョタ条約が調印されたので、彼は帰国後、この条約に名前をつらねた。その後、三七年オクラホマとミズリー州の境界近くに移住すると、そこで雑貨店を経営した。

他方、移住反対派の移住賛成派に対する憤慨は激しくなり、ジョン・ロスを支持する者が三九年六月にグランド川近くに集まった。そして、ワティ、ブーディノー、メージャー・リッジ、それに、ジョン・リッジを死罪にすることに決定した。三人は暗殺されたが、ワティはかろうじて逃れた。その後、彼は一族の指導者となったが、移住賛成派に対する反対派の憎悪は南北戦争勃発まで続き、彼の弟（トマス）は四五年に暗殺された。南北戦争に際して彼は「チェロキー騎馬ライフル連隊」を編成して、南部を支持したから、ジョン・ロスはワティの圧力でしぶしぶながら南部を支持した。六二年八月に彼はチェロキー南軍の主席族長となった。また、彼は南北戦争中に准将に昇進して、南軍の中で将軍になった唯一の先住民であった。彼が得意するのはゲリラ戦であった。彼は終戦に際して降伏した最後の将軍であり、それは六五年六月二三日であった（戦争は四月九日に終っていた）。戦後は六六年のチェロキー再建条約交渉では一員として活躍した。しかしながら、六六年にジョン・ロスが死去してからは政治から退き、ブーディノーの息子（エリアス・コーネリアス・ブーディノー）とともにブーディノー・アンド・ワティ・タバコ会社の設立に尽力した。このように、チェロキー族の悲劇は連邦政府によって移住を強制されたことに留まらず、部族が分裂してしまったことである。ワティとジョン・ロスの対立の影響は今日まで残るとされる。

ジョン・ロス

リッジ＝ワティ一族と対立したジョン・ロス（一七九〇―一八六六）はジョージア州ルックアウト山の近くで生れた。父親はスコットランド人のダニエル・ロスで、母親はスコットランドとチェロキーの混血であった。ロスは若い頃、「リトル・ジョン」と呼ばれ、チェロキーたちと一緒に育ったが、教育は白人の家庭教師から受けた。その後、テネシー州の学校へ入学した。彼は純血チェロキーでなかったが、いつも自らをチェロキーと見なして、一八一三年に純血チェロキーのエリザベス・ブラウン・ヘンリーと結婚した。彼の政治活動は一八〇九年に始まり、一一年にはチェロキー国評議会の常設委員会の一員であった。彼はアンドルー・ジャクソン将軍（後に大統領）が指揮する「レッド・スティック」との戦闘（ホースシュー・ベンドでのクリーク戦争）も経験しており、この戦闘の勝利に大いに貢献した。チェロキー族の教育と部族内におけるキリスト教の布教を擁護したロスは、チェロキーの憲法が成立すれば、アメリカの中でひとつの州となれるかもしれないと期待した。

二六年にニュー・エチョタがチェロキー国の首都となると彼はそこへ移住して、二七年にはチェロキー憲法制定会議の議長となった。彼は二八年から三九年までこの憲法の元で主席族長となり、連邦およびジョージア州によるチェロキー国領土への侵入に反対した。ジョージア州が二八年から三一年にかけてチェロキーの権利を奪った時、連邦最高裁判所へ提訴した。最高裁判所はチェロキーを支持したが、ジャクソン大統領はその判決を無視した。強制移住後、ロスはインディアン・テリトリーで先に移住していた西部チェロキーたちの憲法制定に尽力した。移住賛成派が暗殺されたことに関して、彼が関与したという証拠はなく、南北戦争はチェロキーをさらに分裂させることになった。南部支持のチェロキーが多かったが、ロスは中立を主張した。戦後、彼は連邦政府と交渉のためにワシントンを訪問中にそこで亡くなった。[5]

第二節　リッジの生涯

ジョン・ロリン・リッジは一八二七年三月一九日にチェロキー国で生れた。[6] 父親のジョン・リッジは卓越した政治家であり、演説者でもあった。母親はコネチカット州出身の白人で、名前はセアラ・バード・ノースラップであり、彼は幼時から政治の話を聞いて成長した。

祖父メージャー・リッジ、父ジョン・リッジを初めとする移住賛成者派はニュー・エチョタ条約に調印後、西部へ移住したが、三九年六月二二日に彼の祖父、父、および、エリアス・ブーディノーの三名はニュー・エチョタ条約反対派によって殺害された。一家はこの事件後、チェロキー国から少し離れたアーカンソー州フェイエットンヴィルに移住した。彼は四一年にマサチューセッツ州グレート・バリグトンにあるグレート・バリグトン・アカデミーに入学したが成果はなかった。アーカンソー州に戻った彼は、布教師シーファス・ウォッシュバーンの元で古典の勉強をして、先住民としては高度な教育を受けた。また、法律学も学んだ。

彼は四七年五月にフェイエットヴィル出身の白人女性のエリザベス・ウィルソンと結婚した。しかしながら、チェロキー国内の内紛は移住後も続き、ロス派のある男（デビット・ケル）が彼を殺害しようとしたらしいが、彼の方が逆にケルを射殺してしまった。彼はロス一派が権力を牛耳るチェロキー国では公正な裁判を受けられないと判断して、カリフォルニアへ向うことを決意した。そして、五〇年四月一三日に妻子を残してカリフォルニアに向けて旅立った。同行したのは弟のイーニアスとひとりの黒人奴隷だった。

旅の目的地がカリフォルニアであったのは経済的理由によった。彼はリッジ家の長男として一家の再興を絶えず念頭に置いていたから、カリフォルニアでのゴールドラッシュにあやかって一攫千金を夢見た。三人はカンザス州フォート・スコット、（サンタフェ道経由で）ワイオミング州フォート・ララミ、（サウス・パス経由で）ソルトレーク市を経て、カリフォルニア州プレサヴィルに向った。旅の苦難は次第に増し、荷物を軽くする必要が生じた。また、リッジの所持金は底をつき、連れていた小馬を売却しなければならなかった。ソルトレーク市近くではモルモン教徒が通行料を要求して、モルモン教徒に対する彼の反感は生涯にわたって消えないものとなった。七月一五日頃に、三人は一ヵ月足らずでサクラメントに到着できると期待して、ソルトレーク市を後にした。

三人はプレサヴィルに到着したが、金鉱探しは全く運に左右されることが判明した。三人はここで少し試したが、間もなく金鉱探しは諦めてサクラメントへ向い、八月二五日にそこに到着した。リッジはここで幸運なことに、ニューオリンズの「真実のデルタ」という新聞の現地代理人であるジョゼフ・グラントという男と出会った。リッジはグラントから何か記事を書くようにといわれたので、終えたばかりの旅について書いた。その結果、リッジは以後同紙の「移動代理人」となり、原稿一編につき八ドルを受け取ることになった。やがて旅費の都合がついたので、彼の弟と黒人奴隷はアーカンソー州へ戻った。しかしながら、彼はカリフォルニアは自分の才能を開花させるのに適した土地だと思って、留ることにした。

彼は五二年にサンフランシスコで創刊された「黄金期」に記事を書き始めた。この雑誌はカリフォルニア全州で読まれて、五〇年代の執筆者にはブレット・ハート（一八三六―一九〇二）、マーク・トウェーン（一八三五―一九一〇）、ホアキン・ミラー（一八四一―一九一三）

などがいた。リッジ自身はこの雑誌にロマン主義風の詩を発表した。しかしながら、原稿料だけでは収入が不充分であるから、ユバ郡の会計係、記録官、書記代理の仕事を引き受けて、月額一三五ドルの収入となった。アーカンソー州への帰郷を諦めた彼は家族を呼び寄せることを考え始めて、五二年に妻と娘がやってきた。

五四年にサンフランシスコで出版された『ホアキン・ムリエタ——名高きカリフォルニアの山賊——の生涯と冒険』[7]（以下、『ホアキン・ムリエタ』と略記する）は彼を有名にしたが、収入には結びつかなかった。次いで彼は五六年には「カリフォルニア・アメリカン」に採用されたが、実際は彼が同紙の記事をほとんど単独で書いた。同紙はノー・ナッシング党[8]の機関誌だった。ノー・ナッシング党は外国人とカトリック教徒に市民権を与えることに反対したが、五七年にカリフォルニア州では分裂した。

次にリッジが携わったのは、五七年二月にサクラメントで創刊された「デイリー・ビー（蜂）」という新聞であった。彼は紙上において、カリフォルニアの社会には道徳と倫理が欠如していると批判した。また、民主党員としての態度を鮮明にして、労働者の政治的および経済的権利を擁護した。彼はさらに、進歩や「明白な運命」の信奉者であることも表明した。

五七年七月に彼の一家はメアリズヴィルに転居した。彼はそこで、ユバ郡の民主党の「カリフォルニア・エクスプレス」の編集者になった。彼はこの時までに文学的名声も得ており、ジャーナリストとしても有名であり、五八年八月四日号までこの新聞の編集者であった。次に彼が編集したのは同年八月にメアリズヴィルで創刊された「ディリー・ナショナル・デモクラシー」であった。彼はこれに大西洋電信敷設を祝賀する詩を発表した。六〇年九月にはカリフォルニア北部地区農業・園芸・機械学協会で自作の詩を朗読する機会を与えられた。

南北戦争に際しては奴隷制廃止に反対して、北部の味方をしたロス一派と対立した。六一年には奴隷制廃止論に反対する「イーヴニング・ジャーナル」の編集者となり、七月にサンフランシスコの「ナショナル・ヘラルド」に移った。九月二三日付の同紙が彼の名前が編集者として載っている最後のものとなった。彼は六七年に部族のことでワシントンに赴いたが、そこで病気の治療を受けた。カリフォルニアに戻った彼の病気は悪化して一〇月五日に亡くなった。死因は脳に関係があった。

死後に『詩集』がサンフランシスコで一八六八年に出版された。

第三節　『ホアキン・ムリエタ——名高きカリフォルニアの山賊——の生涯と冒険』

この作品は一八五四年に「イエロー・バード」というペンネームで出版された。その後、一八七一年には『ホアキン・ムリエタ——鉱山の略奪者』という表題で出版され、一九三二年にも再版が出た。

梗概

主人公ホアキン・ムリエタはメキシコのソノラ郡で生れたメキシコ人である。彼は立派な両親に育てられた性格温厚な若者であるが、横領や革命が頻発するメキシコに留まることに嫌気がさして、アメリカで自分の運を試すことにする。その訳は、彼が故郷でアメリカの人間に対して好印象を抱いたためである。彼は一八歳でカリフォルニアのスタニスラウで金鉱探しに従事し始め、またたく間に金持ちになり、彼の周辺には彼を頼りにする者が集まる。

カリフォルニアには一攫千金を夢見る人間が全国から押しかけており、無法者が大勢いる。彼らは「アメリカ人」という名前を戴いているが、その名前に相応しい栄誉と威厳を備えていない。そのうえ、彼らは対メキシコ戦争で勝利を収めた直後だから、メキシコ人を総て軽蔑する。

ある時、彼らはホアキンの家に押し入り、彼を縛り上げて、彼の眼前で彼の女に暴行を加える。事件後、彼は北の地に移住して、山間の地で小さな農場を営む。しかしながら、彼はここで「アメリカ人」から「いまいましいメキシコ人の闖入者め!」といわれて、追い出される（一〇ページ）。次に彼は金鉱探しに従事するためにカラベラス郡に入る。しかしながら、以前のようには成功しない。そのために、彼はモンテという賭博ゲームを始める。彼はこのゲームで金儲けをして、前途は明るいかと見える。しかしながら、異母（異父）兄弟が貸してくれた馬に乗っている時、その馬が盗まれた馬であると「アメリカ人」の証言で判明する。すると、暴徒と化したアメリカ人は彼の説明には耳を傾けずに、窃盗の罪を彼に着せて鞭打つ。さらに、暴徒は彼の異母（異父）兄弟の家に押しかけて、裁判にもかけずその兄弟を絞首刑に処してしまう。ホアキンはこの時を期して一九歳で復讐の鬼となり、以後、山賊の長となる。彼の率いる一団は牧場を襲撃するが、この山賊には掟がある。すなわち、自分たちに宿を貸したり、何らかの援助を与えくれた場合には決してその牧場の人間に危害を加えないという掟である。

ホアキンの一団は一八五一年にカリフォルニア州の諸所で略奪を繰り返すが、彼の身元は未だ当局には知られておらず、犯行はホアキンの部下の犯行だと誤解されている。一団はその後、移動してシャスタ山の西に滞在する。そこで先住民たちを誘い入れて馬泥棒を行う。翌五二年に一団は馬とともに山を降りて、放牧に適しているアロヨ・カントーヴァに本拠地を置き、ホアキンは一五〇〇―二〇〇〇頭の馬やラバを盗むことを計画する。カラベラス郡マカレーミ・ヒルに出たホアキンは知り合いのメキシコ人たちの中で居を構える。

この頃、対メキシコ戦争で活躍したハリー・ラブ警部はホアキンの一団を追跡するために組織を結成する。ラブは密偵を使って一団の居場所を確認しており、後一歩でホアキンたちを捕まえるところである。逃げ切ったホアキンたちはテジョン・インディアンの地に入り込む。これ以上追跡されないと安心した一団は武器を外して寛ぐ。すると、テジョン・インディアンのサパタラ族長の部下に捕まって、木に縛り付けられる（三七―九ページ）。その後、族長はホアキンたちを解放する。

八月下旬にホアキンはオルタネスの小さな村で旧知のジョオ・レークと出会う。そこで、ホアキンは「俺はこの地方では知られていない。お前が俺を見たといわないでくれたら、誰にも知られない。もし話したら、俺は殺す」と告げる（五〇ページ）。しかしながら、レークは市民の義務だと思ってホアキンを見たと人々に喋ってしまう。そのためにレークは殺害される。

その後ホアキンは変装して何度も町に入って、自分に懸けられた懸賞金の金額（五〇〇〇ドル）を一万ドルに書き替えたりする。一団全員が久しぶりに集まると、馬は一〇〇〇頭になっており、ホアキンは二〇〇〇人を支配する長となっている。彼の目的はメキシコのためにアメリカに復讐することであり、五万ドルと馬一〇〇〇頭をソノラへ送る。ホアキンは自分の女の嘆願を受けてアーカンソー州からきたアメリカ人を殺害しないが、アメリカ人に対する憤慨は消えていない。彼が「ホアキンだ！できるならば殺してみろ」と挑戦的な態度を取るために、懸賞金は一万五〇〇〇―二万ドルに引き上げられる。

彼は、部下が若い男女のことに干渉したことを叱り、「俺には罪のない女たちを苦しめるよりもっと高い目的があるのだ」という（二〇六ページ）。そして、その若い女（ロザリン）を母親の元へ帰す。すると、ロザリンの相手の男はホアキンを賞賛する。二人は約束を守って、ホアキンのことを誰にも語らない。一方、追跡する一団はメキシコ人を捕まえて、ホアキンの行き先を知る。一団の長（チャールズ・エラス）は南部出身で、この地に住んでいるチェロキーの協力を得る。最後にホアキンは射殺されるが、彼の部下のひとりであるヴァレンスエラは生き延びる。これによってホアキンの意思は受け継がれる。

カリフォルニアにおける金の発見

カリフォルニアにおけるゴールドラッシュの事情は次のようである。(9)

金が発見されたのはサクラメントから東へ六五キロメートルの地点にあるコロマという土地であった。時は一八四八年一月二四日であり、金が偶然見つかった場所はアメリカ川の放水路だった。ゴールドラッシュの始まる前のカリフォルニアの人口は約一万四〇〇〇で、そのうち、約七五〇〇名がメキシコ系カリフォルニア人で、残りは種々雑多な人種だった。

速い通信手段のない当時において、金の発見を東部に知らせたのは三月に発行された新聞だった。その新聞が船便でアトランタに送られると、四月には興奮の渦が湧き、五月には過熱した。その証拠に現地では物価が急に高騰した。職人の日給が二五セントとされる時代に、工具の値段は高騰して、つるはし一本が五〇―六〇ドルとなった。

この年、人々は金を採取するのに忙しかったので、犯罪はほとんどなかったという。金はこの年にほとんど取り尽されたが、翌四九年になると発見の知らせは全世界に広まり、人々があらゆる所からやってきた。その三分の二はアメリカの人間だったが、残りの三分の一はメキシコ、チリー、ペルー、イギリス、ドイツ、フランス、中国などからきていた。日本は鎖国していたために、日本人は皆無だった。ロシア人も皆無だった。四九年だけでも、やってきた男たちの数は八〇〇〇以上とされる。最初にやってきた外国人はチリ、ペルー、メキシコの人間であり、四八年秋から四九年春までに合計五〇〇〇人のチリ人とペルー人がきたが、そのために、アメリカの人間は鉱山採掘権を得られるのは自分たちに限定するようにと動き始めた。チリとペルーの人間より数の多いのはメキシコ人だった。メキシコ人はアリゾナに近いメキシコのソノラ郡から多数やってきたが、彼らの採掘場所はカリフォルニアの南部よりの鉱山に集中した。メキシコ人は四八年後半にやってき始め、五〇年には頂点に達したが、五四年以後は途絶えた。その理由はメキシコ人に対するアメリカ人の敵対的態度にあった。ヨーロッパ人はラテン・アメリカの人間よりも一年以上遅れてやってきた。中国人は、五二年には一挙に五〇〇〇人になった。そしして、中国人街が形成されると、白人たちから黄禍論が出てきた。五〇年春に、カリフォルニア議会は外国人鉱夫には毎月二〇ドルの税金を課すといううきわめて排他的な法律(「外国人鉱夫の租税に関する法」)を制定した。換言すれば、これはアメリカの市民かそれに近い者でないと金鉱探しに従事できないことを決めた法律であった。外国人が金鉱探しを望むのであれば、まず最初に、一ヵ月間有効の許可証を購入しなければならない。さらに、その許可証は新しく料金を払って更新する必要があった。もし外国人の鉱夫が更新を拒否した場合は、あるいは、怠った場合は当人を追放できるという法律であった。保安官や徴税官は知事が指名し、徴税の人件費は許可証発行によって得られる資金で賄うものとした。そのために、その年の内にチリやペルーの人間が大多数、鉱山を後にしたが、メキシコ系の人間が数千人残った。

ホアキン伝説

一八五二年の冬から翌年の春にかけて、おそらく鉱山から追い払われた大勢のメキシコ人が、自分たちに金鉱探しを禁止したアメリカ人に復讐することにした。彼らは徒党を組み、山賊となり、家畜を解き放ち、馬を盗み、酒場や商店を略奪し、独り旅の者を襲い、財布を奪った。山賊の集団はいくつもあり、大きな集団となったものもあった。新聞は事件を取り上げて、当局に対して何らかの措置を講じることを求めた。

これらの山賊に関する詳細は分からないが、山賊の頭はどの集団の頭も「ホアキン」と呼ばれた。そして、少なくとも五人のホアキンがいた。

カリフォルニア州の立法府は一八五三年春に動き出して、生きていても、死んでいても、ホアキンを捕まえた者には五〇〇〇ドルの懸賞金を与えると発表した。しかしながら、これには問題があった。すなわち、誰もホアキンの顔を知らないのだから、逮捕した男が本人かどうか確認する方法がなかった。また、懸賞金を獲得するために、待ち伏せして、たまたま捕まえたメキシコ人をホアキンだという者が現れるだろうという反対意見もあった。その結果、懸賞金は取り下げられた。次に立法府はある法律を制定して、テキサス州出身のハリー・ラヴという男に騎馬パトロール隊を編成させた。隊員は二〇名以下として、任務の期間は三ヵ月間とした。法律の成立は五月一一日だった。さらに、ビグラー知事は私費で、一〇〇〇ドルの懸賞金を払うといった。パトロール隊は最初の二ヵ月間、何の成果も挙げなかったが、七月二五日になって、パトロール隊はメキシコ人の一団と出会い、銃撃戦となった。そして、自分がボスだと名乗ったメキシコ人は射殺された。射殺されたもうひとりの男であるマヌエル・ガルシア（「三本指のジャック」）は名高い盗賊であり、当局が探していた男であった。ボスの頭部は切断されてアルコールに漬けられ、ガルシアの切断された手も同様にされた。数日後、事件が新聞で報道された時、「ホアキン」という名前が記されて、苗字は記されていなかった。どのホアキンか不明のままだった。「ムリエタの頭部」といわれるものが以後何年もいくつもの博物館で展示された。

この作品は一八五四年にサンフランシスコで出版されたが、地元の出版界では無視された。その理由は、当時発展しつつあったサンフランシスコの出版関係者がこの血腥い作品を読者に推奨しなかったことにある。それにもかかわらず、このアメリカ版ロビン・フッド物語の海賊版が出た。それは五九年秋であり、随所で名前は変わっていたが、大筋でリッジの作品通りであった。海賊版はそれ以後も出版され、ホアキン伝説はスペイン、フランス、チリ、メキシコへと伝わった。二〇世紀に入ってもホアキン伝説は継承され、一九五三年にはメキシコの出版社が変種譚を出版したほどである(10)。

義賊ホアキン

メキシコの領土はアメリカとの戦争およびイダルゴ条約によって、元の領土の半分になってしまった。また、すでに紹介したように、アメリカ人は外国人を締め出すために高額の税金を課して、実質的に外国人が金鉱探しに参加できないように法的措置を講じた。その一方で、彼らはチェロキー族の住んでいたジョージア州で金が発見されると、法と軍事力によってチェロキーの領土も金も剝った。このように、アメリカ人の行為は正義からほど遠いことを知るとき、ホアキン・ムリエタは単なる山賊ではなくなる。ホアキンはアメリカ人を懲らしめる義賊として読者の前にはっきり現われる。

ホアキンが復讐の鬼と化する原因は開巻間もなく描写されている。〈梗概〉で紹介した通りである。他方、彼が義賊であることを読者に印象付ける箇所や科白は随所に見られる。まず、彼の「大義」はソノラ郡に多額の金銭と家畜を送ることである。そして実際、彼は五万ドルと馬一〇〇〇頭をソノラへ送る（七五ページ）。

ホアキンの性質は本来高貴であるが、彼を復讐の鬼とし、残虐な殺人事件を犯す人間としたのはアメリカ人である。作者はこの点を繰り返し述べている。次の場面もその一例である。ある時、ホアキンの一行はすでに就寝している渡し守を起して、渡船を出させようとする。ホアキンはその渡し守が貧乏であることを知ると、金銭の強奪は止めて、料金を支払うと約束する。作者はこの場面でも、ホアキンの本来の性質は高貴であったと述べている（六四—五ページ）。

アメリカ人に対するホアキンの復讐心は容易に消えないが、ソノラ郡への送金という大義を達成すると、彼の心も少し変化する。ある時、狩猟のためにやってきたアメリカ人の一行がホアキンたちの根城に近付いてしまう。危険を感じたホアキンたちはその一行を自分たちの根城にうまく誘導して、一行の生殺与奪の権を握ってしまう。ホアキンは自分がアメリカ人から受けた危害を忘れていないが、仲間の女性の執り成しで一行を殺害しないと決める。その際、一行のひとりの若者がアメリカ人としてではなく、ひとりの人間として、ホアキンの根城を口外しないと約束する。ホアキンはこの場面で、個人としてその若者を信用することになっている（七六—九ページ）。

作品の評価

ルイス・オーエンズはこの作品を先住民によって書かれた最初の作品として評価している。[11]まずオーエンズは、リッジが読者を意識せざるをえなかった事情を説明している。当時、先住民は東部においては遠い存在であったが、西部においては身近な存在であり、未だ「消えゆくアメリカ人」ではなかった。したがって先住民がノスタルジーの対象でないカリフォルニアで、リッジが先住民を主人公にした作品を執筆しても出版されることも、販路を見つけることも不可能であった。他方、彼は自分が先住民（チェロキー）であることを忘れることはできなかった。このふたつの事情がリッジにホアキン・ムリエタという人物を創造する動機となった。

この作品が出版された時、リッジはすでにジャーナリストとして活躍しており、主流の白人社会で充分に通用する才能を備えていた。しかしながら、彼は先住民（チェロキー）として内面では葛藤していたに違いない。彼はこの作品の終りで、イタリック体で「個人に対する不正ほどに危険なものはない」と述べている（五八ページ）。

第四節　先住民としてのリッジ

リッジはカリフォルニア州で蓄財してアーカンソー州に戻り、ジョン・ロス一派に対して復讐を果たしたいと切望していた。この点で、彼はチェロキーの歴史と政治に強く縛られており、彼の視野がイーストマンやマクニクルのように広くなることはなかったが、以下において、彼の記事を手掛りとして先住民としてのリッジを一瞥する。

彼は進歩や「明白な運命」を信奉し、彼の文章はそれらを称賛することばに満ちている。この点で彼は多くの同時代の白人と変わらない。例えば、五七年四月一三日付の「ディリー・ビー」に掲載された「現代」という文章には次のような箇所がある。

現代の賢明な理性ある人が抱く、啓発された、予言的な洞察力に従えば、諸々の人種はゆるやかだが、確実に、共通の運命という遠大な究極点に向って進歩している。それは、われわれの太陽系が宇宙において、ある遠い中心に次第に向っているといわれているのと同様である。(12)

彼の「進歩」信奉は、彼がカリフォルニアという発展途上にある土地に定住したことと深く関連するが、彼はジャーナリストとしてカリフォルニアの先住民の存在を忘れることはできなかった。

草木の根を常食とする西部の先住民はディガー・インディアンと称されたが、彼はこの先住民部族について記している。彼の考えでは、ディガー・インディアンはチェロキーのような文明開化した部族と比較したとき、進化の階梯において遙か下の方に位置する。リッジによれば、彼らの性格は「平和的で、友好的で、親切で、勇敢ではなく臆病で、従順である」ために、白人の侵入に際して犠牲者となったのである(13)。

それにもかかわらず、文明を論じる彼は先住民の文明を評価し、インカ社会の優れた点を認める。また、ペルーの先住民社会は文明の頂点に達したとも称賛している(14)。ジャーナリストとしての生涯の終わりに近付くと、それまでの進歩を一直線に信奉する彼の姿勢に少し変化が見えるようになった。

第四章　セアラ・ウィネマッカ

第一節　パイユート族

パイユート族は白人と接触する以前、西部の広大な地域に住んでいた。すなわち、北はオレゴン州中央部から南はカリフォルニア州南部にまで、東はワイオミング南東部にまで広がって住んでいた。今日、パイユートは北部パイユート、オーエンズ・ヴァリー・パイユート、南部パイユートに分けられる。

ウィネマッカが属した北部パイユートは大盆地《グレート・ベイスン》の西よりに住んだパイユートを指し、言語的および文化的に他のパイユートとは区別される。一九世紀の初頭において北部パイユートはベリー類、球根、松類の実などの採取人、漁師、猟師であった。しかしながら、一九世紀中葉に白人に侵入され、彼らの土地は奪われ、保留地が設定された。そのために彼らは一八七〇年頃以後、激しい変化を経験した。二〇世紀初頭になると、彼らが自由に扱える土地は元の所有地の五パーセント以下になった。

保留地は一八五九年にネバダにピラミッド湖保留地とウォーカー川保留地がつくられた。第三番目のマロール保留地は一八七一年にオレゴンに、第四番目は一八九一年にネヴダのスティルウォーターにつくられた。当初の計画では北部パイユートをこれらの保留地に移住させることになっていた。しかしながら、これらの保留地にはすでに先住民が住んでおり、計画通りには進行しなかった。その結果、多くの北部パイユートは白人の町の周辺に住むようになった。一八九〇年代にカリフォルニア北部で二ヵ所の軍事基地が撤去されると、土地のないパイユートのために保留地がつくられた。政府はおよそ一九一〇年から三〇年にかけて、土地のないパイユートのためにネヴァダ、カリフォルニア、オレゴンの町の近くに「コロニー」を建設した。コロニーは一〇—四〇エーカー（約一万二二四〇—四万八九六〇坪）の広さであり、連邦政府に認められた部族政府をつくっている。

第二節　ウィネマッカの生涯

家系

彼女が生れたのはおそらく一八四四年であり、生誕地はネヴダ州西部に位置するハンボルト川の湿地帯であった。(1) 一八四四年というのはゴールド・ラッシュが目前に迫っていた時代であり、彼女の生誕地は人々がカリフォルニアに向う途中に位置した。

彼女の家系は族長の家系であり、彼女は幼時から祖父（トラッキ）に白人社会と積極的に接触するようにと教えられた。一八四四年晩秋にスティーヴンズ隊が北部パイユートの住んでいる山岳地帯に入ってきたが、これは初めて荷馬車で山岳地帯を越えた一隊であった。トラッキはその道案内役を務めることで、彼が求めていた白人との関係樹立の端緒を摑み、四〇年代にそれを確立していった。彼が特に自慢したことは、ジョン・チャールズ・フレモント(2)が西海岸への道を求めて探検を行なった時、その道案内を務めたことであった。その際、フレモントはトラッキの協力に感謝して一片の紙切れ（一種の「旅券」）を渡した。それには「これを読んだ者はこの人物を厚遇するように」と記してあったが、トラッキはこの「旅券」を肌身離さずに持っていた。

その一方で、ゴールド・ラッシュ直前の四六年から四七年にかけて厳冬の山中で、白人同士が人肉を食べる事件もあった。そのために、「白人は人間ではない」という恐怖心がパイユートたちの中に広がった。

白人文化との接触

ウィネマッカが初めて白人を見た時の印象は彼女の著述『パイユート族の中で生きる——虐待と主張』（一八八三）の冒頭部で次のように記されている。

白人が最初にわれわれの地にやってきた時、私はとても小さな子供でした。白人はライオンのように、そうです、ほえるライオンのようにやってきました。以来ずっとそうです。私は彼らがやってきた時のことを忘れることはありません[3]（五ページ）。

小さなウィネマッカは白人との接触を重要視する祖父に連れられて白人の町に連れてゆかれた時、白人に対する恐怖心が募った。父親や祖母から、白人は子供を殺して食べると聞かされていたのがその一因であったが、その以外にもあった（二九ページ）。すなわち、白人の目がフクロウの目を連想させたからである。彼女は同行する母親に向って、「あの人たちは白い大きな目をしていて、フクロウのようだわ。私はあの人たちと友達になれない」という（二九ページ）。パイユートの伝承では、ミミズク（フクロウの仲間）の鳴き声は天空にいて、子供を食べようとしている魔女の声だとされる。魔女は泣いている子供を見つけると、自分の大きな籠に入れてゆく。そのためにパイユートの子供はめったに泣かない。しかしながら、白人が恐わくてウィネマッカは泣いてしまった。

それでもウィネマッカは生き延びる術として英語は役に立つという理由で、五七年にカーソン渓谷にやってきたウィリアム・オームズビィ少佐の家に預けられた。家事労働と交換に英語を教えてもらうためであった。(4)

オームズビィは野心家であった。オームズビィ家はアイルランドに移住し、後に一八世紀にペンシルヴェニアに移住したイギリス系であった。彼は一八五六年に、中央アメリカに奴隷制を容認する国家を建設しようとしたウィリアム・ウォーカーの一団に加わったと思われる。(5)ウォーカーの計画が失敗すると、次にオームズビィは国内の政治に着目した。当時、ネヴァダをユター準州から分離して、別の準州にして奴隷制を容認するという計画が南部の政治家の関心を引いていた。ウィネマッカが白人の世界を知ることになったのはこのようなオームズビィを通してであった。

マッド湖虐殺事件

カリフォルニアが五〇年に州に昇格して以後、白人の姿は現在のアイダホ、オレゴン、ネヴアダの地でしばしば見られるようになり、パイユートと白人の衝突は時間の問題となった。ついに六〇年一月に「一八六〇年戦争」と呼ばれる戦いが起り、その夏に七五〇名の兵士がカリフォルニアから派遣された。

その後、六五年三月に、功名心に駆られた若いアーモンド・B・ウェルズ指揮官がマッド湖近くにいたパイユートたちを虐殺したが、ネィネマッカはこの事件を次のように記している。

兵士たちはキャンプ地に乗りつけると、発砲して、そこにいた人々をほとんど全員殺害しました。語るのも恐しいことですが、語らねばなりません。そうです。私が語らねばなりません。殺害されたのは年寄り、女、子供でした。……兵士たちは全員を殺害しましたが、幾人かの子供と赤ん坊がなお籠の中に縛られていました。兵士たちは子供たちを掴むと、キャンプ地に火を付けて、子供たちを炎の中に放り込んで、炎の中で焼け死ぬのを目撃しました（七七―八ページ）。

これは虐殺されずに逃げたウィネマッカの妹から直接に聞いた話であると思われる。他方、事件を記したウェルズ指揮官の報告によれば、兵士たちは先住民の勇敢な戦士たちと白兵戦を交わしたことになっている。(6)

この虐殺事件後、彼女の父親（オールド・ウィネマッカ）は北のオレゴンにあるスティーンズ山に入ってしまった。以後、彼女が父親に代ってパイユートのために大いに活躍するようになった。

この頃、ジョージ・クルック将軍(7)はパイユート族と親族関係にあるバノック族を平定することを目標としていた。六八年七月にクルックはパイユートの族長たちと会談して、パイユートが保留地の外に出ることを許可した。その際の条件は、パイユートが軍隊に敵対しているバノック族に合流しないということであった。会談の後、彼女の説得が功を奏して、キャンプ・スミス（オレゴン）にいたパイユートの一団がキャンプ・マクダーミット(8)に移った。軍隊がオレゴンにおける牧畜業者の台頭を考慮して、キャンプ・スミスを閉鎖すると決定したためであった。キャンプ・マクダーミットはオレゴン、アイダホの両州がともにネヴァダ州に接する地点近くで、ネヴァダ側にあった。

彼女は六九年一二月頃、この軍事基地で有給の通訳になったと思われる。そして、半年後の七〇年四月四日に彼女はパイユートの窮状を訴えた、最初の手紙をダグラス少佐に送った。その全文を次に引用する。

或る手紙

合衆国陸軍　H・ダグラス少佐へ

拝啓

この駐屯部隊の部隊長から、あなたさまが、可能ならば、インディアンをトラッキ川保留地に送ることで、その境遇を改善できることを期待されて、この周辺に住むインディアンに関する完全な消息を求めておられると、聞いております。ここからカーソン市にいたる間に住んでいるインディアンは総てパイユート族に属します。私の父――名前はウィネマッカと申します――は全部族の主席族長ですが、今や、高齢のために、彼らを従わせたり、あるいは、彼らの心に保留地に送られる必然性を教え込むだけの指導力がありません。

実際の所、父はそれに反対しているのだと思います。父、私自身、そして、ハンボールト川インディアンとクーインズ川インディアンの大多数はかつてはトラッキ保留地にいました。しかしながら、もし私たちがあそこに留っていたならば、餓死するだけになっていたことでしょう。もし、人々が本来受ける資格のあるものを担当官から受け取っていたならば、人々はあそこを立ち去らなかったことでしょう。農業に関する人々の知識について述べれば、人々は全く無知ですが、それは人々に学ぶ機会が全くなかったからです。しかしながら、労力が適切にかけられたならば、人々は自分自身の労働によって自活するように喜んで努めるであろうと思います。生産物が自分のものとなり、自分が利用でき、自分を満足させるものとなると信じることができるようになったらという条件つきですが。私たちが保留地にいたとき、どのように扱われたかについて私が事細かに述べる必要はありません。私たちは保留地に閉じ込められて、川で捕れるだけの魚で生きなければならなかったと述べれば充分です。もしも、これが保留地で私たちを待っている文明化というものならば、山で生き、私たちの生来の流儀で長く生きる方が遙かに望ましいですから、私たちが保留地に入ることを強要されなくてもすむように神が許されますように。暮しに関する限りは、いずこであろう駐屯地にいるインディアンは充分な食料と、廃棄された衣類を得ることができます。

しかしながら、これはいつまで続くのですか？　インディアンに関する政府の目標は何ですか？　私たちがおとなしくしていることで充分ですか？　総てのインディアンを駐屯地から移して、トラッキ川保留地やウォーカー川保留地のような保留地に入れなさい。そうすれば、現在インディアンを服従させておくために必要な以上に、インディアンを境界内に拘留しておくためにより多くの駐留兵力が必要になることでしょう。その一方で、インディアンが土着の地で恒久的な定住地を確保できると保証されるならば、さらに、私たちの白人の隣人が私たちの権利を侵略することがなければ、納得のゆく分け前の土地が私たちのものとして割り当てられ、必要な学習する便宜が与えられるならば、未開人は今から一五年から二〇年後には社会の慎ましくて遵法精神にとんだ構成員になると、私は保証します。

貴下、いつの日か、ここに住むインディアンに関する消息を必要とされる時、私がそれを提供できれば嬉しく存じます。

一八七〇年四月四日　ネヴァダ・キャンプ・マクダーミットにて

セアラ・ウィネマッカ(9)

これは彼女が二六歳の時書いた手紙であり、彼女が将来、部族の指導者として活躍することを予期させるに充分な内容を含んでいる。白人との共存を望むという基本姿勢を示しながら、パイユートの受けた扱いに言及し、かつ、将来に対する展望も述べている。彼女はまた、論法も心得ている。保留地に入ることに彼女だけが反対しているのではないことを示すために、父親に言及する。オールド・ウィネマッカは実際は全パイユートの長ではなかったが、彼女は父親の権威を借りた。

彼女は手紙の中心部で保留地における担当官の搾取を指摘した。その具体例として農作物の搾作がある。横暴なのは担当官だけではなく、入植者である白人たちはパイユートの権利を侵害して憚らなかった。結論として、保留地制度そのものを批判せざるをえない。また、白人の主張する文明化政策に疑問を提起することにもなるが、彼女は手紙の締め括り方を心得ている。パイユートの文明化は可能だと断言するが、生存を保証してくれる軍隊を称賛することも忘れていない。

ここに引用した手紙は後年、ヘレン・ハント・ジャクソンの『恥ずべき一世紀』（一八八一）に収録された。ジャクソンは詩人エミリィ・ディキンソンの友人として有名であり、この書物はアメリカにおける先住民政策に影響を与えた画期的な書物であるから、ウィネマッカは歴史の中にしっかりと名前を刻んだことになる。

バノック戦争

バノック族はショーショーニ語族に属して、アイダホ南部とワイオミング西部に住んでいた。彼らは「ヘビ」という名前でも知られており、パイユート族と同じ言葉を使った。しかしながら、彼らはパイユートとは外観も生活様式も異なった。彼らはヒナユリの根も食用として掘ったが、バファロー狩りにも従事した。彼らが馬を使うようになったのはパイユートよりも一世紀以上も早かった。彼らの性質はパイユートよりも遥かに攻撃的で、パイユートを「ウサギを狩る者」と呼んで軽蔑しがちであった。パイユートの方は白人に対して自分たちが平和的であることを示すために、バノックとは距離を置いた。

バノックの族長であるバファロー・ホーン（一八七〇年代に活躍）は一八七七年のネズ・パースの戦争でハワード将軍の元で有能なスカウトとして働いた。しかしながら、両者の関係はその後、悪化した。バノック族のインディアン担当官から充分な支給品を受け取らなかったのも一因であった。また、彼らが幾世紀にもわたってヒナユリの根を掘っていた土地に白人の入植者が大量のブタを持ち込んだために、彼らの食料源は激減した。

ウィネマッカは弟とともに、バノックの族長たちがサンフランシスコを訪問する機会をつくろうと計画した。そうすれば、族長たちが白人の力を知り、抵抗することが無意味だと悟るだろうと思った。しかしながら、すでに遅かった。一八七八年六月にバノック戦争が起り、バファロー・ホーンが重傷を負ったために士気も下がった。そして、簡単に鎮圧されてしまった。

ウィネマッカは先住民が生き延びるために仲介者であろうとしたが、バノックはすでに追い詰められていた。

講演会、そして、晩年

彼女は一八七一年に通訳職を解任されて、病院で働くようになった。その後、七五年一一月にインディアン担当官（サミュエル・B・パリッシュ）の通訳となったが、彼女が人々の注目を集めるようになったのは七七年秋からである。それはパイユートの窮状を訴える連続講演会を同年一一月にサンフランシスコで開始して、約一ヵ月間続けたことによる。七九年二月にパイユートはヤキマ保留地（当時、ワシントン準州）に移され、彼女は同年六月に同地でショーショーニ族（シープ・イーターズ[10]）の子供たちのために学校を開設した。そして、八三年から八四年夏にかけて東部で三〇〇回以上の講演会でパイユートの窮状を訴えた。講演地はボストン、ニューヨーク、ペンシルヴェニア、ボルチモアなどであった。そして、これらの講演を元にした『パイユート族の中で生きる――虐待と主張』が八三年にニューヨークで出版された。故郷に戻った彼女は八六年夏に、パイユートの子供たちのための学校を建設したが、八九年三月にはゴースト・ダンス教の影響で生徒がいなくなり、同年夏に学校は閉鎖された。彼女は九一年一〇月一六日にヘンリー湖畔（アイダホ）で亡くなった。死因は不明とされている。四七年の生涯であった。

第三節　『パイユート族の中で生きる――虐待と主張』

この書物はセアラ・ウィネマッカが一八八三年から八四年夏にかけて東部で行った講演を、ある白人女性が編集したものである。その女性の名前はメアリ・タイラー・マンという。マンはアメリカにおける幼児教育の先駆者として著名なホレス・マン（一七九六―一八五九）の夫人であった。ボストンにおける最初の女性出版者とされるエリザベス・パーマー・ピーボディー（一八〇四―九四）と姉妹であった。したがって、この書物は東部に住む二人の白人女性の協力のもとに編集・出版されたものである。

〈第一部〉

この書物はウィネマッカの生誕前後の時代から一八八三年までのことを記しており、内容としては自伝でもあり、パイユート族の歴史でもある。全体を三部に分けると、第一部は第一章に対応しており、家族のことを扱っている。また、一八四四年以後、白人が移住することで起きた事件が記されている。第二部は第二章に対応しており、パイユート族の歴史・習慣・社会などが記されている。第三部はそれ以後の章であり、パイユート族と白人の衝突を扱ったきわめて同時的な記録である。

第一部（すなわち、第一章）は「パイユートと白人の最初の出会い」という章題がついており、書物全体の六分の一を占めている。キャンプしていた著者の祖父トラッキがカリフォルニアからやってきた白人の一団を見ると、「白人の兄弟よ——われわれが待っていた白い兄弟がついにやってきた」といって白人を歓迎した（五ページ）。しかしながら、白人はトラッキを信用しなかった。トラッキは、白人はまたやってくるだろうと部族の者に予言して、次のような話を語った。世界の初めには二人の女の子と二人の男の子がいた。一組の女の子と男の子は肌黒く、もう一組は白かった。しばらく二組は友好的だったが、間もなく二組は喧嘩を始めた、という話であった（六—七ページ）。トラッキのいった通り、年を経るにつれて多くの白人がやってきたために、ウィネマッカー家は分裂した。トラッキは白人の文明をすぐに受容しようとするが、彼の息子（オールド・ウィネマッカ＝著者の父親）は人々に山に入るようにと告げた（一二ページ）。トラッキが白人の文明を受容する契機はいくつもあるが、そのひとつはカリフォルニアで目にした新聞であった。彼は、「彼ら（白人）がこんな驚嘆すべきことをなしうるのならば、彼らは人ではなく、まぎれもない精霊だ」といって白人を称賛した（一九ページ）。白人はハンボート川に毒を入れたという噂も流れ、実際に多くのパイユートが死んだ(11)（四一ページ）。こうして白人に対する態度はトラッキと彼以外の者とでは正反対であることが、繰り返し読者に語られる。

〈第二部〉

第二部（すなわち、第二章）には「家庭内および社会の道徳」という章題が付いている。当然、他の先住民諸部族の習慣や道徳と共通するものも多いが、本書の特徴は、女性の視点から語られている点である。例えば、女性は花の名前にあやかって命名される。女性が結婚の対象となる年齢に達すると、公にされる。結婚相手を決めるのは女性本人の意志である。結婚後、新郎と新婦は古い衣類を総て他者に与えて、両人は新しい衣類をまとう。第一子の誕生時には、夫は二五日間、家事を勤める。族長のテントはいちばん大きいが、それは人々が集まって話しあうためである。族長はその際、人々を供応しなければならないから、族長はいつも貧しい。

〈第三部〉

第三部（第三章から第八章まで）ではパイユートと白人の衝突、インディアン担当官と保留地制度の実態が描かれており、読者はそこに著者の活躍を読み取ることができる。

告発

一八六九年にグラント大統領は「クェーカー政策」と称される政策を採用し始めた。これは、インディアン担当官をキリスト教諸派から推薦された候補者一覧表から選ぶというものであった。グラントが頼りにした教派にちなんで「クエーカー政策」という名前で知られるようになった。しかしながら実際には、遠隔の地で、わずかばかりの報酬を受けて奉仕してくれる有能で廉直な担当官を補充することは困難であった。(12) 担当官に任命される人間が一度も先住民を見たことがなかったり、その文化について全く無知であることも珍しくなかった。また、畑を耕したことのない農業指導員、字の書けない事務官、他の学校では勤まらない無能な教師が任命されることもあった。

ウィネマッカはこの書物で、保留地制度が役人の蓄財のために存在していることを具体的に示した。まず、文明化政策の中で大きな役割を担うことになっている農業指導について、彼女は次のように指摘している。或るインディアン担当官（マックマスターズ）はワシントンへ送る分として収穫物の五分の一を取り上げるが、収穫量が少なくても取り上げた（八七ページ）。また、マッシュラッシュという農業指導員は農作業を教えてくれないばかりか、種子の代金はパイユートが支払わねばならなかった（八八ページ）。

教育に関していえば、インディアン担当官（スペンサー）は自分の娘を教師に指名して、月額五〇ドルを与えた（八七ページ）。また、インディアン担当官は白人の牧畜業者から家畜一頭につき、一ドルを受け取って財産を築いた（八六ページ）。したがって、業者が先住民の土地に侵入しても担当官が取り締まらないのは当然であった。こうして連邦政府が支給する公金が私物化されるのは稀有なことではなかった。

インディアン担当官は文明化政策を推進する役割を担わないばかりか、不法行為も行った。一八六八年の春に、ピラミッド保留地の担当官（ヒュー・ニュージェント）がある先住民に火薬を販売した。火器の使用はすでに普及していたが、先住民に対する火薬の販売は違法であり、先住民の火薬所持も違法であった。そのために、この先住民は不法所持犯で担当官の部下に殺害され、その先住民の兄弟は報復として白人に負傷を負わせた（七九―八〇ページ）。

また、担当官事務所に派遣された医師は配給された多量のアルコールをほとんど飲んでしまった。そのアルコールは先住民を治療するために支給されたものであったにもかかわらず、医師はそれを横領した（一三〇ページ）。

軍隊への依存

ウィネマッカの軍隊に寄せる信頼と親密さは先に引用したダグラス少佐宛ての手紙にも現れている通りであるが、これも祖父トラッキから引き継がれたものである。トラッキがフレモントからもらった一片の紙を「旅券」として役立てたように、ウィネマッカも軍人を自分の頼みとした。彼女は、「軍隊に行って報告する」という趣旨のことを述べて、インディアン担当官の不正から自分と部族を守ることを忘れなかった。

一八六五年のマッド湖虐殺事件の後、翌六六年に軍はジョージ・クルック将軍をパイユートを抑えるために派遣した。クルックは経験によって、保留地制度は先住民の本性に適っていないという理由で、先住民を保留地に閉じ込めることに賛成しなかった。そこでクルックは、パイユートが平和的であることを条件に、遊牧生活を認めた。その結果、パイユートはキャンプ・マクダーミットで自由に生活し、兵士のために働き、支給品も受け取った。

教育

一八六〇年春にウィネマッカは祖父トラッキの意向にそって、カリフォルニア州サンノゼの学校に妹とともに入学した。学校は女子修道会の学校であった。しかしながら、白人の金持ちたちは、自分の子供が先住民の子供と一緒に学ぶことに反対したために、二人は間もなく退学した。

彼女はこのような自分の体験から、先住民の子供を対象とした学校を開設する必要性を感じていたが、彼女の教育者としての適性を評価した同時代の証言がある。先に手紙を引用したヘンリー・ダグラス少佐はネヴァダにおけるインディアン対策局の責任者であった。彼は一八七〇年に連邦のインディアン対策局長に対して、キャンプ・マクダーミットに先住民のための学校を開設することを建議した。その建議書の中で彼は、ウィネマッカの「インディアンの言語に関する知識と人格」が彼女を「貴重な女教師」にするであろう、と述べている[13]。

さらに注目すべきは、彼女の教育によせる情熱は部族を越えるものであった点である。一八七九年に連邦政府の方針でパイユートがヤキマ保留地に住むようになると、彼女はそこにいたショーショーニ族の一八名の子供に英語を教え始めた。これは彼女のショーショーニ語を理解する能力を証明するが、同時に、彼女が部族を越える活動の必要性を認識していた証明でもある。

白人（キリスト教）文明批判

ウィネマッカは具体的事件や人名を挙げてパイユートがいかに虐待されているかを聴衆に訴えた。歴史を遡れば、当然ながら、ニューイングランド地方の先住民たちの厚情を忘却して、領土を略奪しつつあるキリスト教文明を批判せざるをえない。次に第八章から引用する。

不名誉なことです！　戦いの術においてキリスト教的政府によって訓練されたあなた方。あなた方が野蛮人と呼ぶ者が当然ながら、あなた方を敵だと思うようにしてしまうあなた方の行ない。自らを偉大な文明人だと自称するあなた方。この地を、自由にして勇気ある者の故郷にするために、プリマスの岩に跪いて神と契約したあなた方（二〇七ページ）。

レッド・クラウドはその演説において「われわれが白人を歓迎したのはわれわれの不幸だった」と述べた。また、イーストマンは『深い森から文明へ』においてアメリカの物質主義的キリスト教を正面から批判した。両者ともにスー族社会において著名な人物であった。他方、ウィマネッカは無名に近く、彼女が東部の都市で三〇〇回以上も講演すること自体が異例であった。スー族に比較すると名前もよく知られていないパイユート族の女性が白人（キリスト教）文明を批判するには相当の勇気が要ったと思われる。

評価

本書の第二章はパイユートの民族誌であるが、ウィネマッカはここでパイユートの子供のしつけ方などを紹介して、白人のしつけ方を批判している。編者マンはこの部分に対して詳しい注釈を付けて、自分の姿勢を明確に示している。マンはパイユートの育児方法を称賛するとともに、パイユートの親が子供に自然を観察することを教えている点を評価している。また、マンはヘレン・ハント・ジャクソンの『恥ずべき一世紀』にも言及して、先住民を「異教徒」と極め付けたキリスト教界を批判している（五一―二ページ）。

ウィネマンのような強力な支持者がいる一方で、ウィネマッカに対して批判的な人々もいた。ウィネマッカは結婚と離婚を繰り返したために、ヴィクトリア朝的道徳に従っていた人々からの批判は強かった。

本書出版の意義は同時代のアメリカの社会にパイユートの置かれている情況を知らせ、かつ、「クェーカー政策」の実態を示したことに求められる。先住民政策の修正を迫った先駆的な書物といえよう。

一九世紀後半に先住民として彼女ほどに活躍した女性は他にいない。しかしながら、今日、彼女に対する評価は一定せず、評価は大きく分かれる。良い方の評価は、彼女は西部の歴史において尊敬に値する、自己の利害を度外視して行動した精力的な女性という評価である。彼女が政府から独立した学校を建設し、先住民の主張を通すために尽力したことが評価される。その一方で、彼女は父親（オールド・ウィネマッカ）を称賛することで、自分を誇示しようとしたという批判がある。また、彼女は軍隊の手先であった、さらには、部族の裏切り者であったという批判がある。北部パイユート族の中においても、彼女に対する評価は一定していないとされる。(14)

それにもかかわらず、ウィネマッカはポカホンタス、サカジャウェアとともに先住民の歴史に残る女性である。

第五章　モーニングドーヴ

第一節　セーリッシュ族

セーリッシュ族は一八五五年のヘル・ゲート条約(1)の調印以前にはフラットヘッド族と呼ばれた。フラットヘッドという呼名は初期の探検家が、両者が別部族だと思って付けたものである。セーリッシュは人類学的には「台地《プラトー》インディアン」と呼ばれて、同地域の他の諸部族（パンドレイユ、カリスペル、クーテナイ、ネズ・パースの一部など）と同じ文化を共有していた。食料は大いに魚類に依存しており、内陸部に住む者も鮭を捕獲できた。ビタールート・セーリッシュはヘル・ゲート条約によって、今日のミズーラに近い地に保留地を与えられたが、白人の入植者が増えた。そのために、彼らは一八九一年に彼らの意志に反してモンタナ州西部のフラットヘッド保留地に移住させられた。

すでに紹介したように、この地方はマクニクルの『包囲された人々』において、アーチャイルドの父マクスがその美しさに魅了されて定住を決意した地である。

モーニングドーヴが属した部族の子孫たちは今日、ネズ・パースその他の部族と一緒にコルヴィル連合保留地を形成している。そして、その人口は一九九〇年までに七〇〇〇以上になった。

第二節　モーニングドーヴの生涯

彼女はおそらく一八八四年四月に、両親が今日のアイダホ州のクーテナイ川を渡っている時にカヌーの中で生れた。父親はカナダのブリティッシュ・コロンビア出身で、オカナガン族(2)のジョゼフ・クィンタスケットである。モーニングドーヴは、父親はハドソン湾会社の社員だといっていたが、保留地の資料や親族によると、それは事実でないらしい。母親はワシントン州中部出身で、コルヴィル族[3]のルーシィ・ステュキンである。

幼児の頃の彼女は女の子と遊ぶよりも男の子と遊ぶ方が好きな、きわめて活発な子供であった。年齢のわりに体が大きかったといわれる。彼女は一八九五年にワシントン州ウォードのグッドウィン伝道本部にある学校へ入学した。しかしながら、彼女が英語を話さないために繰返し虐待された後に、放校処分となった。九六年に彼女は学校に戻り、九九年まで在籍したが、連邦政府は九九年に学校への資金援助を打ち切った。そのために、先住民の子供たちはフォート・スポケーンに送られた。母親が一九〇二年に亡くなったために、彼女は弟妹たちの世話をするために家に戻った。しかしながら、父親が一九〇四年にシシリア・ウィリアムズと再婚したので、彼女は勉学を続けることが可能となり、モンタナ州グレート・フォールズにあるフォート・ショー・インディアン校に入学した。そこで出会ったフラットヘッド族のヘクター・マクラウドと〇九年に結婚して、ポルソンに住んだ。彼女は在学中、クーテナイ族とともに住んでいた祖母（マリア）を訪問できた。しかしながら、彼女は数年後に（二一年までに）離婚した。

彼女は一二年にオレゴン州ポートランドに移って家政婦として働き、貯金でタイプライターを購入した。そして、『混血児コゲウェア――モンタナの大牧場の生活[4]』（以下、『コゲウェア』

と略記する）を書き始めた。翌一三年にはカルガリーの実業学校に入学して、一五年まで在学した。その間にタイプの技術を身に付け、文体を学んだ。

彼女は一五年頃にワシントン州南東部のワラワラで開催された開拓時代を祝う会に参加して、そこでリューカラス・ヴァージル・マクホーターという人物に出会った。彼女は一五年から一六年にかけての冬期にマクホーター家に滞在して、彼の援助を得て『コゲウェア』を出版可能な作品にした。マクホーターと彼女の関係は後に詳述する。

一六年に彼女はブリティシュ・コロンビアのインカミープ保留地で教鞭を取り、一九年九月にウィナチ族のフレッド・ゲーラーと結婚した。彼女は二度結婚したが、いずれも経済的にも精神的にも厳しいものであった。マクホーターの尽力で『コゲウェア』が二七年に出版された時、彼女はワシントン州周辺、特にコルヴィル保留地では有名人であった。

果樹園で働いている時、また、季節労働者である時以外、彼女はコルヴィル保留地内の西寄りの地方で活動した。保留地の人口は二五〇から三〇〇であった。三〇年に他の活動家たちと一諸にコルヴィル・インディアン協会を設立した。二七年に東部ワシントン州歴史協会の名誉会員に選ばれたことは彼女にとって栄誉だったうえに、後にワシントン州歴史協会の終身会員にも選ばれた。三五年五月にはコルヴィル部族会議の最初の女性議員となったが、三六年七月三〇日に州立の保護施設に運ばれて、八月八日にそこで亡くなった。死因は脳出血であり、ワシントン州オマクに埋葬された。彼女は体を酷使した余り、晩年は病気がちであって肺炎、流感、麻疹、リューマチなどに悩まされた。

なお、モーニングドーヴはペンネームである。彼女はクリスティン（クリスタル）・クインタスケット、あるいは、ゲール夫人とも名乗った。フミシュマとも名乗った。

第三節　著述

1 『混血児コゲウェア——モンタナの大牧場の生活』

梗概

主人公コゲウェアの母親は彼女が幼児の時に亡くなった。白人の父親（マクドナルド）はアラスカのゴールド・ラッシュに魅せられて、三人の娘を置り去りにして出奔する。そのために、コゲウェアたちは祖母（スティンティーマ）に育てられる。コゲウェアは一二歳で修道女たちの学校に姉妹と一緒に入れられ、二一歳で優秀な成績を収めてカーライル校を卒業する（一六ページ)。作中の現在は、卒業後一年が経っている。彼女は故郷のモンタナで、白人(ジョン・カーター)と結婚している姉(ジュリア)と住んでいる。姉夫婦は大牧場を経営しており、近くにはクーテナイ族[5]が住んでいる。町の人口は五〇〇で、白人と混血がほとんどである。

この西部の牧場に東部の白人(アルフレッド・デンズモア)が現れる。牧場は人手不足であるために、コゲウェアは船着場で見つけたデンズモアを連れて帰るが、彼は牧場では全く役に立たない。カーボーイたちは彼の乗馬の腕前を試すが、そのために落馬して怪我を負ったデンズモアはコゲウェアに接近する機会を得る(五二─四ページ)。

七月四日は競馬が開催される日であり、コゲウェアは二種類の競争(白人女性用と先住民女性用)に出場して、どちらの競争でも一等になる。しかしながら、彼女は混血だという理由で白人女性用の賞金(四五ドル)は受け取れない。彼女は先住民用の競争で獲得した賞金(二五ドル)を第二等のクーテナイの女性に譲る(六二─七〇ページ)。

彼女は読書することで白人の書いた書物や教育の弊害に気付き、白人が部族の習慣などを正確に記録することはできないと思う(九四ページ)。

夏のある日、彼女はデンズモアを連れて祖母のティピを訪れるが、その折、彼女は自分が白人の現代的生活に余りに慣れ過ぎていることを痛感する(九三ページ)。牧場で監督として働くカーボーイのジム・ラグリンダー（混血）は、デンズモアがコゲウェアと親しいのに気付いて、あわてて彼女に結婚を申し込む。しかしながら、彼女はジムを兄としてしか考えられない、と申し込みを断る（一一一ページ）。

秋になると、カーボーイたちは放牧している家畜を集めるために三週間にわたって遠出する。その間にデンズモアは好機到来とコゲウェアにいちだんと接近して、彼女を誘惑する機会を待つ。

コゲウェアは祖母のティピを訪れて、祖母の親友グリーン・ブランケット・フィートの身のうえに起った話を聞く。グリーンは白人の男性と結婚したが、夫は上司の命令で遠くの任地へ赴くことになった。グリーンは部族の人々と別れて夫に従ったが、夫の任地で子供が亡くなり、苦難の生活が続いた。そのために、彼女は星空の元部族の人々の所に逃げて帰った。（一六五—七六ページ）。祖母はグリーンの苦労の原因は白人と結婚したことにあると教え、コゲウェアに対してデンズモアに警戒するようにと忠告する。

しかしながら、祖母にデンズモアとの結婚に賛成してもらえないと知るとコゲウェアは結局、駆け落ちに同意する。彼から、手元に現金がないから、一時的に彼女の金を使わせてくれと頼まれて、彼女は駆け落ちの直前に銀行に向う。デンズモアは計略通り、彼女が引き下ろした一〇〇〇ドルを奪い、彼女を木に縛りつけた後、鉄道駅まで行き、汽車に乗って東部へ逃げ帰る（二六五―六六ページ）。

ジムに救い出されたコゲウェアには後日、父親の死亡によって莫大な財産（二五万ドル）が入ってくる。その後、彼女とジムの結婚、および、妹のメアリーの結婚がある。東部に戻ったデンズモアは安アパートの一室で新聞を介して、コゲウェアとジムの結婚を知る（二八四―八五ページ）。

混血という主題

コゲウェアは東部からやってきたデンズモアが仕掛けた罠に嵌るが、その大きな原因は彼女が混血であることに求められる。第四章において彼女は、夏を牧場で過すためにやってくる祖母と妹を迎えに船着場へ向う。その折、彼女は時代の推移をまざまざと目撃する。例えば、伝統的な住まいであるティピは白人の家屋に取って代わられ、衣服も変わり、食料も商品に取って代わられている。このような急激な変化の中で混血は純血先住民および白人のいずれの世界でも居場所がない。純血先住民は混血に対して疑いのまなざしを投げかけ、白人は混血を無視する（四一ページ）。

作者はすでに作品の冒頭部分で、混血には存在することが拒否されている、と次のように述べている。「インディアンからはうさん臭く思われ、白人からは遠ざけられる。蔑まれた混血児にどこに居場所があるというのか？」（一七ページ）。混血ゆえに受ける不当な扱いは七月四日（アメリカ独立記念日）に開催される競馬の競争に端的に現れている。これは〈梗概〉で紹介した通りである。したがって、デンズモアが都会生活の魅力を唱えて、彼女に外の世界（東部）を見ることを勧めると、彼女の心は動揺する。彼女の心の葛藤は駈け落ち直前まで続く。

私のインディアンの血は私が間違ったことをし始めていると告げている。……私の中の白人の気持ちは私に広い世界を見よと教えている（二五三ページ）。

彼女は白人デンズモアとの駈け落ちに同意するが、他方では彼女は明確に先住民の側に立っている。先に引用した、祖母たちを船着場に迎えに行った時の場面で彼女は独り言を言う。「私は決してお母さんの血と縁を切らない」（四一ページ）。次いで白人の文明を自慢するデンズモアに向って「私はインディアンの方を好む」といい（一三五ページ）、さらに、「両者のうちでは私はより名誉のある方、インディアンを好む」と言い切る（二三二ページ）。

彼女が先住民の側に立っていることは第一八章「カエル女」の挿話において具体的に示されている。すなわち、部族の伝承ではカエルを仰向けにすると、にわか雨が降るといわれている。それにもかかわらず、デンズモアがそれを無視してカエルを仰向けにしたために、にわか雨が降り、彼女は怒る（一五九―六三ページ）。

年長者に対する敬意は先住民社会の特長であるが、彼女は最後の最後まで祖母の許可を得て結婚したいと願う。彼女がデンズモアの罠に簡単に嵌まらないのは祖母の忠告に耳を傾けているからである。

さらに、彼女は生き物に対して先住民らしい態度を備えている。デンズモアがカエルを仰向けにする前に、二人は魚釣りに興ずる。彼女は魚を釣り上げるが、デンズモアは成功しない。必要な分量の魚を釣った彼女は釣りを止める。また、愛馬に寄せる彼女の思いも先住民らしい。金を奪ったデンズモアは、彼女が馬に乗って自分を逮捕する手はずを整えるのを恐れる余り、彼女の愛馬の脚を射つとほのめかす。すると、彼女はデンズモアの冒子を投げて驚かすことで愛馬を逃がす（二六四ページ）。

このようにコゲウェアの言行は先住人らしいが、東部の白人文明を見てしまったからデンズモアの出現によって彼女の心は動揺する。以後、混血という主題はモーニングドーヴに続く多くの作家も取り上げる主題である。

デンズモア

デンズモアは船着場でコゲウェアと初めて会った時、次のように述べる。「都会の単調な生活に飽きたんだ。どこか大きな牧畜農場で仕事を見つけるのを期待してここにやってきた。インディアンとカーボーイの間に入って不便な生活をしたい」（四四ページ）。このように述べる彼は実は冷たい、抜目のない東部人であることは物語の最初から読者に示されている（四三ページ）。彼にとって西部は搾取の対象にすぎず、西部の自然が彼を魅了することはない。「書物が彼の関心を引かなかったと同様に、野性的な生活も彼を引きつけなかった」（八〇ページ）。また、彼は鳥やリスなどに全く関心を示すこともなく（八三ページ）、魚釣りをしても、魚の習性を理解しない（九二ページ）。

彼の目的は金銭獲得であるから、コゲウェアが八〇エーカーの土地を所有していると知ると、彼女の価値が急に増して、「自分はインディアンになる」という（一六二ページ）。また、彼はその欲の深さゆえにカーボーイたちのほら話を信じる。二人のカーボーイ（セルロイド・ビルとロデオ・ジャック）が、コゲウェアが大牧場の家畜をほとんど所有しおり、土地も相当に所有しているとデンズモアに吹き込むが、それがほら話だと分かるのは最後である（二六二ページ）。

デンズモアの悪漢ぶりは都会生活の魅力をちらつかせながら（二六二ページ）、結婚詐欺を計画することに見られる。彼は話題をしばしば先住民社会における結婚式に向けるが、その理由は、先住民流の結婚式は白人の社会で拘束力がないからである。彼の狡猾ぶりはさらに、駈落ち後の新婚旅行を引き延ばそうと提案する点に見られる（二三〇ページ）。

作品の最後でデンズモアは東部の安い下宿屋で西部の新聞を読んでいる時、その顔が青ざめる。コゲウェアの父が残した莫大な遺産の処分を記した新聞記事に目が留ったからである。彼がコゲウェアから奪った金額は一〇〇〇ドルである。それに対して彼女が受け取った遺産は二五万ドルであるから、その差は歴然としている。一見したところ、デンズモアが西部旅行で成功したかに見えるこの物語の結末で、彼は自分の成功がちっぽけなものであり、自己の卑小さを感じざるをえない。

書物と歴史

梗概で紹介したようにコゲウェアは白人の書物の弊害に気付く。彼女は第一〇章で西部を舞台にした小説を読み始める（八八ページ）。題名は『ザ・ブランド――フラットヘッド保留地の話』で、作者はテレーザ・ブロデリックという。この小説は実際に一九〇九年にシアトルで出版されたものである。モーニングドーヴがこの作品に言及した意図を理解するために、この小説の概略を簡単に紹介する。主人公ヘンリー・ウェストは若い混血児であり、超人的な体力の持ち主である。かつ、志操堅固な男性であり、東部人（白人）にとっては西部を体現した理想的人物である。しかしながら、ヘンリーは自分が先住民の血を引くという理由で、東部人（白人）ベスの愛を受けるに値しないと思い込んでおり、小説の結末で、ベスは彼が混血であることを忘れると誓って、ハッピーエンドとなる。(6)

ブロデリックのこの小説では、混血の主人公はそのアイデンティティを完全に抹殺された形で白人のベスと結ばれることになっている。ベスにとって、ヘンリーは東部の都会生活を知っている、資本主義社会で働く平凡な男では困るのである。それは彼女の理想に反するからである。ブロデリックの小説に見られる先住民の理想化は、「高貴な野蛮人」というイメージがアメリカの白人にいかに深く浸透しているかを証明している。

モーニングドーヴは、混血という事実に向き合わずに、それを忘却することが問題の解決だとするブロデリックの主張に反対している。それを明白にするために、作中においてこの小説を取り上げたと考えられる。

作中において、カーボーイたちは『ザ・ブランド――フラットヘッド保留地の話』の作者と出会ったことになっており、カーボーイたちはデンズモアに対して行ったと同じように、その作者にほら話を聞かせた（九四ページ）。コゲウェアは害悪のあるこの小説を焼却するが（九六ページ）、彼女はこの小説を契機にして、白人の著す書物が不正確な歴史観を形成していることに気付く。

作者が書物と歴史に深い関心を抱いている証拠は、作中においてブロデリックの小説を取り上げた以外にもある。故郷に戻ったコゲウェアはときどき東部に戻りたいと願うが、モンタナの大自然が彼女を引き留める。それ以上に、彼女は急速に消えゆく部族の文化を記録する必要性を覚える（三三―四ページ）。読者はこの箇所に作者の声を聞き取ることができる。

先住民の文化や伝承を記録する試みは白人が北米大陸に入植した時から始まっている。しかしながら、コゲウェアは白人による記録を批判してデンズモアに向って次のように言い切る。

白人は私たちの習慣や風習を信頼しうるようには記録できない。……余所者が私たちの正確な言い伝えを知ることは実際不可能である（九四ページ）。

コゲウェアはデンズモアと知り合うことによって歴史に対する認識を深めてゆく。デンズモアの主張によれば、ルイスとクラークが北西部地域に足を踏み入れた最初の白人である（一二九ページ）。白人にとってはこれが「正史」である。その理由は二人の探険が書物に記録されたからである。しかしながら、部族の伝承によれば、イエズス会がそれ以前にやってきた。先住民側の歴史観に立てば書物に記録されていなくても、語りも歴史でありうるとコゲウェアは主張する。長らく文字を持たなかった先住民にとって、「歴史とは何か？」は部族を越える普遍的な問題であろう。

マクホーターの関与

この作品の執筆および出版に深く関わったのはマクホーターである。彼は一八六〇年一月二九日に、一八六三年にウェスト・ヴァージニア州となる土地で生れた。そして一九〇三年ワシントン州のヤキマ渓谷に移住して、四四年一〇月一〇日に亡くなるまでその地に住んだ。彼はもうふたつの名前を持っていた。そのひとつは「ビッグ・フット」であり、もうひとつの名前は「ショポータン」［年いった オオカミ］であった。これは彼がヤキマ族(7)の権利のために尽力したことを評価されて、部族に迎え入れられた時に与えられた名前である。彼の功績はヤキマ族が広い土地と水利権を奪われるのを阻止したことに求められる。彼はモーニングドーヴに出会う前に『ヤキマ族に対する犯罪』（一九一三）というパンフレットを発行して、連邦政府の先住民政策を批判していた。

したがって、彼がこの作品の執筆・完成および出版を援助した背後には彼の明確な意図があったといえる。すなわち、彼はこの作品を通して先住民の世界と生き方を白人に教えようとしたと考えられる。彼は自らが執筆した一六ページに及ぶ詳細な注を作品の後に対したが、これは小説としては異例である。また、彼は作品の前書（「読者へ」）において登場人物にはモデルがあるかにように述べている。さらに、作者は自らが実際に見た時代を描き出すことに努力したとも述べている（九―一二ページ）。

しかしながら、今日の研究成果を踏まえると、例えば次のような点が問題である。マクホーターは二二年一一月七日付のモーニングドーヴ宛の書簡で、自分が元の原稿の第一五章を分割して、書き足している、と伝えている。このような事実から、この作品は二人の共作であるといわれることになる。さらに、インディアン対策局（ＢＩＡ）に対するマクホーターの批判は、例えば第一六章において明白である（一四〇―四一ページ）。

マクホーターの民族誌学的な関心は巻末の注に加えて本文中にも見られる。先住民の音楽に関すること（七三―四ページ）、パイプ喫煙の習慣（一二〇―一二一ページ）、スエット・ロッジ（二三八―四〇ページ）などは白人読者を意識したものといえる。また、合衆国の独立宣言文中の一句を想起させる「譲渡されえない権利」に言及されているが、これは明らかにマクホーターの主張である（二五二ページ）。他にマクホーターがその文学的知識を活用したのでないかと思える箇所もある。駈落ちの前、デンズモアは、簡単な結婚式――財産所有権の獲得――ボートに乗っている時、不慮の事故による溺死などと連想する（二五三ページ）。この溺死工作の計画は一九二五年に発表されて話題となったドライサーの『アメリカの悲劇』を思わせる。

マクホーターは先住民の文化が消えてゆくことを心配していたから、『コゲウェア』の出版に尽力した。他方、モーニングドーヴは第二の小説を執筆することを希望していたらしい。そんな彼女に向って彼はセーリッシュの民話を採取するように説得したとされる。その結果、出版されたのが『コヨーテ・ストーリーズ』[8]である。

作品の評価

ルイス・オーエンズは、この作品がポーラ・ガン・アレンの、女性が主人公である『影を背負った女』（一九八三）よりも半世紀以上も前に出版された点を評価している。しかも、混血という主題は後代の先住民文学において重要である。オーエンズはモーニングドーヴの先駆性を評価している一方で、先住民の将来に関して彼女の考えが揺れていたことを見逃がさない。コゲウェアは混血の将来に希望を抱く一方で（一三九ページ）、「私の消えゆく民族」とも述べる（一〇九ページ）。結局、オーエンズはこの作品において提示された問題は何ひとつ解決していないと評している。(9)

モーニングドーヴの研究者であるジェイ・ミラー（一九四七―）は自らが編集した『モーニングドーヴ――あるセーリッシュの自叙伝』(10)（以下、『自叙伝』と略記する）（一九九〇）の序文において次のように述べている。「先祖に白人がいたという彼女の主張――それは家族からも、部族の人口調査の結果からも否定された――は彼女が自らをインディアンと白人の調停者であると断固と見なしていたことを示すものである」(11)。自らの先祖に白人がいたという「想像」がモーニングドーヴにこの作品を書く推進力を与えたとすれば、作品の解釈はいっそう容易でない。(12)

2 『コヨーテ・ストーリーズ』

先住民の文化が急速に消えゆくと恐れていたマクホーターはモーニングドーヴと知り合って余り時間が経っていない一五年一一月に次のような手紙を送った。

なぜこの若い女性は躊躇するのか？……私は彼女に途方もない可能性を見る。私は未来の名声――ただ彼女が頼みになる小道を辿ると決断さえすれば、幾世代にもわたって残る名声を見る。援助の手は彼女に差し出されている。小道は一見したほどには起伏はないであろう。彼女の民族の血がこの仕事において役立つであろう。これは、彼女の哀れな民族に対して彼女が負うている義務である。というのも、その唯一の歴史書はその民族の破壊者によって書かれたのだから。(13)

モーニングドーヴはマクホーターの求めに応じて民話の採取に時間をかけるようになったが、楽な仕事でなかった。彼女によれば、或る白人が民話を一編聞かせてもらう代金として先住民に五ドル支払った。そのために、彼女も話の価値とは無関係に現金を要求されたという。彼女が採取した民話をもとにして、『コヨーテ・ストーリーズ』がハイスター・ディーン・ギエによって編集されて、三三年に出版された。しかしながら、出版された本には三〇年代の白人の児童文学として相応しい内容の話だけが収録された。すなわち、血族相姦、嬰児《えいじ》殺し、服装倒錯などの話は削除された。

ここに収録された話には児童文学に相応しくさまざまな生き物が登場する。そして、生き物は人間と同じような感情を持ち、事件を引き起し、事件に巻き込まれる。「ガラガラヘビと鮭」という話では鮭の頭部に赤い印が付くようになった由来を述べることで、話が終っている（九六ページ）。また、「シマリスと梟女」では、シマリスが背中に縞がある由来が読者に伝えられるが、この話は児童文学に相応しく、次のように教訓調で締めくくられている。「悪人は必ずそのやましい心の償いをしなければならない」（五九ページ）。

3　『モーニングドーヴ――或るセーリッシュの自叙伝』

モーニングドーヴが書き残した原稿を整理して出版されたものが『自叙伝』である。その構成は第一部「女の世界」、第二部「季節ごとの行事」、および、第三部「オカノガン族の歴史」から成り立っている。編者による序論と注釈は詳しく、本文を理解するのに役立つ。

モーニングドーヴの考えでは自己を語ることは純粋に個人としての自己を語ることにはならず、自らの所属する部族や社会を語ることでもある。したがって、彼女の『自叙伝』で語られている内容は彼女個人の出来事、部族の生活習慣、家族のことなどが渾然とした姿で述べられている。その概要は次のようである。

幼児の頃の彼女はきわめて活発な子供であった。しかしながら、川で溺死しかけた経験などから、年長者の忠告に耳を傾けるようになり、特に年長の女性たちから学ぶことが多かった。幼児の頃、彼女の母親が家に住まわせたティークォルという名の放浪女が彼女を教導したが、この女は物語りが上手であった。

モーニングドーヴの母親は熱心なカトリック教徒であったが、同時に自分たちの部族の信仰も捨てなかった。また、母親は部族の伝統に誇りを抱き、女子の躾に関して白人の学校教育を批判した。すでに紹介したように、母親の家系はその地方では著名な家族であり、この母親のモーニングドーヴに対する影響は明白である。

彼女の母親は食料がなくなると、自分の分をほとんど子供に与えるというように自己を犠牲にする女性であった。また、母親は物資を共有するという先住民の伝統的価値観を実践する人で、血縁でなくても困窮している者には食料をわけ与えた。しかしながら、一八九三年の春、父親が仕事で不在の時、飢餓状態になり、母親は自分の子供たちを連れて白人の家庭へ物乞いに行った。ところが、教会に通う白人たちは何の哀れみも示さなかった。食料をくれたのは売春宿の女性だったと記して、偽善的なキリスト教徒を批判している（一六三―一六四ページ）。

自分の母親の偉大さは認めつつも、モーニングドーヴは部族内における女性の地位と状態には批判的である。結婚した女性は嫁として、家庭内でいちばん労働が多く、その地位はあたかも、戦いに負けて捕虜となった奴隷に近い状態であった、と述べている（六六ページ）。

彼女自身の人柄と性格は第一章「私の人生」の結び部分にある次のことばが示している通りである。

私はいつも、私と私の属する人々の将来に関しては夢見る人でした。私は木の天辺や大きな岩の上に登り、私たちが生きていた豊かな谷間に見入り、自分が真実、誠実、そして、正しい振舞を実践する決意を兼ね備えた、立派な成熟した女性になることを想像していました。……私の夢や想像がどのようなものであれ、私は誠実と正直が将来の生活において目標でなければならないという両親の教えをいつも心に留めていました（三二一―三ページ）。

彼女の書き残したものは『自叙伝』として読者に提示されているが、すでに紹介したように『コゲウェア』や『コヨーテ・ストーリーズ』は助言者マクホーターや編集者ギエの関与が問題である。イーストマンの著述活動は妻エレンの協力があって成り立っていたことを思い出す時、先駆的な先住民作家・著述家は共通の課題をかかえていたことを改めて知る。それにもかかわらず、彼女の人生そのものと『自叙伝』はオカナガンの歴史の一端をわれわれ読者に伝えている。彼女はキリスト教（白人）文明をたんに批判するだけではなく、自らの人生に目標を課して生きた女性である。ウィネマッカとともに部族のために大いに貢献した女性であった。

第六章　ジョン・ジョゼフ・マシューズ

第一節　オーセイジ族

彼らの伝承では大昔、オハイオ川の岸から今日のミズーリ州の地域に移住して、ミズーリ川ぞいの村に住んだ。彼らを創造し、導くカミは「ワコンタ」と呼ばれた。部族民は天上から地上に降りた者と地上の者に分かれていて、先祖はいずれかに属した。

彼らがニューフランスからやってきたフランス人の探検家たちと出会ったのは一六七〇年代だった。両者は毛皮交易で結ばれたが、オーセイジはフランス人から入手した銃と馬でその地方を一世紀以上にわたって支配することができた。フランス人がいなくなると、次はスペイン人と手を組んだ。

彼らは二四の派《クラン》に分かれて五つの村に住んだ。人口は一八七一年の内務省インディアン局の調査では、純血は三六七九名で、混血およびオーセイジと結婚した白人で、かつ、部族で認知された者の合計は二八〇名であった。天然痘などのために一九〇六年には二二二九名となった。

内務省は保留地内の東側で、約一〇〇万エーカーの土地を或る掘削会社に一八九五年から一〇年間、石油と天然ガスを発掘する許可を与えた。そして、一八九六年にオーセイジ保留地で石油が発見された。そのために、保留地はその資源のために白人から狙われることになった。

重要なことはドーズ単独土地所有法の条項で、鉱物資源がオーセイジ族共有とされたことである。部族による土地の共有制を廃止させようとする連邦政府の圧力を撥ね退けて、オーセイジはポーハスカ、ホミニィ、グレイホースの三ヵ所に共有地を所有している。他に、ポーハスカに部族政府の所有地がある。

鉱物資源から得られる利益は一九〇六年の名簿に名前が記載されている者（または、相続人）にのみ渡ることになっている。そのために、一九〇七年以後に生れた者には不利であり、貧しい部族民が発生する原因とされる。大恐慌の時代は石油の価格が下落したが、一九八〇年代初期にOPECによる石油産出抑制で、オーセイジの石油は再度注目を浴びた。オーセイジ族は一九二〇年代には「世界でいちばん裕福な人々」といわれたが、石油発見は彼らに豊かさだけをもたらしたのではない。後見人に指名された白人がオーセイジを騙し、彼らから財産を奪ったからである。その一例として、権利を譲渡させるために二〇名ものオーセイジが殺人事件の犠牲者にされた。また、白人は権利を略奪するために、結婚詐欺を企み、離婚に際して巨額の金銭を要求した。

第二節　マシューズの生涯

ジョン・ジョゼフ・マシューズの父親の名前はウィリアム・シャーリィ・マシューズで、フランス人とオーセイジの血を引く混血であった。母親の名前はユージニアで、純血であった。先祖に、一八二五年のオーセイジ族とアメリカの条約締結に際して通訳を勤めた者がいた。

一家は一八七四年に部族と一緒にカンザス州からインディアン準州に移住した。一家の家は一九〇六年にオーセイジ族にドーズ単独土地所有法が適用されるまで、オーセイジ国の首都であったポーハスカを見下ろす場所にあった。ポーハスカ——後にオクラホマ州オーセイジ郡の中心となる——は当時、開拓の進む西部の町であった。父親ウィリアムは交易所を営み、後にはその地の最初の銀行を設立して、白人の妻および混血の子供たちに裕福な生活を送らせた。

マシューズは一八九四年に生れた。(1) 一九一四年に高等学校を卒業後、オクラホマ大学（一八九〇年設立）に入学して、二〇年に地質学専攻の学位を取得した。彼は在学中に軍務に服して、最初は騎兵隊に、その後、通信関係に従事して航空部隊に配属された、従軍してフランスでアメリカ遠征軍付きの飛行教官になった。彼は大学卒業後、ローズ奨学金(2)の申し出を拒否したが、その理由は、当時オーセイジ保留地で見つかった石油採掘から得られる配当金で留学できる見込みがあったからだと思われる。

彼はオックスフォード大学に入学して、二三年に自然科学で同大学のマートン・カレッジからB・Aを取得した。オートバイでフランスを放浪した後、ジュネーヴ大学で国際関係を学び、二四年に終了証書を得た。それを活かして、「フィラデルフィア台帳《レジャー》」紙の記者として短期間、国際連盟の活動を取材したこともある。その後、彼はアフリカで狩猟したが、「故郷に戻ってオーセイジのことを知ろう」と思ったのは北アフリカを旅行中のことだった。カビール人（ベルベル人の一部族）の一団と出会ったのが契機とされる。

彼は二九年にオクラホマに戻り、オクラホマ州ポーハスカから八マイル離れた、樹木の茂る地（彼の割り当て地、五六〇エーカー）に小屋を建てた。後年、健康のために町に移住するまでここで長年、執筆に従事した。彼は三四年に一般選挙で部族会議の一員に選ばれた。三八年に再選されて、四二年まで勤めた。その間、石油の権利が急激に没落する事態に対処するために中心的な役割を果たして、また、三五年にはオクラホマ州教育委員会に関与した。彼は三八年五月に開館したオーセイジ部族博物館の設立に尽力したが、この博物館は連邦政府の資金によって設立された、先住民所有の最初のものである。

彼が最初の著述に取りかかる契機となったのは二人の人物の存在だった。一人は一八七八年に連邦政府からオーセイジ・インディアンを担当することを命じられたレイバン・J・マイルズである。歴史的に先住民に対するクェーカー教徒の態度は白人としては例外的に真摯であるが、マイルズもそうであった。彼は一八七八年から八四年までと、八九年から九二年まで担当官を勤めて退職した時、自分の資料の受取人としてマシューズを選んだ。そこで、オクラホマ大学出版部の創設者であり、編集者であるジョゼフ・ブラントが、マシューズにマイルズの資料を使ってオーセイジの歴史を記すように説得した。こうして出版されたのが『ワーコンタ［白人］——オーセイジと白人の道』(3)（一九三二）である。マシューズはこの書物と集中的に取り組み、数ヵ月で完成して、ブラントの始めた「アメリカ・インディアン文明化シリーズ」の第三巻として出版された。この書物は好評を博して、販売も順調で五万部売れた。また、「ブック・オブ・ザ・マンス」賞を受賞した。

マシューズは三四年に再度、執筆の求めに応じて、『夕映え』(4)（一九三四）を完成した。これには自伝的要素が含まれるが、四五年に出版された『月に話す』(5)も自伝的である。この作品はしばしばヘンリー・D・ソロー（一八一七―六二）の『ウォールデン』（一八五四）と、また、ジョン・ミューア（一八三八―一九一四）の『はじめてのシェラの夏』（一九一一）と比較される。次に出されたのは『油田所有者の生涯と死――E・W・マーランドの生涯』(6)（一九五一）である。マーランドはマシューズの親友であり、三〇年代にオクラホマ州の知事であった。この書物の評判はよく、調査が充分にされた客観的な書物とされる。マシューズの最後の著述は『オーセイジ族』(7)であり、出版は六一年である。これはオーセイジ族の歴史書であり、民族史学《エスノヒストリー》であるが、多いに口承に依拠した、八〇〇ページを越える大部な著述である。彼が亡くなったのは一九七九年であった。

第三節　『夕映え』

梗概

混血のジョン・ウィンジャーに男の子が生れる。ジョンはその子が、先住民の土地や文化・伝統を略奪した白人たちに挑戦することを願って「チャレンジ（略称、チャル）と命名する。チャルは父親が読んで聞かせる、英雄崇拝に満ちた本の影響を受けて育つ。父親はジョージ・ゴードン・バイロン（一七八八―一八二四）の『チャイルド・ハロルドの巡礼』（一八一二―一八）やウィリアム・ジェニング・ブライアン(8)の演説に親しんでいる。チャルは先住民の子供らしく活発に活動するが、家庭の静寂には敬意を払う。両親は、夕方室内で二―三時間も沈黙を守っているほどである。彼の家庭には貧しい白人女性を女中として雇うだけの余裕があり、彼は通学学校の生徒となる。オーセイジ・インディアン担当官事務所は時代の流れ（「進歩」）から遠く離れて静かである。純血と混血は住みわけている。純血は割り当て地を拒否するが、混血であるチャルの父親は開拓熱に取り憑かれている。

新しい町の動きを示すものとしては次のようなものがある。レストラン、教会、電柱、石油採掘のためのやぐら、鉄道など。チャルは町の建設に見入るが、自然環境は急激に変化している。進学したチャルは白人の少年たちと親しくなる。他方、純血は時代遅れな存在となりつつある。チャルは週末を野外で過すが、それを秘密にする。進歩を信じる混血は石油の噴出を歓迎するが、石油採掘権から得られる配当金のために真剣に働かなくなる。また、石油の採掘とともに悪質な新来者が年ごとに増える。

大学生になったチャルは饒舌な白人学生たちの社交辞令にとまどう。彼はキャンパスの傍らを流れる川の近くで、一週間ぶりに自由になるが、もはや裸で自由には泳げない。それでも、「文明」を受け入れた彼は後退しない。彼は自分の肌の色を気にし、自分の握手の仕方やお辞儀の仕方などに苛立って、逃げ出したい気持にもなる。ダンスの最中も話さないために、白人学生たちからは奇異に思われる。彼はブロッサムという女性にに対して「騎士道」的な思いを抱くが、やがて、大学は新鮮でなくなり、成績も普通である。彼はフットボールも止め、春が到来する。彼は白人の視線を気にするが、彼の中の文明化は進んでいる。その一方で、彼と自然の接触は続き、彼は空想に浸る。彼は相変らず自分の中にある非文明の部分が他人に気付かれないことを願う。幼友達のひとりは完全に先住民に戻ってしまい、もうひとりは飲酒に浸っている。

彼はダンスが上手であるが、ダンスの相手と話す機会があっても、話す話題が見つからない。それでも彼は後退せずに、六月に故郷に戻る。先に故郷に戻っている幼友達は野心を抱かず、時代は変わり、人々の乗り物は馬から車へと代っている。彼にとって父親はもはや英雄でなくなっており、母親は英語で書かれた大学案内書を読んでいる。文明化は確実に浸透しつつある証拠である。彼はブライアンを崇拝する父親への批判を強めて、白人のロスト・ジェネレーション作家と同様に、戦争で英雄になりたいと願って空軍を希望する。

ある時彼は家族所有の牧場へ出かけて、他人の視線を意識しつつも、幼時の遊びを思い出し、コヨーテを観察する。そして、変人と噂されているイギリス人のグランヴィルに出会う。秋になり、二年生となるが、勉強しない。グランヴィルはスパイだという噂もあるが、アメリカが第一次大戦に参戦すると決定すると、グランヴィルは彼のために紹介状を書いてくれる。

彼はフラタニティ（男子学生友愛会）を出ると、四週間の飛行訓練を受けて、合格する。しかしながら、白人の上官がいばるので、反感を抱く。そこへ、夫の目を盗んで彼を誘い出す白人の女性（ルー）が彼の前に現れる。彼は従軍できるという夢を抱き、故郷の人々に対する優越感は強まり、夜間飛行訓練隊に入る。教官という新しい任務を帯びる。月光の元、空中を飛んでいる彼は眼下の家に住んでいる白人総てに対して優越感を覚える。そこへ、大西洋沿岸へ移動せよという命令が届き、ルーと別れる。

その後、彼は軍隊に留るが、故郷の自然が彼を呼ぶ。オクラホマでは新来の白人が「石油インディアン」の後見人としてオーセイジに群がり、彼らを騙す。彼の父親は白人に殺害される。オクラホマは未だ文明の地ではなく、彼は金持ちになり、新車を購入する。草の葉は開発のために痛み、幼時遊んだ場所が石油で汚れている。三日間、飲酒に浸る。伝統的な踊りを見て、自分は伝統主義者ではなく、伝統から離れていると自覚する。

文明化政策の積極的受容

この作品の特徴は主人公の若い混血男性が白人の文明を受容する様子を詳細に描写していることにある。しかしながら、ルイス・オーエンズも指摘するように、チャルが白人の文明を理解しているとはいえない。また、チャルが文明化政策を積極的に受け入れる舞台として大学が選ばれていることも、他の先住民作家の作品には見られない特徴である。

すでに取り上げた『コゲウェア』、『包囲された人々』、『敵の空より吹く風』などの主人公と比較すると、チャルは白人の文明に積極的に同化しようと努力して、その結果、次第にその本質を彼なりに見抜いてゆく。混血であるチャルのこのような積極性を純血派に求めることはきわめて困難である。彼は先祖が被ってきた損害や虐待を知らないわけではないが、彼には彼の生き方を貫徹できる諸条件が整っている。第一に、彼には石油採掘権から得られる配当金が相当にある。第二に、母親は純血だが、父親は混血だから、彼には好都合である。さらに、彼は英語の習得に苦労することもない。また、皮膚の色は白くないとはいえ、容貌は悪くない。そのために、彼は有閑階級の既婚女性のルーから誘惑されることもある。

故郷批判

白人の文明を具体化したものは教育であり、この作品では大学を意味する。チャルは大学教育を白人学生と同じように受け、キャンパス生活を享受する。その結果、大学入学以前から抱いていた故郷と故郷の人々に対する彼の批判は決して緩和されることがない。その批判の矛先は彼の二人の幼友達や母親にも向けられる。

チャルは早くから白人の子供と遊ぶが、ときどきは村の幼友達（サン・オン・ヒズ・ウィングズとランニング・ウルフ）とも会う。しかしながら、チャルはこの二人とは共有するものがないことに気付く。二人は市民の衣服をまとっているが、他の多くの若者と同じように談笑に興じているのがチャルには苛立しい。二人はフットボールの選手だから、その特技を生かすことができるはずであるが、二人は放課後、小馬に乗って村へ出かけて行くだけである。したがって、一度はチャルとともに大学に進学したこの二人の若者が退学後に辿る道はこの時点で予想がつく。すなわち、ランニング・ウルフは重度の飲酒癖に陥り、配当金で購入した高級車で事故を起して、亡くなる。一方、サン・オン・ヒズ・ウィングズは保守的で凡庸な先住民に戻って、チャルを落胆させる。二人の幼友達に対するチャルの厳しい批判を表す表現は再三現れるが、その原因は、二人にはチャルが抱いているような明確な意思が欠けていることにある。大学という名の文明に触れたチャルには故郷の若者は「何の野心も抱かない」つまらない人間と映るのである（一七二ページ）。

作者の洞察力は鋭く、二人の若者によって先住民社会が今日も抱える問題を提示したといえる。すなわち、アルコール依存症は今日、先住民社会の大きな問題であるが、ランニング・ウルフをめぐる挿話はその好例である。また、サン・オン・ヒズ・ウィングズは石油採掘権のために働かなくなる。資本主義は彼には恩恵をもたらすのではなく、彼には有害そのものであり、無気力な若者にしてしまう。人々は収入が莫大なために真剣に労働することを考えず、お喋りに興ずるだけになる。あるいは、人々は突然、何かに取り憑かれたかのように、市場もないのにニワトリの飼育を始めたりする（七五ページ）。

チャルの故郷に対する批判は二人の幼友達に対する批判によって代表されるが、純血である母親も彼の批判の対象となる。彼は母親が書物を読むのを見たことがない（六四―五ページ）。しかしながら、母親は彼が大学に進学すると、大学案内などを読むようになる。これは母親なりの進歩である。ところが、若者のチャルにすれば、母親の進歩は遅い。その一例として、母親の英語は口語風ではなく、書物の中の英語のようである。さらに、母親は外出する際に、レースつきの上等な青い上着の上にけばけばしいケットをまとう。母親は新しい白人文明の品物である上着を結局は伝統の衣服で被ってしまうわけであり、これはチャルが理解に苦しむ習慣である（二六二―六三ページ）。

白人文明の正体＝饒舌

この作品の三分の二以上はチャルが大学に進学して以後の物語である。したがって、この作品は混血男子学生の物語ともいえるほどに、キャンパスにおける学生の生活が詳しく描かれており、当時の大学生の生態を知るのにも役立つ。

しかしながら、この作品をチャルの成長物語として読むとき、彼が白人の文明に同化するうえで大きさ問題となるのは「ことば」である。チャルたちを駅に迎えにきてくれた白人学生たちは新入生たちをフラタニティ（男子学生友愛会）の寮に連れてゆく。そこでチャルが最初にとまどうのは白人学生たちの社交辞令であるが、これ以後、ことば・話題などが作品のいたる所でチャルの文明化と関連して言及される。

フラタニティとソロリティ（女子学生友愛会）の間では頻繁に交流があり、ダンスパーティが開催される。チャルはダンスが上手であり、白人の女子学生と幾度も踊る機会がある。ダンスパーティでの白人学生たちの楽しみは踊りの最中も絶えずお喋りに興ずることである（一二九ページ）。一方、チャルはダンスの最中も話さない。そのために、学生たちには彼の沈黙が奇妙に思える。その後、彼自身も話題を即座に見つけられないことに苛立ちを覚えるが、解決されないままに歳月が経つ。彼が次に、ことばが自然に出てこないのを残念に思うのはスケートに出かけた折である。彼は氷の上で転んだ女子学生を助け上げるが、その時、慰めのことばをかけるべきだと知りながらも何もいえない（一四一ページ）。チャル本人のこのような問題とは別に、フラタニティの学生たちの振舞も、白人文明を積極的に受容しようとする彼の姿勢に影響を与える。ブロッサム・ドーベニィが長であるソロリティに招待されている時、男子学生たちは一座の主役になろうと競う。そのために、チャルは一座の話題が次から次へと移るのを見ていて、学生たちの饒舌ぶりに驚き、圧倒される。

彼が適切な話題を見つけて気軽に話せないという苦痛は授業の後にも経験する。教師たちは学生が授業後、教壇にやってきてお喋りしてくれることを期待している。それによって、学生たちが授業を理解したかどうかを判断できるからである。しかしながら、チャルはこういう慣例に気付きながらも、話題とすべきことが見つからずに苦痛を覚える（一四三ページ）。

ことばをめぐる問題は随所で言及されているが、これは大学入学以前にも遡る。チャルが白人の饒舌に驚く様子は早くも第四章で次のように記されている。「川の土手にいる少年たちのひとりはことばをまるで貨物取扱い人のように用いたので、チャルは、その子が自分は偉いのだと、見せびらかしたいから、ことばを用いたのだと思った」（三六ページ）。

作者は後半を展開するに際して、沈黙・寡黙に耐えられず、饒舌となる白人学生たちと対照的な人物を登場させる。作者はこれによってチャルが白人学生たちの饒舌に苦しめられるのを緩和し、彼が故郷へ戻ってゆく準備を整えているといえる。その人物はイギリス人で、熟年者のグランヴィルである。グランヴィルは大学で教鞭を取っているが、チャルは或るとき、草原で出会う。チャルは日頃から寡黙であるグランヴィルに魅力を覚えているが、偶然に会って一段と敬服する。その理由は、グランヴィルがイギリス紳士らしく自然の観察を実践しており、饒舌なだけの学生たちと対照的な存在であることによる（一七四ページ）。

ことばの問題は政治的にも言及される。チャルの父親ジョンは石油の配当金交渉でワシントンに赴き、妻に便りを送ってくる。ジョンはその便りの中で、政府は約束を反故にするらしいと伝えてくる。すると、それを読んだ妻が抱く感想は、白人が歴史的に繰り返してきた一方的な条約破棄を思い出させる。「あの人はまるで少年のようだ。いつも政府を信じていた。あそこ、ワシントンには白人しかいないから、白人は舌の先で話し、心を込めて話さない」（五七ページ）。

第一次大戦

チャルは父親がバイロンの『チャイルド・ハロルドの巡礼』やブライアンの詩文を朗読するのを聞きながら成長する。バイロンはイギリス・ロマン派の詩人であるが、トルコの圧制に苦しむギリシアの独立運動を支援してミソロンギで亡くなった。すなわち、バイロンはイギリス・ロマン派五詩人の中で英雄的な亡くなり方をした。また、ブライアンは一九世紀アメリカ社会では人気を博した政治家である。ジョンにとってはどちらの人物も英雄的存在といえる。

チャルはそのような父親の影響を受けており、第一次大戦が勃発すると軍人を英雄視するようになる。彼はアメリカが臨戦体制に入ると、従軍後は負傷兵輸送隊に入隊したいと願う。そして、アメリカが参戦すると、航空部隊の訓練部に入り、順調に昇進する。訓練の試験に合格しないで泣く白人志願兵がいる中でチャルは夜間飛行の教官になる。この地位は彼にまたとない手段と機会を与えてくれる。キャンバスを後にして訓練場に入ったとき、彼は大学に留まる人々をいささか軽蔑し、故郷の人々にはなお一層の軽蔑を覚える。従軍によって得られるであろう優越感や英雄崇拝は、頂点に達している。

伝統

チャルは終戦とともに、ヨーロッパの戦場で本格的に従軍できるという夢が挫折して故郷に戻る。しかしながら、彼が文明化が遅れていると繰り返し批判してきた故郷に戻るのは彼には有意義なことである。彼は故郷に戻ることによって、伝統や文明化の問題を考える契機を得るからである。すなわち、彼は帰郷後、外の世界からやってきた女性たちと伝統的な踊りを見るが、そのうちのひとりは全く踊りの意義を理解していないことをチャルは発見する。しかしながら彼はこの時点で自己反省して、自分こそ踊りを理解していない者であることに気付く（二五三ページ）。

彼が子供の頃から町の建設に熱心に見入っていたことは第六章に記されている通りである。

大工や煉瓦積み職人が二階建ての建物を建て、地面が掘り返される様をつぶさに見る（六三―四ページ）。石油ブームで湧く町ではダンスパーティのために高級な楽団もやってくる（二四五ページ）。しかしながら、チャルは文明化には時間がかかると自覚する。その後、彼は故郷に戻ることで故郷の人々の文明化が遅いという、自分の性急な批判を修正するようになる。子供の頃から白人文明を積極的に受容してきたことを決して間違いだとは思わないが、同時に、自分自身がオーセイジの伝統を理解していないことにも気付く。

帰郷後、彼は石油の配当金で高級な自動車を購入して、同時代の白人の物質文明に完全に溶け入んでいるが、伝統的な踊りを見ることで、踊りの意義を再認識する。踊りとは「ことば」で表現できないことを身体で表現するるものである、と。キャンパスの生活では白人学生の饒舌に圧倒され、苦しめられ、寡黙であらざるをえなかった。しかしながら、航空部隊への入隊（すなわち、キャンパスでの生活からの決別）と白人女性ルーとの交渉によって彼は確実に劣等感から解放されてゆく。そして、今、踊りは彼をさらに解放してくれそうである。

彼は密造酒を入手後、夜間、車を走らせてカシの小木《ブラック・ジャック》の密生している地を通りすぎる。彼は車を走らせるだけでは満足できずに、身体に漲る感情を踊りで表現したいと願う。彼は今や、自分はオーセイジだと自覚して、カシの小木に向って、自分は風の兄弟だと伝えたいと願う。

しかしながら、カシの小木を包む深い沈黙はいつもと違って彼に苦痛を与える（二九七—九八ページ）。

彼はこうして踊りの意義を再認識するが、昔の形式によっては自分の感情を総て表現できないことを体験する。まず、彼には車とアルコールが必要であり、このことによって白人文明の浸透は否定できないことが証明される。彼は単純な伝統主義者ではありえない。彼が伝統的な儀式であるスエット・ロッジに入って、その効果・意義を認めることはあるが（二六九ページ）。

チャルの成長

チャルの成長はまずキャンパスでの生活、次に、航空部隊への入隊、そして最後に、帰郷によって漸次達成される。

彼は大学へ入学する前に二人の幼友達を批判的に見ているが、彼自身は週末を野外で過すことを秘密にしている（六八ページ）。野外で過すことが白人から「野蛮」と見なされ、文明化していない証拠とされることを充分に意識しているからである。自分の中の「非文明」の部分を絶対に他者（白人）に見られたくないという意識こそ彼の大学生時代の最大の問題である。

彼が、自分が未だ文明化していないと感じる機会は数多くあるが、その一例はブロッサムと握手する際の無器用さである（一二二ページ）。

彼は早くから白人文明を積極的に受容し、大学生活においても白人学生と同じようになろうと努力する。しかしながら、彼は自分の意思と努力を裏切るような行動をとってしまう。それは、彼の夢の女性となるブロッサムとのデートの最中に起る。ブロッサムのデートの予定は詰っている。しかしながら、ある時、予定していたデートの相手の都合によって時間が空いてしまう。そのために、彼女はチャルを誘う。彼は喜んで彼女と散歩に出かけるが、夢中な余り、川に続く暗い道を辿り始めたことに気付かない。彼女はついに「私は川へ行けない」と告げる。ここでも彼は沈黙してしまい、何か彼女を笑わせるような面白い話をしなければと知りながらも、それが見つからない。この場面の意味は「ことば」の問題以外にもある。というのは、「川・水」は非文明化（野生）の表象として用いられているからである。

この挿話に先行して、チャルと川の関係を示す箇所がある。彼はある夜、キャンパスでの生活を始めて間もなく、独りになる最初の機会があると、この川の方へ散歩に出かける。新しい体験が引き起している混乱状態から解放されるのを実感しながら、独り川の方へ向う。付近には入植している農家がある。彼は泳ぎたくなって衣服を脱ぎ始めるが、途中で彼の手の動きが止る。他者（白人）に目撃されたら狂人と思われるであろう。自分はもはやオーセイジの山に住む少年ではないのだから、他の人々と同じように振舞うのだと決意する。この挿話は、彼が文明化とは、ある程度自由を失うことだと自覚する挿話でもある（一〇三ページ）。一方、彼がブロッサムを散策中に川の方へ誘ったのは全く無意識の行動である。彼が彼女を川の方へ誘ったのは、川が彼が引き寄せたといえる。

キャンパスが白人文明を体現した所とすれば、チャルは大学生として積極的にそこに入ってゆく。彼は絶えず白人の視線を気にかけながら、自分の中の非文明の部分を意識して生活する。学生たちの饒舌や社交の浅薄さを見抜きながらも、自分の中の先住民性に苦しむ。彼の母親は「インディアン的寡黙」（五四ページ）を守っているが、彼自身も五語以上は話さないと評されるほどである（二三四ページ）。しかしながら、彼はことばが重要ではなくて技術が重要な航空部隊に入隊することで、劣等感から解放される。

故郷の人々に対する彼の優越感は揺ぎないものであるが、今度は白人に対しても優越感を抱く。「彼は優越感を抱き、眼下の無数の人々は白人だとずっと思っていた。自分が、その人々を白人だと思っていることに気付いた時、彼はほくそえんだ」（二一二ページ）。こうして彼の劣等感は払拭され、さらに、彼が戦時の英雄になれる時期が近づくと、白人女性との交渉がさらに彼の精神を解放する。しかしながら、その交渉は長く続かずに、転勤となり、その後終戦となり、彼は自らが遅れていると批判していた故郷に戻ることになる。

故郷に戻ったチャルは余所からやってきて、今では金持ちである男の牧場で若者たちと飲酒騒ぎに興ずる。やがてその場を独り抜け出す。彼に幼時を思い出させるのものに一本の大きな樹がある。彼は昔からその樹を人間と見なしてきたが、昔、或る時、洪水のためにその樹の根が露出してしまった。その樹はまるで恐怖のために震えているように見えた（二八五ページ）。そこで少年のチャルはその幹に手を置いてやった。すると、その樹は落ち着いた様子になった。今、彼はそんな少年の頃を思い出す。

作品の最後の段階で彼は自然の中に戻ってゆく。彼は大学生になっても文明から逃れて自然の中で時を過したいという願望を絶えず抱いているが、若者としての経験をある程度積んでからでないと、人間と自然の関係を理解できない。

彼は故郷に戻ることで白人の視線から解放され、劣等感からも解放される。その解放に役立つのが、彼の幼時からの思い出の樹である。その樹が洪水に襲われて震えているのを慰めた彼は、セミ時雨やカッコウの鳴き声を耳にしながら午後の眠気に身を任して、自分が自然界の一部であることを再確認する（二八五ページ）。父親が亡くなったことでバイロンやブライアンはもはや英雄ではありえない。また、彼自身がヨーロッパの戦場で英雄になるという、白人のロスト・ジェネレーション作家が抱いた夢も彼には無縁となる。

作品の評価

マシューズの名前は先行する『ワーコンター――オーセイジと白人』によって読書界にすでに知られていた。したがって、この作品が出版されると、全国紙の「クリスチャン・サイエンス・モニター」（一九三四年一一月八日号）に書評が掲載された。それによると、マシューズの記述は客観的であり、その描写は優れているということである。[9] 次に、「ニューヨーク・タイムズ」（一九三四年一一月二五日号）の書評はこの作品を絶賛はしていない。すなわち、作者は作品の主題を充分に把握していないが、社会や時代を描写したものとして優れている、と評者は述べている。[10]

現代の書評としては、ルイス・オーエンズが高い評価を下している。この作品は一九九〇年代に至るまで、先住民作家による小説に方向性を示したということである。白人は先住民に「消えゆくアメリカ人」という役割を担わせて、悲劇の主人公にしたい。しかしながら、チャルは新しいタイプの先住民を代表している、とオーエンズは述べている。[11] ジェラルド・ヴィゼ

ナーもこの作品を、「ネイティヴ文学の新たなるヴィジョンの黎明を告げる作品となった」と評価している。(12)

注

第一章

（1） 伝記は次の書物に依拠した。
Raymond Wilson, *Ohiyesa: Charles Eastman, Santee Sioux.* (Urbana: University of Illinois Press. 1983).

（2） Charles A. Eastman, *From the Deep Woods to Civilization: Chapters in the Autobiography of an Indian* (Lincoln: University of Nebraska Press, 1977). 以下、本文中における引用は総てこの書物による。ページ数のみを記す。

（3） 連邦政府はこの法律によって開拓民に無償で公有地を与えた。年齢二一歳以上の市民は五年間、居住し、開墾すれば一六〇エーカー（約六五〇ヘクタール）の土地を無償で取得できた。

（4） Elaine Goodale and Dora Goodale, *Apple Blossoms: Verses of Two Children.* New York: G. P. Putnam's Sons, 1878.

（5） 一八四〇－一九二四。プラットは一八四〇年にニューヨーク州に生れた。彼は南北戦争に従軍して、その後、先住民を指揮する立場にあり、先住民の性格や能力をつぶさに観察する機会を得た。先住民の囚人を教育し始めたのはフロリダのセント・オーガスティンにあったフォート・マリオンでだった。彼はその後、刑期を終えた先住民二二名を連れてハンプトン校へ向った。以後、ハンプトン校では、解放された奴隷と先住民がともにアメリカ社会に適応するようにと教育された。
Francis Paul Prucha, *The Great Father: The United States Government and the American Indians*

(Lincoln: University of Nebraska Press, 1884), pp. 694–95.

（6）一八三八―一九〇九。彼は一八六三年に妻の静養のためにミシガンおよびミネソタ地方へ旅行した際、ミネソタで先住民と会った。これが彼のその後の人生を変えた。サウスダコタの主教になった彼はスー族のために数多くの寄宿学校を建設した。彼の父も祖父も聖職者で、祖父はオネイダ族に布教した。

（7）一八一八―八一。次の旅行記がある。*The Indian Journals, 1859–62*, edited, and with an introduction by Leslie A. White (Mineola, New York: Dover, 1993).

（8）一八八四？―七三？　パイユート族。別名、グレイ・ヘア。彼は一八六九年頃にネヴダで最初のゴースト・ダンス教を始めた。失神状態または仮死状態の間に霊的世界を訪れ、教えを持って生き返ったとされる。彼は亡くなった友達や親戚からの便りを伝えるとともに、死者が甦ると予言した。一説によると、彼は二〇世紀まで生きた。彼の助手としてダヴィボがいたが、ダヴィボはウォーヴォーカの父であった。

Arlene Hirschfelder and Paulette Molin, *The Encyclopedia of Native American Religions* (New York: Facts on File, 1991), p. 328.

（9）一八五八―一九三二。パイユート族。別名、ジャック・ウィルソン。彼は一八八九年一月一日に起きた日食の間に霊的世界に行き、そこで創造主と亡くなった人々に会い、予言を授かった。白人と平和的に生きるように、人々に告げよと命じられた。そこで彼が指示されたのは円環状で、五日間連続して踊ることであった。三〇以上の部族から部族の代表が彼の教えを聞くためにやってきて、教えは広まった。そのために、インディアン担当官たちはゴースト・ダンスを禁止した。

Hirschfelder and Molin, *The Encyclopedia of Native American Religions*, pp. 330–31.

（10）　ジェイムズ・ムーニー著　荒井芳廣訳『ゴースト・ダンス』（紀伊国屋書店、一九八九）／Wilson, *Ohiyesa*, p. 53.

（11）　彼の妻であるマリエ・L・マクローリンはスー族の血を四分一だけ引いていた。スー族の伝承を集めた著述がある。Marie L. McLaughlin, *Myths and Legends of the Sioux* (Lincoln: University of Nebraska Press, 1990).

（12）　一八四六？―一九一五。スー族。彼は一八八九年の秋に、ウォーヴォーカの教えを確認するためにパイン・リッジを抜け出した。一八九〇年春にも、他の有力者たちと一緒に出かけて、ウォーヴォーカと会い、ゴースト・ダンス教を支持した。

（13）　一八二〇？―九〇？　スー族。元はスポッテッド・エルクと称した。彼は若い頃、外交術に長けており、部族内の衝突を調停した。白人は彼を文明化しようとしたが、彼は柔軟に抵抗した。彼は人々にダコタの伝統を維持するように忠告したが、白人の農業は受け入れた。

（14）　Wilson, *Ohiyesa*, p. 61.

（15）　一八一六―一九〇三。マサチューセッツ州選出の上院議員。ドーズ単独土地所有法の立案者。

（16）　一八五八―一九一五。第二六代大統領（一九〇一―〇九）。彼は一八八九年から九六年にかけてニューヨークで『西部の征服』（*The Winning of the West*）全四巻を出版した。その第一巻で、ヘレン・ハント・ジャクソンの『恥ずべき一世紀』を批判した。
[参考文献]　平野孝訳『アメリカ・インディアン』〈アメリカ古典文庫14〉（研究社出版、一九七七）。二六七―七三ページ。

（17）　一八四七？―一九一〇。スー族。彼は戦士としても猟師としても優れていたが、メディシンマンでもあった。ワシントンに向う交渉団の一員である彼は白人の威力を充分認識していた。インディアン警察の隊長職を引き受け、インディアン犯罪裁判所の判事も務めた。他方、彼はラコタ族の信仰や慣習を後代に伝えることにも尽力した。

(18) Charles A. Eastman, *Indian Heroes and Great Chieftains* (Mineola, New. York.: Dover 1997).
以下、本文中における引用は総てこの書物による。ページ数のみを記す。

(19) プラットは先住民に知識を授けるだけでなく、肉体労働を課すことも重要視した。野外活動とは先住民が夏期の期間、あるいは、年間を通してカーライル校の近隣にある農家で生活することであった。それによって、彼らが白人の生活を体験して、その利点を学ぶことにあった。カーライル校でこれが成功した理由は先住民の福祉に関心を抱くクェーカー教徒が近隣にいたことによる。
Prucha, *The Great Father*, p. 698.

(20) *St. Nicholas; An Illustrated Magazine for Young Folks* (Dec., 1893—May, 1894).

(21) *Indian Boyhood* (New York: Dover, 1971).

(22) *Red Hunters and the Animal People* (New York: Harper and Brothers, 1904).

(23) *Old Indian Days* (Lincoln: University of Nebraska Press, 1991).

(24) *Wigwam Evenings: Sioux Folk Tales Retold* (Digital Scanning, 2001).

(25) *The Soul of the Indian: An Interpretation* (New York: Dover, 2003).

(26) *Indian Child Life* (Boston: Little, Brown and Co., 1913).

(27) *Indian Scout Talks: A Guide for Boy Scouts and Campfire Girls.* 改題・*Indian Scout Craft and Lore* (Mineola, New York; Dover, 1974).

(28) *The Indian To-day: The Past and Future of the First American* (Garden City, New York:

Doubleddy, Page and Co., 1915).

（29）彼の元の原稿とエレンによる修正・加筆部分を区別することは不可能である。
Erik Peterson, "'An Indian... An American': Ethnicity, assimilation, and balance in Charles Eastman's *From the Deep Woods to Civilization*," in *Early Native American Writing: New Critical Essays* edited by Helen Jaskoski (Cambridge University Press, 1996), pp. 185-86.

（30）一八六九―一九六三。アフリカ系アメリカ人の社会学者、小説家、社会運動家。

（31）Wilson, *Ohiyesa*, p. 155.

（32）一八六七?―一九二三。彼は五歳の時、ピマ・インディアンの捕虜になったが、カメラマンに買い取られた。そのカメラマンは彼を東部に連れて行き、充分な教育を受けさせた。彼はカーライル校を経てイリノイ大学に入学して、優秀な成績で卒業した。一八八九年に医学の学位を取得して、九六年にシカゴで開業した。胃腸の専門家として有名になった。彼は一九一六年に先住民の権利獲得のために、雑誌「ワサジャ」を刊行し始めた。保留地制度には反対した。

（33）当時、男性先住民の約半分は市民権を持っていなかったから、徴兵に際して応募しなくてもよかった。しかしながら、彼らは一般市民の二倍の割合で応募した。その貢献によって先住民総てに市民権が与えられることになった。
Philip M. White, *American Indian Chronology* (Westport, Connecticut: Greenwood Press, 2006), pp. 104-05.

（34）一八七二―一九三三。第三〇代大統領（一九二五―二九）。

（35）Linda Hogan, *Mean Spirit* (New York: Ivy Books, 1990)

（36）ケネス・トーマスマ著　加原奈穂子訳『アメリカの空へ　大探検を助けた少女、サカジャウェア』

（出窓社、二〇〇〇）、［解説］西江雅之。

(37) Robert M. Utley, *The Last Days of the Sioux Nation* (New Haven: Yale University Press, 1963), p. 5.

(38) Eastman, *From the Deep Woods to Civilization*, p. 1.

(39) H. David Brumble III, *American Indian Autobiography* (Berkeley: University of California, 1988), pp. 147–64.

(40) Janet Witalec (ed.), *Native North American Literature: Biographical and Critical Information on Native Writers and Orators from the Unite States and Canada from Historical Times to the Present.* (Detroit: Gale Research, 1994), p. 272.

(41) この話は実際にあった事件と人物に基づいている。A. La Vonne Brown Ruoff, "Introduction," to *Old Indian Days*, p. xvi.

(42) 一八二二―一九〇一。監督派教会の布教師。一八六〇年からミネソタ州フェアリーボーに定住して、チペワ族とラコタ族に布教した。

(43) 本書の第二部で、スー族社会における女性の役割が詳しく描写されている点が評価される。Ruoff, "Introduction" to *Old Indian Days*, p. xvi.

(44) 一八二八?―一九〇〇。彼は一八六〇年代および七〇年代において重要なスー族指導者のひとりであった。ウンデッド・ニー虐殺事件の時、彼はアメリカン・ホースとともに治安の維持のために尽力していた。

(45) 一八〇〇?―五四。コンカリング・ベアのキャンプを訪問していたハイ・フォリッド（ミニコンジュ・スー）がモルモン教徒の牛を殺した。守備隊長の命令で陸軍士官学校を卒業したのばかりのジョン・グラタンが八月一九日に大砲二門を備えてコンカリング・ベアのキャンプに向った。射殺されたコンカリング・ベアに代わってリトル・サンダーが指揮した。一年後、ウィリアム・ハーニィが復讐のために派遣されたことによってブルー・ウォーター・クリークの戦いが始まり、平原における大規模な戦いの端緒となった。

(46)　一八三四?—六六。フェタマンはスー族との戦いに手間取っている将校たちに向って、自分ならば八〇名の兵士がいればレッド・クラウドが支配している地を通過して見せると豪語した。彼は一二月に八一名の兵士とともに出発したが、一〇名の戦士におびき寄せられて、クレージー・ホース、ダル・ナイフなどの待ち伏せに会った。その結果、連邦政府は一八六八年にクォート・ララミ条約を締結することにした。

(47)　Bruce E. Johansen and Donald A. Grinde, Jr., *The Encyclopedia of Native American Biograohy: Six Hundred Life Stories of Important People, from Powhatan to Wilma Mankiller* (New York: Henry Holt, 1997), pp. 311-13.

(48)　Ibid., pp. 142-43.

(49)　Ibid., pp. 87-9.

(50)　Ibid., pp. 353.

(51)　Ibid., pp. 398-99. シャイアン族。一八六〇年代に活躍した。

(52)　一八〇〇?—一八六八。シャイアン族。

(53)　モーホンク湖畔会議は一九一四年と一五年にペヨーテの服用を禁止することを求めた。一九一七年にアリゾナ州選出のカール・ヘイデン議員によって提案された法案をめぐって議論が沸騰した。服用に反対する人物の中にはリチャード・プラットがいた。他方、ペヨーテ服用は有害でないと主張する側にはジェームズ・ムーニィなどがいた。
Prucha, *The Great Father*, pp. 786-87.

（54） 今日、保留地に住む先住民の社会的・経済的情況に関しては次の書物が参考になる。
［参考文献］阿部珠理『アメリカ先住民—民族再生にむけて』（角川学芸出版、二〇〇五）

第二章

（1） 伝記は次の書物に依拠した。
Dorothy R. Parker, *Singing an Indian Song: A Biography of D'Arcy McNickle* (Lincoln: University of Nebraska Press, 1992).

（2） インディアン対策局長に宛てたマクニクルの母親の手紙による。
D'Arcy McNickle, *The Hawk Is Hungry and Other Stories*. Edited. by Birgit Hans. (Tucson: University of Arizona Press, 1992),p. ix. 以下、本文中における引用は総てこの書物による。ページ数のみを記す。

（3） 一八八〇年設立。連邦政府によって保留地外で設立された全寮制学校としては二番目に古い。

（4） *The Frontier: A Literary Magagine.* モンタナ大学の英文科の主任であるハロルド・G・メリアムが一九二〇年に学生たちと一緒に創刊した雑誌である。マクニクルは二年間、編集委員を努めた。これは後にモンタナ州では有力誌となった。

（5） "The Hungry Generations"

（6） D'Arcy McNickle, *The Surrounded* (Albuquerque: University of New Mexico Press, 1978). 以下、本文中における引用は総てこの書物による。ページ数のみを記す。

（7）一九〇三—四九。人類学者であり、活動家。彼は優秀な成績で高校を卒業後、カンザス大学に入学して、二六年に卒業した。同大学の最初の先住民卒業であった。その後、ジョージ・ワシントン大学とニューヨーク大学の大学院で人類学を学んだ。次にコロンビア大学で保留地における先住民の生活を研究テーマにした。三四年に母親の協力でネズ・パースの昔話の英語訳を出版した。彼は先住民文化の多面的な研究で国際的にも著名であった。活動家としてはＮＣＡＩで中心的な役割をはたした。四六年にはイーストマンも受賞したインディアン・カウンシル・ファイアー賞を受けた。

（8）Parker, *Singing an Indian Song*, p. 108.

（9）D'Arcy McNickle, *They Came Here First: The Epic of the American Indian* (Philadelphia: Lippincott, 1949).

（10）一九一〇年生まれ。彼女は八歳でアリゾナ州フォート・デファイアンスにある寄宿学校に入学して、その後アルバカーキ・インディアン校に入った。この学校に在学中、数多くの生徒がインフルエンザに罹った時、彼女は看護を手伝った。このとき、自分の天職は保健衛生の仕事にあると思った。結婚後、彼女の夫は家庭にいて、彼女は父の助手として保留地内を歩いたが、病気（特に結核）が部族にもたらしている荒廃をつぶさに目撃した。五一年に部族会議の議長に選ばれた。五〇年代にアリゾナ大学から公衆衛生で学位を取得した後も幅広く活躍し（…し）て、六三年に名誉ある自由勲章を授けられた。最も著名な先住民指導者のひとりである。

（11）ラファージの伝記は次の書物に依拠した。Robert A. Hecht, *Oliver LaFarge and the American Indian: A Biography* (Methuen, N.J.: The Scarecrow Press, Inc., 1991).

（12）Oliver LaFarge, *Laughing Boy* (Cutchogue, New York: Buccaneer Books, 1976/再版).

シルコウと彼女のナヴォホの学生たちは『ラーフィング・ボーイ』に関して次のように批判している。すなわち、この作品はナヴォホ的な感情や行動は表現できていない、と。
John Lloyd Purdy, *Word Ways: The Novels of D'Arcy McNickle* (Tucson: The University of Arizona Press, 1990), p. 18.

(13) ラファージの著述としては『ラーフィング・ボーイ』(*Laughing Boy*) 以外には次のようなものがある。

The Year Bearer's People (with Douglas Byers 1931)
Sparks Fly Upward (1931)
Long Pennant (1933)
All the Young Men (1935)
The Enemy Gods (1937)
The Changing Indian (ed. 1941)
As Long as the Grass Shall Grow (1941)
The Copper Pot (1943)
Raw Material (1945)
Santa Eulalia (1947)
The Eagle in the Egg (1949)
Behind the Mountains (1951)
Cochise of Arizona (1953)
The Mother Ditch (1954)

A Picture History of the American Indian (1956)
A Pause in the Desert (1957)
Santa Fe: The Autobiography of a Southwestern Town (1959).

(14) 南西部の先住民についての優れた研究書がある。*Cycles of Conquest* (1962).

(15) Parker, *Singing an Indian Song*, pp. 213-14.

(16) 今日でも先住民が狩猟する際、許可証が必要である。当然、それに対する反対はある。ジョン・ファイアー・レイム・ディア口述／リチャード・アードス編／北山耕平訳『インディアン魂』（河出文庫、一九九八）、上巻、一四八-四九ページ。

(17) Purdy, Word Ways, p. 8.

(18) Parker, *Singing an Indian Song*, pp. 40-41. 幾種類の草稿があるのかは不明である。

(19) 天国は白人の行く所であると黒人も思っている。ストー夫人／吉田健一訳『アンクル・トムス・ケビン』（新潮文庫、昭和二七年）、上巻、三六〇ページ。

(20) 一八四四―八五。彼の父親はメティスで、母親は純粋のフランス人であった。彼は父親の死後、一八六五年に学位を取得しないままモントリオール大学（カレッジ）を去った。数年後に故郷（セントボニフェイス）に戻った彼は、イギリス系が主流を占める政府がプロテスタントの味方をして、カトリックのメティスが不利な立場に置かれそうなのを知った。以後、彼はメティスの代弁者となり、政府に抵抗したが、一八八五年に扇動の罪で処刑された。メティスとフランス系カナダ人にとっては殉教者であり、庶民の英雄である。

(21) シルコウの『儀式』において、主人公テイヨは広がる景色を目にしながら、白人の存在が気にならない瞬間を経験する。

Leslie Marmon Silko, *Ceremony* (Penguin Books, 1980), pp. 184-85: "But from this place there was no sign the white people had ever come to this land; they had no existence then, except as he remembered them."

(22) Paula Gunn Allen, *The Sacred Hoop: Recovering the Feminine in American Indian Tradition* (Boston: Beacon Press, 1989), pp. 84-5.

(23) Louis Owens, *Other Destinies: Understanding the American Indian Novel* (Norman and London: University of Oklahoma Press, 1992), p. 77-8.

(24) Roseanne Hoefel, "Gendered Cartography: Mapping the Mind of Female Characters in D'Arcy McNickle's *The Surrounded*." *Studies in American Indian Literatures* 10-1 (1998), pp. 45-64.

(25) メアリー・ローランソン／ジェームズ・E・シーヴァー／白井洋子訳『インディアンに囚われた白人女性の物語』（刀水書房、一九九六）
高尾直知「捕囚という名の《異文化理解》――インディアン捕囚物語の意味するもの」西村頼男・喜納育江編著『ネイティヴ・アメリカンの文学――先住民文化の変容』（ミネルヴァ書房、二〇〇二）

(26) D'Arcy McNickle, *The Hawk Is Hungry and Other Stories*, "Introduction", p. xiv.

(27) Ibid., p. vii.

(28) Ibid., p. xv.

(29) D'Arcy McNickle, *Runner in the Sun: A Story of Indian Maize* (Alburquerque: University of New Mexico Press, 1987). 以下、本文中における引用は総てこの書物による。ページ数のみを記す。

(30) Jay Hansford C. Vest, "A Legend of Culture: D'Arcy McNickle's *Runner in the Sun*." *The Legacy of D'Arcy McNickle: Writer, Historian, Activist.* Edited by John Lloyd Purdy (Norma:

University of Oklahoma Press, 1996), p. 159

(31) McNickle, *Runner in the Sun*, p. ix.

(32) Lori Burlingame, "Cultural Survival in *Runner in the Sun*." *The Legacy of D'Arcy McNickle*, p. 143.

(33) Dorothy R. Darker, "D'Arcy McNickle's *Runner in the Sun:* Content and Context," *The Legacy of D'Arcy McNickle*, p. 119.

(34) Alfonso Ortiz, afterword to *Runner in the Sun: A Story of Indian Maize*, p. 248.

(35) D'Arcy McNickle, *Wind from an Enemy Sky* (Albuquerque: University New Mexico Press, 1978). 以下、本文中における引用は総てこの書物による。ページ数のみを記す。

(36) モンタナ州のグロウ・ヴァントル族（＝アツィナ）とは別の部族である。

(37) Louis Owens, afterword to *Wind from an Enemy Sky*, p. 260. Owens, *Other Destinies*, pp. 80-81.

(38) Owens, afterword to *Wind from an Enemy Sky*, p. 259.

(39) Marianna Guerrero, "American Indian Water Rights: The Blood of Life in Native North America," *The State of Native America: Genocide, Colonization, and Resistance*. Ed. M. Annette Jaimes (Boston: South End Press, 1992), pp. 189-216.

(40) Owens, afterword to *Wind from an Enemy Sky*, p. 261.

(41) George E. Tinker, *Missionary Conquest: The Gospel and Native American Cultural Genocide* (Minneapolis: Fortress Press, 1993), pp. 22&26.

(42) William T. Hagan, *American Indians* (Chicago: The University of Chicago Press, 1993), p. 122.

(43) Ibid., pp. 152-53.
(44) Frederick Turner (ed.), introduction to *The Portable North American Indian Reader* (New York: Viking Press, 1973), p. 10.
(45) Calvin Martin, *Keepers of the Game: Indian-Animal Relationships and the Fur Trde* (Berkeley: University of California Press, 1978).
(46) Owens, afterword to *Wind from an Enemy Sky*, p. 258.
(47) D'Arcy McNickle, *Native American Tribalism: Indian Survivals and Renewals* (Oxford University Press, 1973), p. xxvi. 以下、本文中における引用は総てこの書物による。ページ数のみを記す。
(48) Ibid., p. xxvi.
(49) Owens, *Other Destinies*, p. 71.
(50) Hagan, *American Indians*, p. 210.
(51) Vest, "A Legend of Culture: D'Arcy McNickle's *Runner in the Sun*," p. 153.
(52) Armand S. La Potin (ed.), *Native American Voluntary Organizations* (New York: Greenwood Press, 1987), p. 114.
(53) Parker, *Singing an Indian Song*, p. 20.

第三章

(1) [参考文献] 上田伝明『インディアン憲法崩壊史研究』(日本評論社、一九七四)
(2) Hagan, *American Indians*, p. 85.
(3) モラビアは今日のチェコ共和国東部の地名。一五世紀中葉に、宗教改革者ジョン・フス（一三六九一一四一五）の影響を受けた人々がボヘミヤに集まって結成したキリスト教の一派。

（4）　一七七六―一八四三。チェロキー語のアルファベットを一八二一年に発明した。

（5）　［参考文献］佐藤円「強制移住政策下のチェロキー族――大族長ジョン・ロスのリーダーシップをめぐって――」『史苑』五〇-一（一九九三）

（6）　伝記は次の書物に依拠した。
James W. Parins, *John Rollin Ridge: His Life and Works* (Lincoln: The University of Nebraska Press, 1991). 以下、本文中における引用は総てこの書物による。ページ数のみを記す。

（7）　John Rollin Ridge (Yellow Bird), *The Life and Adventures of Joaquín Murieta, the Celebrated California Bandit* (Norman: The University of Oklahoma Press, 1955). 以下、本文中における引用は総てこの書物による。ページ数のみを記す。

（8）　一八四九年頃、移民を排斥する秘密結社として結成された。党名は、党の組織について聞かれた党員が「知らない」と答えたことによる。

（9）　岡本孝司『ゴールド・ラッシュ物語――汗と孤独の遺跡』（文芸社、二〇〇〇）

（10）　Joseph Henry Jackson, “Introduction” to *The Life and Adventures of Joaquīn Murieta*, pp. xxxiii-l

（11）　Owens, *Other Destinies*, pp. 32-40.

（12）　James W. Parins, *John Rollin Ridge*, p. 124.

（13）　Ibid., p. 132.

（14）　Ibid., pp. 150-51.

第四章

（1） 伝記は次の書物に依拠した。
Sally Zanjani, *Sarah Winnemucca* (Lincoln: University of Nebraska Press, 2001).

（2） 一八一三―九〇。ジョージア州生れの軍人、探検家。第一次探検家ではキット・カーソン（一八〇九―六八）の援助を得て、オレゴンへの最善の道を確立した。第二次探検ではソルトレークを探検して、カーソン峠を経てシェラ・ネヴァダを越えた。第三次探検では、ロッキー山脈を越えて、パイユートの地であるウォーカー湖に到達した。彼の西部旅行記は多くの人に読まれた。

（3） Sara Winnemucca Hopkins, *Life Among the Piute: Their Wrongs and Claims* (Reno: University of Nevada Press, 1994), p. 14. 以下、本文中における引用は総てこの書物による。ページ数のみを記す。
なお、白人が仲間の人肉を食べるという話はイーストマンも伝えている。『インディアンの少年期』一四ページ。

（4） 一八一四―六〇。

（5） 一八二四―六〇。テネシー州生れ。一八五三年に兵士を集めてメキシコ領のカリフォルニア南部を征服、支配しようとしたが失敗した。五五年にニカラグアで革命を起して、一年近く大統領であった。六〇年にホンジュラスを掌握しようとした。しかしながら、逮捕されてホンジュラス政府によって軍法会議にかけられて、銃殺された。

（6） Sally Zanjani, *Sarah Winnemucca*, pp. 78-9.

（7） 一八二九―九〇。陸軍士官学校を卒業後、カリフォルニアに行った。

（8） 一八七九年四月五日以後はキャンプ・マクダーミットで、それ以前はフォート・マクダーミットであった。

(9) Helen Hunt Jackson, *A Century of Dishonor: A Sketch of the United States Government's Dealings with Some of the Indian Tribes* (Norman: University of Oklahoma Press, 1994), pp. 395-96.

(10) ショーショーニ族の一支族である。アイダホ州の中西部に住んで、山地の野生羊を食べた。

(11) 死因はコレラと思われる。Sally Zanjani, *Sarah Winnemucca*, pp. 39-40.

(12) William T. Hagan, *American Indians*, p. 122.

(13) Sally Zanjani, *Sarah Winnemucca*, p. 124.

(14) Ibid., p. 304-05.

第五章

(1) ワシントン準州の知事となったアイザック・I・スティーヴンズはノーザン・パシフィック鉄道と白人居住地を建設する任務を負っていた。彼が政府側の代表となり、フラットヘッド族、クーテナイ族、バンドレュ族の代表と一八五五年七月一六日にヘル・ゲート条約を調印した。上院によって批准されたのは五六年四月一五日であった。

(2) オカナガン族はセーリッシュ語族に属して、ブリティッシュ・コロンビアに住んでいた北部オカナガンと南部オカナガンに分かれていた。

(3) コルヴィル族は今日のワシントン州北部の内陸部、カナダとの国境に近い所に住んでいた。

(4) Mourning Dove, *Cogewea, The Half-Blood: A Dipiction of the Great Montana Cattle Range* (Boston: Four Seas Co., 1927/Lincoln: University of Nebraska Press, 1981). 以下、本文中におけ

る引用は総てこの書物による。ページ数のみを記す。

（5）クーテナイ族はコルヴィル族の東側に住んでいた。

（6）Martha L. Viehmann, "My people... my kind: Mourning Dove's *Cogewea, The Half-Blood* as a narrative of mixed descent" in *Early Native American Writing: New Critical Essays* edited by Helen Jaskoski（Cambridge University Press, 1996）, pp. 207–08.

（7）ヤマキ族は今日のワシントン州中央部に住んでいた。

（8）Mourning Dove, *Coyote Stories*. Edited by Heister Dean Guie（Caldwell, Idaho: Caxton Printers, 1933/University of Nebraska Press, 1990）

（9）Owens, *Other Destinies*, p. 48.

（10）*Mourning Dove: A Salish Autobiography*, edited by Jay Miller（Lincoln: Univrtsity of Nebraska Press, 1990）. 以下、本文中における引用は総てこの書物による。ページ数のみを記す。

（11）Ibid., p. xxxviii

（12）Alanna Kathleen Brown, "Looking Through the Glass Darkly: The Editorialized Mourning Dove" in *New Voices in Native American Literary Criticism* edited by Arnold Krupat（Washington: Smithsonian Institution Press, 1993）, pp. 274–90.

（13）Dexter Fisher, "Introduction" to *Cogewea*, pp. viii–ix.

第六章

（1）生年を一八九五年とする書物もある。
Janet Witalec（ed.）, *Native North American Literature*, p. 409.

（2）セシル・ジョン・ローズ（一八五三―一九〇二　イギリス生れの南アフリカ連邦の政治家であり、ダイアモンド王）の遺言により彼の遺産を基金として設けられた奨学金で、オックスフォード大学の学生に対して与えられる。対象はイギリス連邦、合衆国、ドイツの出身者。

（3）John Joseph Mathews, *Wah'kon-tah: The Osage and the White Man's Road* (Norman: University of Oklahoma Press, 1934).

（4）John Joseph Mathews, *Sundown* (Norman: University of Oklahoma Press, 1988). 以下、本文中における引用は総てこの書物による。ページ数のみを記す。

（5）John Joseph Mathews, *Talking to the Moon* (Chicago: University of Chicago Press, 1945).

（6）John Joseph Mathews, *Life and Death of an Oilman: The Career of E. W. Marland* (Norman: University of Oklahoma Press, 1951).

（7）John Joseph Mathers, *The Osage: Children of the Middle Waters* (Norman: University of Oklahoma Press, 1961).

（8）一八六〇―一九二五。イリノイ州生れの政治家。一八九六年、シカゴでの民主党大会で、大統領候補となったが、マッキンレイに敗れた。その後も候補になったが、大統領にはなれなかった。Louis Owens, *Other Destinies*, P. 52.

（9）Janet Witalec (ed.), *Native North American Literature*, p. 410.

（10）*ibid*., p. 411.

（11）Louis Owens, *Other Destinies*, p. 60.

（12）ジェラルド・ヴィゼナー著　大島由起子訳『逃亡者のふり――ネイティヴ・アメリカンの存在と不在の光景』（開文社出版、二〇〇二）、一九六ページ。

用語・人名一覧

本文中の説明と重複することがある。

アメリカン・インディアン運動（ＡＩＭ）(American Indian Movement)

一九六八年にミネソタ州ミネアポリスでデニス・バンクス、クライド・ベルコート、エディ・ベントン—バナイ、および、ジョージ・ミッチェルによって組織された。後にラッセル・ミーンズが参加した。この運動は一九六〇年代後半の市民権運動の中から生れたものである。当初の運動の焦点は貧困と警察の圧迫に苦しむ、都市に居住する先住民の権利を擁護することにあった。その後、ＡＩＭは先住民社会にとって重要な諸問題を取り上げる組織へと発展した。それらの諸問題とは経済的自立、資源に対する先住民の権利、保留地の自治、伝統的文化と精神性の再生、そして、若い世代の教育などであった。公立学校でより多くの先住民教師を採用すること、および、歴史の授業において紋切り型の先住民像を教えないことなどを訴えた。また、ＡＩＭは次のような事件と関わった。一九六九—七一年のアルカトラズ島の占拠、七二年のワシントンでの行進、および、その結果としてのインディアン対策局（ＢＩＡ）の占拠、七三年のウンデッド・ニーでの占拠、七八年のサンフランシスコからワシントンＤＣまでの「最長の行進」など。この行進の目的は先住民の現状を市民に知らせることにあった。さらに、八一年には聖地ブラック・ヒルズをスー族に返還することを求めた占拠事件があった。

アメリカン・インディアン開発会社（ＡＩＤ）
(American Indian Development, Inc.)
ダーシィ・マクニクルによって一九五二年に設立された。先住民の教育を促進し、技術的な援助を提供することによって、地域社会の改善を目標とした。弁護士、人類学者、社会学者、政治学者などがしばしばその責任者になった。ＡＩＤは五三年にニューメキシコ州クラウンポイントにおいてナヴァホ族を教育するプログラムを共催した。

アメリカ・インディアン協会（ＳＡＩ）
(Society of American Indians)
一九一一年四月、六人の著名な先住民がオハイオ州コロンバスで汎先住民組織を結成した。六人の名前はチャールズ・A・イーストマン（オヒエサ）、カルロス・モンテスマ、トマス・L・スロアーン、チャールズ・E・ダガネット、ローラ・M・コーネリウス、ヘンリー・スタンディング・ベアであった。彼らは、アメリカ社会は変化と進歩を標榜する「進歩の時代」に相応しく先住民から学ぶべきものがあると主張した。組織名は暫定的にAmerican Indian Associationと決定され、職業、教育、政治的・法律的な問題が議論された。同年一〇月、再度コロンバスで全国大会が開催され、組織名をSociety of American Indiansと改称した。主催者たちはアメリカ社会における先住民の役割を先住民および非先住民の双方に認識させ、その役割を果すことは可能だという確信を抱いた。大会は以後、一七年と二二年を除いて毎年開催され、最終大会は二三年に開催された。組織が解散に至った原因は部族間の相違を乗り越えられなかったことにあるとされる。しかしながら、この組織は汎先住民組織として、連邦政府に先住民政策を変更させた点などで評価される。

アメリカ・インディアン保護協会（ＡＩＤＡ）
(American Indian Defense Association)

一九二三年にニューヨーク市で設立され、ジョン・コリアーが中心になって活動した。ＡＩＤ

Aの主張は部族政府の樹立、先住民の文化的および宗教的自由、土地の割り当て制度の廃止などであった。

インディアン警察
(Indian police)
インディアン犯罪裁判所とともに、法律を、治安維持と財産保護のためばかりでなく、文化変容の進行を促す積極的な手段として利用するための機構であった。

インディアン再組織法（ホイーラー＝ハワード法）
(Indian Reorganization Act)
インディアン・ニューディールを推進するうえで重要な役割をはたした法律。一九三四年に成立。諸部族に一年間の猶予を与えて、部族の憲法を制定し、評議会を設立するか否かを投票させた。目標は権利と責任を備えた部族政府の樹立であった。

インディアン請求委員会
(Indian Claims Commission)
この委員会は、合衆国が過去において不当な形で先住民諸部族から取得した土地などに対する補償を、当該部族に対して行なうための裁定作業をその任務とした。一九四六年に発足して、七八年に廃止された。
［参考文献］上田伝明著『インディアン請求委員会の研究』（法律文化社、一九七九）

インディアン対策局（ＢＩＡ）
(Bureau of Indian Affairs)
多くの部族にとってＢＩＡは不信、詐欺、および、文化的破壊と同義語であった。陸軍長官ジョン・Ｃ・カルフーンは一八二四年に陸軍省に対策局を設置した。そして、一八三二年にはインディアン対策局長が任命されて、諸部族とアメリカの関係は一八三〇年代半ばまでには激変していた。イギリスが一八一二年戦争で敗北したこと、および、アメリカがスペインからフロリダの割譲を受けたことで、諸部族はヨーロッパの強国との結びつきがなくなった。ジャクソン大統領はこういう情勢の下で、諸部族はアメリカの膨張にとって障害物だと見なし、対策局と軍は一八四〇年までに三〇以上の部族をミシシッピ川の西側に移住させた。一八四九年に対策局は陸軍省から内務省へ移管された。この移管の目的は、保留地を創設することで先住民の文明化を促進することにあった。南北戦争は文明化の推進を遅らせたが、戦後、対策局は強力に部族政治を解体させて、アメリカ社会に同化させようとした。対策局長になったイーライ・パーカー（セネカ族）は対策局内の腐敗を減らし、先住民をキリスト教化し、文明化するために一連の改革を始めた。グラント大統領は対策局職員の地位をキリスト教諸派に開放したために、関係者が教師やインディアン担当官として働いた。インディアン担当官が支給品その他を分配する権限を強めるにつれて、族長たちの権威は落ちた。また、一八七八年に創設されたインディアン警察は伝統的な族長の役割を縮小した。

インディアン・テリトリー
(Indian territory)
インディアン・テリトリーは政治的に厳密な意味で一度も準州ではなかった。すなわち、テリトリーを治める政府もなく、連邦政府が指名した知事もいなかった。インディアン・テリトリーとは先住民が住んでいるが、連邦のいかなる州にも所属せず、そのために、地理的な境界は曖昧で、時代によって変った。アメリカにおいて州に昇格する前には、「準州」と呼ばれる段階があるが、インディアン・テリトリーはそのような意味では使われていない。表記上も大文字のTで始まらずに、小文字で始まるのが普通であった。今日のオクラホマ州が「インディアン・テリトリー」になるのは時代が下ってからである。

インディアン・ニューディール
(Indian New Deal)
大恐慌に対処するためにF・D・ルーズベルト大統領が掲げた「ニューディール」政策の呼称を模倣した、新しい先住民政策のこと。ジョン・コリアーが中心になって推進された。

カスター、ジョージ・アームストロング
(George Armstrong Custer)
一八三九—七六。一八六一年に、陸軍士官学校を末席で卒業したが、南北戦争で勇名を轟かせ、二三歳で史上最年少の将軍となった。六六年に第七騎兵連隊長となり、ダコタとモンタナ準州で対先住民戦争に従事した。七六年六月二五—六日に、リトル・ビッグ・ホーンの戦いで彼と彼の部下二六四名は全滅した。
［参考文献］ウィリアム・O・テイラー著　グレッグ・マーティン編　栗山洋児訳『カスター将軍　最後の日』（青山出版社、一九九九）

カーライル・インディアン校
(Carlisle Indian School)
リチャード・H・プラットが一八七九年にペンシルヴェニア州に設立した全寮制の学校。一九一八年に閉鎖された。

クーを数える
(counting coups)
グレートプレーンズの戦士は敵の体に触れることに価値を置いたが、それは勇敢や熟練の印とされた。「クー」はフランス語で「殴打」を意味する。

クリーク戦争
(Creek War)
一八一三―一四年に行われたクリーク族の内戦である。またの名をレッド・スティック戦争という。クリーク族（ムスコギー語族の中で最大の部族）は上部クリークと下部クリークに分かれていたが、上部クリークは伝統主義者で、自分たちの文化を守るためにアメリカ人と戦うつもりであった。他方、下部クリークは白人の文明化政策を受け入れ、連邦政府のインディアン担当官に協力的であった。指導者テカムシ（一七六八―一八一三）は上部クリークの間で支持者が多かった。彼らは戦場へ「レッド・スティック（赤い棒）」をもってゆき、アメリカ人の撃退をはかった。したがって、「レッド・スティック」はそのようなクリークを意味する。

ゴースト・ダンス教
(Ghost Dance)
ゴースト・ダンス教は二度興ったが、いずれもパイユート族にその起源を辿りうる。最初のものはウォジウォブが一八六九年に始めたものであり、オレゴンと北部カリフォルニアに広まったが、間もなく収まった。第二のゴースト・ダンス教は、パイユート族のウォーヴォーカ（またの名はジャック・ウィルソン、一八五八―一九三二）が一八八九年に始めたものである。この第二のものは、なくなった土地が戻り、亡くなった先祖が戻り、なくなりつつある食糧源が再び戻り、先住民社会が甦ることを願ったものである。その教えはシャイアン、アラパホ、スー、カイオワ、カドー、およびパイユートの各部族の間に広まった。ウォーヴォーカは亡くなる時まで影響力をもち、ポーニー族の一部は二〇世紀初頭までゴースト・ダンス教を実践していた。また、一九六〇年代まで彼の教えを信じる者もいた。

コリア、ジョン
(John Collier)
一八八四―一九六八。一九三三年から四五年までインディアン対策局長を務め、アメリカの先住民政策の転換に大いに貢献した。

セミノール戦争
(Seminole Wars)
第一次セミノール戦争（一八一七―一八）では、アンドルー・ジャクソンは北部フロリダを攻撃して、セミノール族の村や農場を破壊した。彼の目標はジョージアとフロリダ境界の、肥沃な地からセミノールを追い出し、スペインにフロリダをアメリカへ譲渡させることであった。第二次セミノール戦争（一八三五―四二）は強制移住法の成立を受けて、連邦軍がセミノールを西部へ移住させようとしたために起きた。フロリダに五〇〇〇から一万の兵力が派遣された。指導者のオセオラ（一八〇四？―三八）は白旗に騙されて講和の席についたが、捕まり、投獄されて、三七年に獄死した。彼の後を継いだのはビリー・ボウレッグズで、彼はワニが多数生息する、大湿地帯のエバーグレース地域に逃げ込んで、本格的なゲリラ戦を展開した。すなわち、昼間は隠れており、夜間に攻撃した。この第二次セミノール戦争には約五〇〇〇万ドルがつぎ込まれて、ベトナム戦争以前では最も戦費がかかり、成果の最も少ない戦争であった。

全国アメリカ・インディアン会議（ＮＣＡＩ）
(National Congress of American Indians)
ダーシィ・マクニクルが、諸部族の権利を擁護するために必要だとジョン・コリアーを説いて、一九四四年に設立された組織である。

ダートマス大学
(Dartmouth College)
ニューハンプシャー州にある大学。一七六九年に勅許状が出たが、その設立趣意書には、イギリス人の若者と同様に、先住民の若者を教育することが目的であると明記されていた。しかしながら、一九六九年以前に実際に入学を許可され、教育された先住民の数は少なく、正確な数は不明である。イーストマン（オヒエサ）は代表的な卒業生のひとりである。一九六九年にクムニィ学長が就任すると、設立の趣旨にそった方針を打ち出した。すなわち、学部学生の三パーセント（四〇〇〇名中一二〇名）を先住民学生に割り当てると決定した。マイケル・ドリスの元で先住民研究は軌道に乗り、さまざまな出身地の学生が入学するようになった。

ドーズ単独土地所有法
(Dawes Severalty Act of 1887)
提案者のマサチューセッツ州選出の上院議員ヘンリー・D・ドーズにちなんでドーズ法とも称される。一家の長に一六〇エーカー、一八歳以上の者に八〇エーカーを与えるという法律である。土地の私有化を先住民に強制して、文明化政策を推進する役割をはたした。

［参考文献］　W・E・ウォッシュバーン著　鵜月裕典、西出敬一訳『ドーズ法とアメリカ・インディアン——インディアン部族制の破壊——』（『札幌学院大学人文学会紀要』四五号、一九八九）

バンド
(band)
先住民の集団を示す概念で、部族の下位概念である。

ハンプトン学院
(Hampton Normal and Agricultural Institute)
ヴァージニア州ハンプトン近くに設立された。設立の趣旨は解放奴隷の教育であり、一八六八年に開校した。創設者はサミュエル・チャップマン・アームストロング（一八三九—九三）であり、解放黒人局（一八六五年設立）から初代の校長に指名された。実験的に先住民の教育が始まったのは開校から一〇年後であった。一八七八年にフロリダ州セントピーターズバーグで捕虜であったカイオワ族の一団がハンプトンに連れてこられた。この実験が成功して、カーライル校が設立されることになった。一九世紀から二〇世紀への世紀転換期には一〇〇〇名近い生徒が在籍したが、そのうち、先住民は一三五名であった。その後、プログラム終了の一九二三年まで先住民の数は減少した。

百人委員会
(Committee of One Hundred)
内務長官ヒューバト・ワークによって召集され、一九二三年一二月一二―一三日に催された。委員の中にはマーク・サリヴァン、レイ・ライマン・ウィルバー、ジョン・コリアーなどがいたほか、多数の人類学者、そして、先住民側からはアメリカ・インディアン協会(SAI)のメンバーが参加した。しかしながら、F・P・プルーチャによれば成果はほとんどなかった。

フェタマンの虐殺
(Fetterman Massacre)
一八六六年一二月二一日、ハイ・バックボーンが率いる先住民がワイオミングのフォート・フィル・カーニィ近くで、ウィリアム・J・フェタマン(一八三三?―六六)が率いる八〇名の陸軍部隊を全滅させた事件。本書第一章、注（四六）を参照のこと。

プラット、リチャード・H
(Richard H. Pratt)
一八四〇―一九二四。南北戦争に従軍後、一八六七―七五年に対先住民戦争に従軍した。彼がフロリダ（フォートマリオン）で先住民の捕虜を預かったのは一八七五―七八年であった。

フレンチ・アンド・インディアン戦争
(French and Indian War)
一七五五―六三。ヨーロッパにおける七年戦争（一七五六―六三）に対応するアメリカでの戦争。

ボーズマン道
(Bozeman Trail)
モンタナの金鉱地にいたる最短の道として一八六三―六五年にジョン・M・ボーズマン（一八

三五―六七）によって建設された。

ポンティアック
(Pontiac)
一七二〇?―六九。旧北西部への白人の侵攻を阻止しようとして、先住民連合を組織しようとしたが、不成功に終った。

メディシン・バンドル
(medicine bundle)
宗教的儀式に用いる道具。中に入っているのは夢やヴィジョン（クエスト）の中で見られたもの、あるいは、先祖から継承されたものである。これは人々を治癒する力や獲物となる動物を引き寄せる力などを有すると信じられている。

モーホンク湖畔会議
(Lake Mohonk Conference of Friends of the Indian)

ニューヨーク州ニューパルツ近くのモーホンク湖畔で開催されたこの会議の目指すところは先住民の同化であり、ドーズ単独土地所有法の成立に影響力があった。アルバート・K・スマイリーによって設立され、第一回は一八八三年に開催された。

リトル・ビッグ・ホーンの戦い(Battle of Little Big Horn)

リトル・ビッグ・ホーンはモンタナ州東南に位置する尾根である。一八七四年、政府は一八六八年のフォート・ララミ条約を無視して、金鉱を探すためにカスターを隊長にした分遣隊をブラック・ヒルズに派遣した。その結果、フレンチ・クリークで金鉱が見つかった。レッド・クラウドは政府に対してフォート・ララミ条約を順守し、白人採鉱者を立ち退かせるように求めた。一方、採鉱者の方は逆にスー族をブラック・ヒルズから立ち退かせることを求めた。政府は六〇〇万ドルでブラック・ヒルズを購入すると提案したが、スー族は拒否した。そこで政府はさらに六〇〇万ドルを追加すると提案したが、レッド・クラウドは拒否して、六〇〇〇万ドルを求めた。政府はその求めを拒否して、グラント大統領は保留地に入っていないスーは一八七六年一月三一日までに指定された保留地に入れという命令を出した。それに従わない者は逮捕されるか、殺されるといわれた。これを受けて、保留地に入っていないスー族の諸バンドはリトル・ビッグ・ホーン川畔で大規模なキャンプを張った。保留地にいた者も参加した。ラコタ、ヤンクトン、サンティ、北部アラパホー、北部シャイアンの七〇〇〇名が三マイルにわたってキャンプを張った。シェリダン将軍は三方面から攻める作戦を立てて、クルック、カスター、マイルズを責任者とした。クレジー・ホースは六月一七日にモンタナのローズバッド川畔で、一〇〇〇名でクルック隊を破った。カスター隊を含む第二軍は六月二五日にリトル・ビッグ・ホーン川域へ渡った。縦隊の先頭にいたカスターはワシタ川ぞいのブラック・ケトルの無防備な村を見出したと思われる。そこで、カスターは異例ながら、攻撃命令を出した。カスターと彼の部下二六四名はシティング・ブル配下の戦士と戦って、三〇分も経たないうちに全滅した。新聞はあらゆる証拠を無視して、それを虐殺と報道した。シティング・ブルは報復のために第二軍が押し寄せてくるのを予測して、キャンプを解散した。以後、各バンドは追跡され、降伏後、保留地に入り、スー族は結局、ブラック・ヒルズを売却させられた。

1968　アメリカ・インディアン運動（ＡＩＭ）設立。
1969　先住民、アルカトラズ島を占拠。
1971　議会、アラスカ原住民の請求に決着をつける。
1972　先住民、ＢＩＡ本部を占拠。
1973　サウスダコタ州ウンデッド・ニーで武装占拠事件。
1975　インディアンの民族自決と教育援助に関する法成立。
1977　インディアン問題担当内務次官補の職を設置。
1978　アメリカ・インディアン宗教の自由およびインディアン児童福祉法成立。
1988　インディアン賭博規制法成立。
1990　先住アメリ人墓地保護および遺骨返還法成立。
2000　国勢調査（人口、２億8140万人）で、250万人が「アメリカ・インディアンとアラスカ先住民」と申告する。

〃	平和委員会、平原における紛争は白人に責任ありとする。
1868	ワシトー川の戦い。
1869	グラント大統領、クエーカー政策実施。
1870	議会、先住民教育のための予算を初めて承認。
1871	先住民との条約締結という形式を廃止。
1872-73	モードック戦争。
1874-75	レッド・リヴァーの戦い。
1876	6月26日、カスター将軍の部隊全滅。
1877	ジョーゼフ族長、ネズ・パース族を率いて蜂起。
1878	議会、インディアン警察のため最初の予算承認。
1879	ユーティ戦争。
〃	リチャード・H・プラット、カーライル校を創設。
1881	ヘレン・ハント・ジャクソン『恥ずべき一世紀』出版。
1882	インディアン権利擁護協会設立。
1883	第1回モーホンク湖畔会議開催。
〃	インディアン犯罪裁判所発足。
1885	バッファローほぼ全滅。
1886	ジェロニモ降服、アパッチの抵抗終る。
1887	ドーズ単独土地所有法成立。
1890-91	ゴースト・ダンス運動。
1890	12月29日、ウンデッド・ニーの大虐殺。
1906	バーク法によりドーズ法を修正。
1910	インディアン対策局内に医療部門設置。
1923	百人委員会、先住民問題を検討。
1924	議会、すべての先住民に市民権を与えることを承認。
1928	メリアム報告書発刊。
1934	ホイーラー＝ハワード法（インディアン再組織法）成立。
1944	全国アメリカ・インディアン会議設立。
1946	議会、インディアン請求委員会設置。
1949	フーヴァー委員会、連邦管理終結を勧告。
1953	議会、先住民の飲酒に関する法を改正。
1958	内務長官シートン、連邦管理終結政策を修正。

1790　アクギリブレイによりニューヨーク条約調印。
〃　先住民軍、ハーマー将軍に勝利。
1791　先住民軍、セントクレアに勝利。
1794　８月20日，フォールン・ティンバーズの戦い。
1795　グリーンヴィル条約調印。
1796　政府直営商館開設（1822年廃止）。
1811　11月７日、ティピカヌーの戦い。
1812-14　1812年戦争。
1813-14　クリーク戦争。
1816　先住民との交易をアメリカ市民権を有する者のみに限定。
1819　議会により、先住民文明化のための基金設置。
1824　インディアン対策局（ＢＩＡ）設立。
1830　強制移住法成立。
1831　チェロキー国対ジョージア州事件。
1832　ウースター対ジョージア州事件。
〃　インディアン対策局長の職を設置。
1834　インディアン通商・交易法により，先住民の土地を再確認。
インディアン再組織法により，先住民対策事業に改革。
1835-42　セミノール戦争。
1846　テキサスの先住民諸部族、連邦政府の管轄下に入る。
1848　グァダルペ・イダルゴ条約により、さらに数部族がアメリカの法的管轄下に入る。
1849　インディアン対策局、内務省に移転。
1851　フォート・ララミ条約調印。
1853　ガスデン購入条約調印。
1861-65　南北戦争。
1862　ミネソタ・スー族の蜂起。
1863-64　キット・カースン、ナヴァホー族とアパッチ族を攻撃。
1864　11月28日、サンド・クリークの虐殺。
1866　12月21日、ボーズマン道でフェタマンの虐殺。
1867　インディアン委員会設立。

先住民関連年表

1492　コロンブス、バハマ諸島の一島に到着。
1565　スペイン、フロリダに植民地建設。
1607　ヴァージニア会社、ジェームズタウン植民地建設。
1602　ピルグリム・ファーザーズ、プリマスに上陸、プリマス植民地建設。
1622　ヴァージニアでオペチャンカヌー最初の蜂起。
1630　マサチューセッツ湾植民地の建設はじまる。
1637　ニューイングランドでピークウォット戦争起る。
1644　ヴァージニアでオペチャンカヌー最後の蜂起。
1672-76　フィリップ王戦争、南部ニューイングランド諸部族の組織的抵抗終る。
1689-97　ウィリアム王戦争。
1702-13　アン女王戦争。
1711-12　タスカローラ戦争。
1715-16　ヤマシー戦争。
1722　アベナキ戦争。
1744-48　ジョージ王戦争。
1754　オルバニー会議。
1755-63　フレンチ・アンド・インディアン戦争。
1763　ポンティアック戦争。
〃　1763年の国王宣言。これにより、アパラチア山脈以西への白人の進出を禁止した。
1764　イギリス、先住民政策を改める。
1744　ダンモア卿戦争。
1775-83　アメリカ独立革命。
1775　大陸会議、先住民問題に積極的に取り組む。
1783　パリ条約調印（ミシシッピー川以東はアメリカ領となる）。

1894	マシューズ、生れる
1902	イーストマン『インディアンの少年期』
1904	マクニクル、生れる
1907	イーストマン『古きインディアンの時代』
1909	イーストマン『ウィグワムの夕べ――スー族の民話（再話）』
1911	イーストマン『インディアンの魂――或る解釈』
1916	イーストマン『深い森から文明へ――或るインディアンの自叙伝』
1918	イーストマン『インディアンの英雄と偉大な族長たち』
1927	モーニングドーヴ『混血児コゲウェア――モンタナの大牧場の生活』
1932	マシューズ『ワーコンタ――オーセイジと白人の道』
1933	コリアー、BIA 長官に就任（―45年） モーニングドーヴ『コヨーテ・ストーリーズ』
1934	マシューズ『夕映え』
1936	マクニクル『包囲された人々』 モーニングドーヴ、亡くなる
1939	イーストマン、亡くなる
1945	マシューズ『月に話す』
1951	マシューズ『油田所有者の生涯と死――E・W・マーランドの生涯』
1954	マクニクル『太陽の使者――トウモロコシの物語』
1961	マシューズ『オーセイジ族』
1973	マクニクル『アメリカ先住民部族主義――インディアンの生存と再生』（改訂版）
1978	マクニクル『敵の空より吹く風』（死後出版）
1979	マシューズ、亡くなる
1990	ミラー編『モーニングドーヴ――或るセーリッシュの自叙伝』（死後出版）
1992	マクニクル『「ワシは飢えている」および、その他の短編』（死後出版）

本書関連年表

1827　リッジ、生れる
1835　ニュー・エチョタ条約締結
1844？　ウィネマッカ、生れる
1849　ミネソタ、準州になる
1851　フォート・ララミ条約の締結
1854　リッジ『ホアキン・ムリエタ——名高きカリフォルニアの山賊——の生涯と冒険』
1855　ヘル・ゲート条約の締結
1858　イーストマン、生れる
　　ミネソタ、州に昇格する
1862　自営農地法の成立
　　ミネソタ・スー族の蜂起（8月）
　　蜂起関係者とされる38名が集団処刑される（12月）
1867　リッジ、亡くなる
1868　フォート・ララミ条約の締結
　　リッジ『詩集』（死後出版）
1869　第一次ゴースト・ダンス教興る
1874　ブラック・ヒルズで金鉱が発見される
1876　第7騎兵隊、全滅する
1881　ジャクソン『恥ずべき一世紀』
1883　ウィネマッカ『パイユート族の中で生きる——虐待と主張』
1884？　モーニングドーヴ、生れる
1887　ドーズ単独土地所有法の成立
1889　第二次ゴースト・ダンス教興る
1890　イーストマン、ボストン大学医学部卒業
　　ウンデッド・ニーの虐殺事件（12月）
1891　ウィネマッカ、亡くなる

ティヴ・アメリカンの存在と不在の光景』（開文社出版、2002）
ケネス・トーマスマ著、加原奈穂子訳『アメリカの空へ　大探検を助けた少女、サカジャウェア』（出窓社、2000）
ディー・ブラウン著、鈴木主税訳『わが魂を聖地に埋めよ』（上下）（草思社、1972）
ウィリアム・T・ヘーガン著、西村頼男、野田研一、島川雅史訳『アメリカ・インディアン史』（北海道大学出版会、第3版／1998）
ジェイムズ・ムーニィ著、荒井芳廣訳『ゴースト・ダンス』（紀伊国屋書店、1989）

Wiget, Andrew. *Native American Literature.* Bostos: Twayne Publishers, 1985.

———, ed. *Critical Essays on Native American Literature.* Boston: G. K. Hall, 1985.

———, ed. *Dictionary of Native American Literature.* New York: Garland, 1994.

Wilson, Raymond. *Ohiyesa: Charles Eastman, Santee Sioux.* Urbana: U of Illinois P, 1983.

Witalec, Janet, ed. *Native North American Literature: Biographical and Critical Information on Native Writers and Orators from the United States and Canada from Historical Times to the Present.* Detroit: Gale Research, 1994.

Zanjani, Sally. *Sarah Winnemucca.* Lincoln: U of Nebraska P, 2001.

阿部珠理『アメリカ先住民——民族再生にむけて』(角川学芸出版、2005)

青柳清孝『ネイティブ・アメリカンの世界——歴史を糧に未来を拓くアメリカ・インディアン』(古今書院、2006)

富田虎男『アメリカ・インディアンの歴史』(雄山閣、1992)

西村頼男、喜納育江編著『ネイティヴ・アメリカンの文学——先住民文化の変容』(ミネルヴァ書房、2002)

馬場美奈子『現代ネイティヴ・アメリカン小説——描きなおされる「インディアン」』(英宝社、2008)

平野孝訳『アメリカ・インディアン』(アメリカ古典文庫第14巻)(研究社、1977)

藤永茂『アメリカ・インディアン悲史——誇り高いその衰亡』(朝日新聞社、1972)

横須賀孝弘『ハウ・コラ——インディアンに学ぶ』(日本放送出版協会、1991)

ジェラルド・ヴィゼナー著、大島由起子訳『逃亡者のふり——ネイ

Parins, James W. *John Rollin Ridge: His Life and Works.* Lincoln: U of Nebraska P, 1991.

Parker, Dorothy R. *Singing an Indian Song: A Biography of D'Arcy McNickle.* Lincoln: U of Nebraska P, 1992.

Porter, Joy and Kenneth M. Roemer. *The Cambridge Companion to Native American Literature.* New York: Cambridge UP, 2005.

Prucha, Francis Paul. *The Great Father: The United States Government and the American Indians.* Lincoln: U of Nebraska P. 1984.

Roemer, Kenneth M., ed. *Native American Writers of the United States.* Vol. 175 of *Dictionary of Literary Biography.* Detroit: Gale Research, 1997.

Ruoff, A. LaVonne Brown. *American Indian Literatures: An Introduction, Bibliographic Review and Selected Bibliography.* New York: MLA, 1990.

Ruppert, James. *Mediation in Contemporary Native American Fiction.* Norman: U of Oklahoma P, 1995.

Trout, Lawana, ed. *Native American Literature: An Anthology.* Chicago: NTC/ Contemporary Publishing Group, 1999.

Turner, Frederick, ed. *North American Indian Reader.* New York: Penguin, 1973.

Trafzer, Clifford E., ed. *Earth Song, Sky Spirit: Short Stories of the Contemporary Native American Experience.* New York: Anchor Book, 1993.

Vizenor, Gerald. *Native American Literature: A Brief Introduction and Anthology.* New York: HarperCollins, 1995.

Weaver, Jace. *That the People Might Live: Native American Literature and Native American Community.* New York: Oxford UP, 1997.

White, Phillip M. *American Indian Chronology.* Westport: Greenwood Press, 2006.

———, ed. *Encyclpedia of North American Indians.* New York: Houghton Mifflin, 1996.

Jaskoski, Helen, ed. *Early Native American Writing: New Critical Essays.* New York: Cambridge UP, 1996.

Johansen, Bruce E., and Donald A. Grinde, Jr. *The Encyclopedia of Native American Biography: Six Hundred Life Stories of Important People from Powhatan to Wilma Mankiller.* New York: Henry Holt, 1997.

Kilcup, Karen L., ed. *Native American Women's Writing c. 1800-1924.* Malden: Blackwell Publishers, 2000.

Krupat, Arnold, ed. *New Voices in Native American Literary Criticism.* Washington D. C.: Smithsonian Institution, 1993.

———. *The Turn to the Native: Studies in Criticism and Culture.* Lincoln: U of Nebraska P. 1996.

La Potin, Armand S., ed. *Native American Voluntary Organizations.* New York: Greenwood Press, 1987.

Larson, Charles. *American Indian Fiction.* Albuquerque: U of New Mexico P, 1978.

Lincoln, Kenneth. *Native American Renaissance.* Berkely: U of California P, 1983.

Malinowski, Sharon, ed. *Notable Native Americans.* Detroit: Gale Research, 1995.

Nabokov, Peter, ed. *Nativ American Testimony: A Chronicle of Indian-White Relations from Prophecy to the Present, 1492-1992.* New York: Penguin, 1992.

Nies, Judith. *Native American History: A Chronology of the Vast Achievements of a Culture and Their Links to World Events.* New York: Ballantine Books, 1996.

Ortiz, Simon J., ed. *Speaking for the Generations: Native Writers on Writing.* Tucson: U of Arizona P. 1998.

Owens, Louis. *Other Destinies: Understanding American Indian Novel.* Norman: U of Oklahoma P, 1992.

関連文献一覧

Allen, Paula Gunn. *The Sacred Hoop: Recovering the Femine in American Indian Traditions.* Boston: Beacon Press, 1986.

———, ed. *Studies in Amerian Indian Literature: Critical Essays and Course Designs.* New York: MLA. 1988.

———, ed. *Spider Woman's Granddaughters: Traditional Tales and Contemporary Writing by Native American Women.* New York: Faucett, 1989.

Berkhofer, Robert F. *The White Man's Indian: Images of the American Indian from Columbus to the Present.* New York: Alfred A. Knopf, 1978.

Brumble, H. David. *American Indian Autobiography.* Berkeley: U of California P. 1988.

Carr, Helen. *Inventing the American Primitive: Politics, Gender, and the Representation of Native American Literary Traditions, 1789-1936.* New York: New York UP, 1996.

Davis Mary B., ed. *Native American in the Twentieth Century: An Encyclopedia.* New York: Garland, 1994.

Fleck, Richard F., ed. *Critical Perspectives on Native American Fiction.* Washington D. C.: Three Continents, 1993.

Hagan, Willam T. *American Indians.* Third Edition. Chicago: U of Chicago P, 1993.

Harjo, Joy, and Gloria Bird, eds. *Reinventing the Enemy's Language: Contemporary Native Women'n Writings of North America.* New York: Norton, 1997.

Hirschfelder, Arlene and Paulette Molin, *The Encyclopedia of Native American Religions.* New York: Facts on File, 1991.

Hoxie, Frederick E. *Indians in American History: An Introduction.* Wheeling: Harlan Davidson, 1988.

あとがき

一九七二年の秋、私は藤永茂氏の『アメリカ・インディアン悲史――誇り高いその衰亡』を出版直後に、書店の店頭で見つけた。購入すると、一気に読んだ。一九六〇年代後半はアメリカの南部にいたから、アフリカ系アメリカ人の存在は少しは見えていた。しかし、私の頭の中で先住民は存在していなかった。量子化学の専門家である藤永氏の本を通して、文字を持たなかった先住民が白人の侵入以後たどった歴史を初めて知った。その後、北海道に赴任することになり、アメリカ史を専門にする同僚をまじえて『アメリカ・インディアン史』を翻訳する機会を得た。翻訳することによって、アメリカという国家の正体が少し見えてきたのは成果であった。その後、二〇〇二年に、『ネイティヴ・アメリカンの文学』を編集することになった。それ以前から、先住民の文学作品を少しずつ読み始めたが、現在、全体像を把握するにはほど遠い。しかし、「歳月は人を待たず」で、私はこの三月末で人生の節目を迎える。そこで、まことに拙い書物であるが、研究ノートを元にして現代先住民文学の先駆者たちを紹介することにした。イーストマンの『インディアンの英雄と偉大な族長たち』を紹介した部分は冗長であるが、戦士・指導者たちの実像を知るのに役立てば幸いである。

出版を快諾くださった開文社出版の安居洋一社長に厚くお礼申し上げます。また、本書が阪南大学叢書の一冊に加えられるに際しては、阪南大学学会の運営委員諸氏、および、研究助成課諸氏のご尽力に感謝します。

二〇〇八年（平成二〇年）二月

京都・浄土寺にて

西村頼男

YMCA 国際委員会 International Committee of the Young Men's Christian Association　*28-9, 42, 67*
ワイオミング大学 University of Wyoming　*45*
ワシントン州歴史協会 Washington State Historical Society　*296*

ハンプトン校 Hampton Normal and Agricultural Institute *19-20, 28*
百人委員会 Committee of One Hundred Advisory Council *43*
「フィラデルフィア台帳」*Philadelphia Ledger* *320*
フーヴァー委員会 Hoover Commission *214*
フォート・ショー・インディアン校 Fort Shaw Indian School *295*
フォート・ララミ条約(1835) Treaty of Fort Laramie(1835) *6*
フォート・ララミ条約(1851) Treaty of Fort Laramie(1851) *11*
フォート・ララミ条約(1868) Treaty of Fort Laramie(1868) *6-7, 23, 97, 101, 112*
ブルックス＝ブライス財団 Brooks-Bryce Foundation *46*
「フロンティア――文芸雑誌」*The Frontier: A Literary Magazine* *140, 142, 143, 191, 192, 193*
ペヨーテ Peyote *40-2, 131*
ヘルゲート条約 Hell Gate Treaty *139, 293, 294*
ベロイト・カレッジ Beloit College *15-6*
捕囚物語 captivity narrative *196*
ボストン大学医学部 Boston University School of Medicine *17, 66*
マッド湖虐殺事件 Mud Lake Massacre *274-75, 287*
ミネソタ・スー族の蜂起 Great Sioux Uprising of 1862 *11-3, 29, 51, 76, 80, 103, 104, 106, 108, 112*
モーホンク湖畔会議 Lake Mohonk Conference of Friends of the Indian *38*
モンタナ大学 University of Montana *140, 141, 144, 186*
リトル・ビッグ・ホーンの戦い Battle of the Little Big Horn *7, 25, 37, 39, 97, 116, 120*
連邦管理終結政策 Termination Policy *153-56, 214, 235*
連邦作家計画 Federal Writers Project *145*
ロンドン大学 University of London *39*

チェロキー国対ジョージア州事件 *Cherokee Nation* vs. *Georgia* 237, 243, 250
「チェロキー・フェニックス」*Cherokee Phoenix and Indian Advocate* 246, 247
チェマワ・インディアン校 Chemawa Indian School 140, 143, 225, 226
チロコ・インディアン校 Chilocco Indian School 226
ディガー・インディアン Digger Indians 267
「ディリー・ナショナル・デモクラット」*Daily National Democrat* 254
「ディリー・ビー」*Daily Bee* 253, 266
ドーズ単独土地所有法 Dawes Severalty Act 18, 23, 35, 43, 139, 147, 222, 318, 319
東部ワシントン州歴史協会 Eastern Washington State Historical Society 296
トロント大学 Toronto University 149
ナヴァホ開発委員会(NDC) Navajo Development Committee 158
「ナショナル・ヘラルド」*National Herald* 254
南北戦争 Civil War 11, 248, 250
20世紀クラブ Twentieth Century Club 39
日系人収容所 Japanese Relocation Centers 149, 150–51, 155
ニュー・エチョタ条約 Treaty of New Echota 243, 246, 247, 250
ニューベリー図書館 Newberry Library 166–67
「ニューヨーク・タイムズ書評」*The New York Times Book Review* 339
ノクス・カレッジ Knox College 16
ノー・ナッシング党 Know-Nothings 253
ハーヴァード大学 Harvard University 17, 161
ハスケル校 Haskell Institute 226
バノック戦争 Bannock War of 1878 280–81

ゴースト・ダンス教 Ghost Dance　*21-2, 24, 25, 113, 117, 118, 128-29*
コルヴィル部族会議 Colville Tribal Council　*296*
コロラド大学 Colorado University　*159, 164*
コロンビア大学 Columbia University　*141, 144, 186, 202*
サスカチェワン大学 University of Saskatchewan　*163, 164*
「サタディ・レヴュー・オブ・リタラチュア」*Saturday Review of Literature*　*187*
サンティー・ノーマル・トレーニング・スクール Santee Normal Training School　*14-5*
サンド・クリークの虐殺 Sand Creek Massacre　*91, 122, 125*
自営農地法 Homestead Act　*14, 222*
ジェノア・インディアン校 Genoa Indian School　*226*
ジェームズ・T・ホワイト・アンド・カンパニー James T. White and Co.　*142*
シカゴ大学 University of Chicago　*149-50, 160*
シカゴ万国博覧会 Chicago World Fair　*46*
市民権 Indian citizenship　*41, 234*
ジュネーヴ大学 University of Geneva　*320*
スティーヴンズ隊 Stevens party　*271*
石油インディアン Oil Indians　*44*
全国アメリカ・インディアン評議会(NCAI) National Council of American Indians　*151-53, 160*
全国インディアン青年協議会(NIYC) National Indian Youth Council　*160*
『セント・ニコラス──若者のための挿絵付き雑誌』*St. Nicholas: An Illustrated Magazine for Young Folks*　*37*
「真実のデルタ」*True Delta*　*252*
第一次大戦 World War I　*41, 69, 186, 332*
第一回世界人種会議 First Universal Races Congress　*39-40*
第二次大戦 World War II　*161*
ダートマス大学 Dartmouth College　*17, 63*

「インディアンズ・アト・ワーク」*Indians at Work*　197
インディアン問題東部協会 Eastern Association on Indian Affairs　16
ウェレズリー大学 Wellesley College　16
ウンデッド・ニーの虐殺 Massacre at Wounded Knee　23-7, 49, 65, 67, 117
「エスクアイア」*Esquire*　194
「黄金期」*Golden Era*　252
応用人類学会（SAA）Society for Applied Anthropology　150, 153, 154
オクラホマ大学 University of Oklahoma　320
オックスフォード大学 Oxford University　46, 141, 186, 320
オハイオ州立大学 Ohio State University　40
解放黒人局 Freedmen's Bureau　19
カーライル・インディアン校 Carlisle Indian School　20, 23, 31, 32-3, 225
「カリフォルニア・アメリカン」*California American*　253
「カリフォルニア・エクスプレス」*California Express*　253-54
北アメリカ・インディアン・トロント会議 Toronto Conference on North American Indians　149
強制移住法 Indian Removal Act　237, 242
キンボール・ユニオン・アカデミィ Kimball Union Academy　17
クェーカー政策 Quaker Policy　285, 291
グッドウィン伝道本部 Goodwin Mission　295
クラウンポイント計画 Crownpoint Project　156-60
クリーク戦争 Creek War　244, 245, 249
グレート・バリングトン・アカデミー Great Barrington Academy　251
グレノーブル大学 University of Grenoble　144
「クリスチャン・サイエンス・モニター」*The Christian Science Monitor*　339

事 項

アクトン虐殺 Acton Massacre　*11*
アマースト大学 Amherst College　*141*
アメリカ・インディアン協会(SAI) Society of American Indians　*39-42, 70, 131*
アメリカ・インディアン開発(AID) American Indian Development　*156, 158, 163*
アメリカ・インディアン保護協会 American Indian Defense Association　*146*
アメリカ・インディアン問題協会 Association on American Indian Affairs　*162*
アメリカ・インディアン・シカゴ会議 American Indian Chicago Conference　*160*
アメリカ海外布教委員会 American Board of Commissioners for Foreign Missions　*14-5, 245-46*
アメリカ合衆国請求裁判所 U.S. Court of Claims　*30*
アメリカ人類学協会 American Anthropological Association　*162*
アメリカ・フレンド派奉仕事業委員会 American Friends Service Committee　*157*
アルカトラズ島 Alcatraz Island　*235*
アルバカーキ・インディアン校 Albuquerque Indian School　*226*
「イーヴニング・ジャーナル」*Evening Journal*　*254*
イエール大学 Yale University　*98, 149*
インディアナ大学 Indiana University　*161*
インディアン・カウンシル・ファイア Indian Council Fire　*46*
インディアン警察 Indian police　*229, 230*
インディアン権利擁護協会 Indian Rights Association　*20*
インディアン再組織法 Indian Reorganization Act　*147, 154, 214, 234*

リッジ(ジョン・ロリン) Ridge, John Rollin (Yellow Bird) *241–67*
『詩集』*Poems* *254*
『ホアキン・ムリエタ――名高きカリフォルニアの山賊の生涯と冒険』*The Life and Adventures of Joaquín Murieta, the Celebrated California Bandit* *253, 255–65*
リッジ(セアラ) Ridge, Serah *250*
リッジ(メジャー) Ridge, Major *243, 244–45, 247, 248, 250*
リトル Little *118*
リトル・ウルフ Little Wolf *120*
リトル・クロウ Little Crow *11, 76, 78–80, 103–04, 106*
リトル・シックス Little Six *104, 106*
リトル・ジョン Little John ――＞ロス(ジョン)
リンカーン Lincoln, Abraham *12*
リンド Lynd, James *104*
ルーズベルト Roosevelt, Theodore *28, 35*
ルーパト Rupert, James *233–34*
レイトン Leighton, Alexander *153*
レイン・イン・ザ・フェイス Rain-in-the-Face *37, 115–16, 127*
レッド・クラウド Red Cloud *93–9, 100, 101, 112, 114, 290*
レッド・ジャケット Red Jacket *114*
レッドホーン Redhorn *129–30*
ロス(エリザベス) Ross, Elizabeth *249*
ロス(ジョン) Ross, John *242, 243, 247, 248, 249–50, 254, 266*
ロス(ダニエル) Ross, Daniel *249*
ローマン・ノーズ Roman Nose *199–20, 121–22*
ワーク Work, Hubert *43*
ワティ(バック) Watie, Buck ――＞ブーディノー(エリアス)
ワティ(スタンド) Watie, Stand *243, 247–28*
ワティ(トマス) Watie, Thomas *248*

60
ミュア Muir, John 322
『はじめてのシエラの夏』*My First Summer in the Sierra* 322
ミラー(ジェイ) Miller, Jay 310
ミラー(ホアキン) Miller, Cincinnatus Hiner (Joaquin) 252
ムーニー Mooney, James 22
メニー・ライトニングズ Many Lightnings 10,13,51,61
メリアム Merriam, Harold G. 140
モーガン Morgan, Thomas Jefferson 21,27,28
モーニングドーブ Mourning Dove 190,293-315
『コヨーテ・ストーリーズ』*Coyote Stories* 311-12,315
『混血児コゲウィア――モンタナの大牧場の生活』*Cogewea, The Half-Blood: A Depiction of the Great Montana Cattle Range* 204-05,295,296,297-310,315,326
『モーニングドーヴ―或るセーリッシュの自叙伝』*Mourning Dove: A Salish Autobiography* 310,312-15
モンテスマ Montezuma, Carlos 40,148

【ラ・ワ】

ラヴ Love, Harry 262
ラティマー Latimer, Douglas H. 233,234
ラファージ LaFarge, Oliver 161-63,165,187-88
『ラーフィング・ボーイ』*Laughing Boy* 162
ラムゼー Ramsey, Governor Alexander 103
ラムソン Lamson 104
リエル Riel, Louis 178
リグズ(アルフレッド) Riggs, Alfred L. 14,15
リグズ(スティーヴン) Riggs, Stephen R. 14
リッジ(イーニアス) Ridge, Aeneas 251,252
リッジ(エリザベス) Ridge, Elizabeth 251,253
リッジ(ジョン) Ridge, John 246,247,248,250

マクニクル(ローマ) McNickle, Roma　*147, 150, 153, 164*
マクホーター McWhorter, Lucullus Virgil　*296, 307-09, 311, 315*
『ヤキマ族に対する犯罪』*The Crime against the Yakimas*　*308*
マクラウド McLeod, Hector　*295*
マクローリン McLaughlin, James　*24, 31, 42, 108, 113*
マケンジー McKenzie, Col.　*97, 120*
マケンジー McKenzie, Fayette A.　*40*
マーシャル Marshall, John　*237*
マシューズ(ウィリアム) Mathews, William Shirley　*319, 320*
マシューズ(ジョン・ジョゼフ) Mathews, John Joseph　*317-40*
『オーセィジ族』*The Osages: Children of the Middle Waters*　*322*
『月に話す』*Talking to the Moon*　*322*
『夕映え』*Sundown*　*322-40*
『油田所有者の生涯と死――E. W. マーランドの生涯』*Life and Death of an Oilman: The Career of E. W. Marland*　*322*
『ワーコンタ――オーセィジ族と白人の道』*Wah'kon-tah: The Osage and the White Man's Road*　*321-22*
マシューズ(ユージニア) Mathews, Eugenia Girard　*319*
マーチ March, Othniel C.　*98*
マックマスターズ MacMasters　*286*
マッシュラッシュ Mushrush　*286*
ママディ Momaday, N. Scott　*190*
『夜明けの家』*House Made of Dawn*　*190*
マーピャ・ウィチャスタ Mahpiya Wichasta　*9*
マン(ホレス) Mann, Horace　*282*
マン(メアリ) Mann, Mary　*282, 290*
マン・アフレッド・オブ・ヒズ・ホーシーズ Man-Afraid-of-His-Horses　*94*
ミステリアス・メディシン Mysterious Medecine　*13-4, 53-4,*

ポカホンタス Pocahontas　*291*
ホーガン Hogan, Linda　*44*
　『卑しい魂』*Mean Spirit*　*44*
ホール・イン・ザ・デイ Hole-in-the-Day　*125-26, 127*
ホワイト・ゴースト White Ghost　*34*
ホワイト・ドッグ White Dog　*106*
ホワイト・ブル White Bull　*114*
ポンティアック Pontiac　*46, 102, 107, 114*

【マ】

マイアリック Myrick, Andrew J.　*79*
マイヤー Myer, Dillon　*150, 155-56*
マイルズ(ネルソン) Miles, Gen. Nelson　*125*
マイルズ(レイバン) Miles, Laban J.　*321*
マクニクル(ヴァイアラ) McNickle, Viola　*157, 164-65, 167*
マクニクル(ウィリウム) McNickle, William　*138-39, 144*
マクニクル(ダーシィ) McNickle, D'Arcy　*137-238, 266*
　『アメリカ先住民部族主義――インディアンの生存と再生』*Native American Tribalism: Indian Survivals and Renewals*　*235, 236*
　『飢えた世代』*The Hungry Generations*　*144-45, 171, 207*
　『彼らが先にここにやってきた』*They Came Here First*　*153-54*
　『太陽の使者――トウモロコシの物語』*Runner in the Sun: A Story of Indian Maize*　*208-15, 232*
　『敵の空より吹く風』*Wind from an Enemy Sky*　*215-34, 235, 326*
　『包囲された人々』*The Surrounded*　*144, 146, 147, 167-91, 193, 197, 198, 207, 215, 226, 231, 232, 234, 294, 326*
　『「ワシは飢えている」および、その他の短編』*The Hawk Is Hungry and Other Stories*　*191-208*
マクニクル(フィロミーン) McNickle, Philomene　*138-39, 145*

フェケット Fechet, Edmund　*114*
フェタマン Fetterman, William Judd　*96*
フォーサイス Forsyth, Gen. George Alexander　*121*
ブッシュ Bush, George　*237*
ブーディノー(エリアス) Boudinot, Elias(Buck Watie)　*243, 245, 247, 248, 250*
ブーディノー(エリアス・コーネリアス) Boudinot, Elias Cornelius　*248*
ブラウン Brown, Capt. George Le Roy　*27-8*
ブラック・ケトル Black Kettle　*125*
ブッラク・ホーク Black Hawk　*107*
ブライアン Bryan, William Jennings　*323, 325, 332, 338*
プラット Pratt, Gen. Richard Henry　*20, 32*
ブラント Brandt, Joseph　*321*
ブランブル Brumble, H. David　*59-60*
『アメリカ・インディアンの自叙伝』*American Indian Autobiography*　*59-60*
フレモント Frêmont, John Charles　*271*
ブロウフィ Brophy, William　*153*
ブロデリック Broderick, Theresa　*305-06*
『ザ・ブランド——フラットヘッド保留地の話』*The Brand: A Tale of the Flathead Rservation*　*305-06*
フロマー Pfrommer——>マクニクル(ヴァイアラ)
ブロンソン Bronson, Ruth Muskrat　*151-52*
ヘア主教 Hare, Bishop William Hobart　*20*
ベア・ブル Bear Bull　*94*
ベイル Vale, J. M.　*32*
ヘッフェル Hoefel, Roseanne　*190*
ヘバード Hebard, Grace Raymond　*45*
ヘンリー Henry, Elizabeth Brown——>ロス(エリザベス)
ホイップル主教 Whipple, Bishop Henry Benjamin　*80, 91*
ホィーラー Wheeler　*146*

ノースラップ Northrup ——>リッジ(セアラ)

【ハ】

ハイジ Hyde, Suzanne(Mrs. Frederick E.,Jr.) *156*
バイロン Byron, George Gordon *323, 332, 338*
『チャイルド・ハロルドの巡礼』*Childe Harold's Pilgrimage* *323, 332*
パークマン Parkman, Francis *17*
バークランド Birkeland, Joran *142, 147*
ハート Harte, Bret *252*
バトラー Butler, Marion *32*
ハーニィ Harney, Gen. William Selby *93, 96, 100*
バファロー・ホーン Buffalo Horn *281*
ハーラン Harlan, Lois *151*
ハリソン Harrison, William Henry *21*
パリッシュ Parrish, Samuel B. *281*
パリントン Parrington, Vernon L. *141*
パレントー(イシドア) Parenteau, Isidore *141*
パレントー(フィロミーン) Parenteau, Philomene ——>マクニクル (フィロミーン)
ハワード Howard, Oliver Otis. *123, 280*
ハンス Hans, Birgit *191*
ビアード夫妻 Beard, Charles and Mary *141*
ビグラー Bigler, Governor John *262*
ヒックス Hicks, Erma *151*
ヒーコック Heacock, Charles *151*
ヒッチコック Hitchcock, Ethan A. *35*
ビッグ・フット Big Foot *25, 26*
ピーボディ Peabody, Elizabeth Palmer *282*
ヒル Hill, Charles *30*
ヒルマン Hillman *91*
フィニ Phinney, Archie *151*

『ウォールデン』*Walden*　322

【タ】

ダーウィン Darwin, Charles　53, 92
タクス Tax, Sol　160
ダグラス Douglas, Henry　276, 288
ターナー Turner, Frederick Jackson　141, 202
ダールバーグ(ガス) Dahlberg, Gus　145
ダールバーグ(ダーシィ) ——＞マクニクル (ダーシィ)
タマヘイ Tamahay　105-08, 127
タリアフェロ Taliaferro, Maj. Lawrence　9
ダル・ナイフ Dull Knife　119-21, 125
チヴィントン Chivington, Col. J. M.　91
チェーシング・クレーン Chasing Crane　21
チェンバレン Chamberlain, Harry D.　34
チャップマン Chapman, Oscar　154-55
ツィンマーマン Zimmerman, William　155
ツーストライク Two Strike　116-17
ツームーン Two Moon　120
ティカムシ Tecumseh　114
ディキンソン Dickinson, Emily　279
テニソン Tennyson, Alfred　18
デュボイス Du Bois, W. E. B.　39
トウェーン Twain, Mark　252
ドーズ Dawes, Henry L.　28
ドライサー Dreiser, Theodore　309
　『アメリカの悲劇』*An American Tragedy*　309
ドワイト Dwight, Ben　151

【ナ】

ナンシー Nancy, Mary ——＞イーストマン(メアリ・ナンシー)
ニュージェント Nugent, Hugh　286

ゴール Gall　*108, 127*
コンカリング・ベア Conquering Bear　*94, 100, 102*

【サ】

サカジャウェア Sacajawea　*44, 291*
シティング・ブル Sitting Bull　*7, 24-5, 101, 108, 111-14, 121, 127*
シティング・ベア Sitting Bear　*119*
シブリー Sibley, Gen. Henry Hastings　*12, 80*
ジャクソン(アンドルー) Jackson, Andrew　*242-43, 249*
ジャクソン(ヘレン・ハント) Jackson, Helen Hunt　*279*
　『恥ずべき一世紀』*A Century of Dishonor*　*279, 290*
ジョージ George, David Llyod　*43, 46*
ジョーゼフ族長 Chief Joseph　*109, 110, 114, 122-24, 127, 128*
ショート・ブル Short Bull　*25*
ジョーンズ Jones, William A.　*33, 35*
ジョンソン判事 Johnson, Judge N. B.　*152*
シルコウ Silko, Leslie Marmon　*190*
　『儀式』*Ceremony*　*190*
スウォード Sword, George　*28*
スコット Scott, Winfield　*243*
スタインベック Steinbeck, John　*207*
　『怒りの葡萄』*The Grapes of Wrath*　*207*
スティーヴンズ Stephens, James　*34*
スティチャー Stacher, Samuel F.　*157*
ステュキン Stuikin, Lucy　*295*
スパイサー Spicer, Edward　*164*
スペンサー Spencer　*286*
スポテッド・テール Spotted Tail　*97, 99-102, 112, 117, 127*
セゴイア Seuoyah　*246*
セホヤ Sehoya ——>ウィケット
ソロー Thoreau, Henry David　*322*

ガーヴィ Garvie, James　*30, 32*
ガーランド Garland, Hamlin　*35-7*
ガルシア García, Manuel (Three-finger Jack)　*262*
ギア Gear, John H.　*33*
ギエ Guie, Heister Dean　*312, 315*
キトリッジ Kittredge, Alfred B.　*34*
ギャンブル Gamble, Robert J.　*34*
キャンベル Campbell, Joseph　*214*
『千の顔を持つ英雄』*The Hero With a Thousand Faces*　*214*
クィンタスケット(クリスティン) Quintasket, Christine (Christal)　*297*
クィンタスケット(ジョゼフ) Quintasket, Joseph　*294*
グッデル(エレン) Goodale ――＞イーストマン(エレン)
グッデル(ドラ) Goodale, Dora　*18*
グッデル(ドラ・ヒル・リード) Goodale, Dora Hill Read　*18*
クーパー Cooper, James A.　*27*
クラウド・マン Cloud Man ――＞マーピャ・ウィチャスタ
グラス Grass, John　*108*
グラント(ジョゼフ) Grant, Joseph　*252*
グラント(ユリシーズ) Grant, Ulysses　*112, 285*
クーリッジ Coolidge, Calvin John　*43*
クルック Crook, Gen. George　*23, 101, 125, 275, 287*
クレージー・ホース Crazy Horse　*7, 96, 102, 109-11, 114, 120, 127, 134*
クロウ・ドッグ Crow Dog　*102*
ゲーツ Gates, William　*146*
ゲーラー Galler, Fred　*296*
ケル Kell, David　*251*
ゴードン Gordon, Phillip B.　*41*
コーマー Comer, George P.　*27*
コリアー Collier, John　*43, 146, 147-48, 149, 151, 153, 154, 156, 161, 164, 166, 214, 235, 238*

ウィネマッカ(セアラ) Winnemucca, Sarah　269-91, 315
『パイユート族の中で生きる――虐待と主張』*Life Among the Piutes: Their Wrongs and Claims*　272, 282-91
ウィネマッカ(トラッキ) Winnemucca, Truckee　271, 283-84, 287, 288
ウィリアムズ Williams, Cecilia　295
ウィルソン(エリザベス) Wilson ――> リッジ (エリザベス)
ウィルソン(ウッドロー) Wilson, Woodrow　41
ウィルソン(ジャック) Wilson ――> ウォーヴォーカ
ウェルシュ Welsh, Herbert　20, 28
ウェルズ Wells, Almond B　274-75
ウェルチ Welch, James　190
『ジム・ローニィの死』*The Death of Jim Loney*　190
ウォーヴォーカ Wovoka　22
ウォジウォブ Wodziwob　22
ウォッシュバーン Washburn, Cephas　251
ウォーカー Walker, William　273
ウォーネカ Wauneka, Annie Dodge　158
ウッド Wood, Frank　16, 17, 26, 28
ウーワティ Oo-Watie　245
ウンチィーダー Uncheedah　8, 51-2, 61-2
エドワーズ Edwards, J. E.　34
エリット Eliot, John　224, 236
オーエンズ Owens, Lewis　189-90, 226, 234, 265, 309-10, 326, 339
オッカム Occum, Samson　70
オヒエサ Ohiyesa ――> イーストマン
オームズビィ Ormsby, Major William　273

【カ】

カウフマン Kauffman, Roma ――> マクニクル (ローマ)
カスター Custer, Gorge A.　7, 22, 25, 39, 97, 111, 114, 115

イーストマン(オヒエサ二世) Eastman, Ohiyesa II　*42,47*
イーストマン(ジョン) Eastman, John　*13,14,16,31*
イーストマン(チャールズ・アレグザンダー) Eastman, Charles Alexander　*5-135,214,266,315*
　『赤い狩人と動物人間』*Red Hunters and the Animal People*　*37*
　『インディアン・スカウトの話――ボーイスカウトとキャンプファイア・ガールの手引き』*Indian Scout Talks: A Guide for Boys and Campfire Girls*　*38*
　『インディアンの英雄と偉大な族長たち』*Indian Heroes and Great Chieftains*　*28,38,80,92-128,134*
　『インディアンの子供の生活』*Indian Child Life*　*38*
　『インディアンの少年期』*Indian Boyhood*　*37-8,39,48-60,71,76,85,88,89,129,134*
　『インディアンの魂――或る解釈』*The Soul of the Indian: An Interpretation*　*38,88-92,134*
　『ウィグワムの夕べ――スー族の民話』*Wigwam Evenings—Sioux Folk Tales Retold*　*37,55,64,71,86-8*
　『今日のインディアン――最初のアメリカ人の過去と将来』*The Indian To-day: The Past and Future of the First American*　*38*
　『深い森から文明へ――或るインディアンの自叙伝』*From the Deep Woods to Civilization*　*8,38,49,60-70,88,127,128*
　『古きインディアンの時代』*Old Indian Days*　*37,55,64,70-86,104,133*
イーストマン(メアリ・ナンシー) Eastman, Mary Nancy　*10*
イテ・ワカンディ・オタ Ite wakanhdi Ota ――＞メニ・ライトニングズ
ウィケット Wickett, Susanna　*244*
ヴィゼナー Vizenor, Gerald　*399-40*
ウィネマッカ(オールド) Winnemucca, Old(chief)　*272,275,276-77,279,284,291*

索　　引

（五十音順）

人　名

【ア】

アイゼンハワー（ドワイト） Eisenhower, Dwight David　*235*
アイゼンハワー（ミルトン） Eisenhower, Milton　*150*
アガシ Agassiz, Alexander Emanuel　*53*
アッシージのフランチェスコ Francesco d'Assissi　*54*
アーノルド Arnold, Matthew　*17*
アトリー Utley, Robert M.　*48-9*
アームストロング Armstrong, Gen. Samuel Chapman　*19-20*
アメリカン・ホース American Horse　*28, 117-19*
アリソン Allison, William B.　*33*
アレン Allen, Paula Gunn　*188, 189, 190, 305*
　『陰を背負った女』*The Woman Who Owned the Shadows*　*190, 309*
イキス Ickes, Harold　*154*
イーストマン（エレン） Eastman, Elaine Goodale　*8-21, 26, 28, 36, 37, 47, 86, 315*
　『百姓娘の手記』*The Journal of a Farmer's Daughter*　*88*
　『百本のメープル』*One Hundred Maples*　*88*
　『鳥の訪問』*The Coming of the Birds*　*88*
　『プラット――赤人のモーゼ』*Pratt, The Red Man's Moses*　*88*
　『夕べの声』*The Voice at Eve*　*88*
　『リンゴの花――二人の子供の詩集』*Apple Blossoms: Verses of Two Children*　*18*

西村頼男（にしむら　よりお）
1940年（昭和15年）京都市に生れる
立命館大学文学部卒業
ミシシッピ大学大学院修士課程修了（MA）
札幌商科大学（現札幌学院大学）、四天王寺国際仏教大学を経て、
現在、阪南大学国際コミュニケーション学部教授

著書・翻訳書
『トマス・ウルフの修業時代』（英宝社、1996年、単著）
『アメリカ・インディアン史』（ウィリウム・T・ヘーガン著、北海道大学出版会、第三版／1998年、共訳）
『人間と世界――トマス・ウルフ論集　2000』（金星堂、2000年、共著）
『ネイティヴ・アメリカンの文学――先住民文化の変容』（ミネルヴァ書房、2002年、共編著）
その他

阪南大学叢書　84

草が生い茂り、川が流れる限り
――アメリカ先住民文学の先駆者たち　（検印廃止）

2008年３月25日　初版発行

著　　者　西　村　頼　男
発 行 者　安　居　洋　一
印刷・製本　創栄図書印刷

〒160-0002　東京都新宿区坂町26
発行所　開文社出版株式会社
電話　03-3358-6288　FAX　03-3358-6287
www.kaibunsha.co.jp

ISBN　978-4-87571-997-7　C3098